嘘つきアーニャの真っ赤な真実

米原万里

目次

リッツァの夢見た青空

ただでもらった馬の歯を見るものではない――「贈物にケチをつけるな」という意味のヨーロッパ各地に伝わる諺《ことわざ》である。

もっとも私は、諺の戒めの意味するところよりも、馬を品定めするときの決め手が歯であるという生活の智恵のほうに感心してしまう。市場に馬を買いに来た人たちが、「おっ、これはっ」と目星をつけた馬に近付いて行くと、売り主は、まず何はさておき馬の上下の唇（という言い方をしていいものかは別として）を歯茎のあたりまでめくり上げて見せる。次に鼻面をむんずとつかんで口をこじ開ける。

「どうです、だんな、文句の付けようがないでしょう」

歯には馬の健康状態が如実に反映される。それに、老いるほどに歯は摩耗していく。ババをつかまされないように、買い手のほうは、歯の一本一本に食い入るような視線を注ぐ。丁々発止の値段交渉が始まるのは、それからだ。そんな風景が浮かんでくる。

そして必ずリッツァのことを思い出す。

リッツァは、一九六〇年一月から一九六四年一〇月までの約五年間、私が通っていた在プラハ・ソビエト学校の同級生である。ギリシャ人。リッツァの父親は、軍事政権による弾圧を逃れて東欧各地を転々とし、チェコスロバキアに亡命してきた共産主義者だった。

リッツァの両親が、祖国ギリシャを後にしたのは、第二次大戦直後のことであったから、リッツァやリッツァの兄ミーチェスが生まれるよりも前のことだ。ミーチェスはユーゴスラビア生まれ。リッツァは、一時期両親が身を寄せたルーマニアの何とかいう田舎町に生まれ、五歳のときに家族とともにプラハに移住してきた。なのに、まだ一度も仰ぎ見たこともないはずのギリシャの空のことを、

「それは抜けるように青いのよ」

と誇らしげに言って、長いまつげに縁取られた真っ黒な瞳《ひとみ》を輝かせる。それから、まるで遥《はる》か遠くのギリシャの空を仰いでいるかのようにウットリと目を細めるのだった。

「一点の曇りもない空を映して真っ青な海が水平線の彼方《かなた》まで続いている。波しぶきは、洗いたてのナプキンのように真っ白。マリ、あなたに見せてあげたいわ」

何度、リッツァから聞かされたことだろう。そのたびに、いつもどんよりと灰色の雲が垂れ込めたプラハの空の下で、帰ることのできない故国への郷愁を募らせるリッツァの両親の姿が浮かんでくるのだった。

リッツァの父親と私の父の職場は同じだった。『平和と社会主義の諸問題』という雑誌の編集局。雑誌は、国際共産主義運動の理論誌ということになっていた。かつてモスクワにあって、各国の共産主義運動を一元的に指導してきた第三インター、いわゆるコミンテルン（共産主義インターナショナル）が一九四三年に解散し、そのあとルーマニアのブカレ

ストに本部を置いた共産党、労働者党国際情報局（コミンフォルム）が一九五六年に解散したあとにプラハに設立された編集局は、世界各国の共産主義政党にとって唯一残った常設の国際的交流機関となっていた。私の父は、日本共産党から派遣されて編集委員会のメンバーになっていたし、リッツァの父は、おそらく編集委員会においてギリシャ共産党を代表していたのだと思う。

編集局そのものは、プラハ市内にあったが、プラハ郊外の森の中の湖畔に保養所を持っていた。毎週末、申し込みさえすれば、従業員と家族は利用することができた。編集局が往復のバスも用意してくれる。

ある土曜の午後、バスに揺られて保養所に到着すると、そこにはすでにリッツァの姿があった。私を見つけて駆け寄ってくる。

「ねえ、ついに、パパが車を買ったのよ」

それで、バスを利用しなかった謎は解けた。

「へー、色は？　何色なの」

「もちろん、オリーブ色よ。ずっとずっと前から、車を買うならオリーブ色以外、考えられないってパパもママも言ってたもの」

「オリーブ色!?」

保養所の玄関裏に駐車してあった車は、くすんだ緑色をしていた。車の色にまで故国を象徴する果実の名前を付けずにはいられない亡命者の郷愁の念にたじたじとなった。ところで、なぜ冒頭の諺でリッツァのことを思い出すのかというと、あるとき彼女が訳知り顔で次のように言ったからだった。

「マリ、男の善し悪しの見極め方、教えたげる。歯よ、歯。色、艶《つや》、並び具合いで見分けりゃ間違い無いってこと」

小学校四年生のときだったから、女の子は初潮を迎え、男の子は陰毛が生えてくる季節。身体の奥底から突き上げるように性に対する好奇心が湧き出てくる年頃だ。知りたい、知りたい。でも親に尋ねるなんて死ぬほど恥ずかしい。性に関するほんの些細《ささい》な知識や情報にも、クラス中が色めき立った。私もその中に混じって胸をドキドキさせていた。リッツァは勉強はおそろしく苦手だったけれど、同級生の中では誰もが足元にも及ばないほど、この道に詳しかった。いわば、圧倒的絶対的権威者だったのである。

その情報源は、まず第一に、二歳年上の兄ミーチェスだった。

リッツァによく似たミーチェスは、同年代の男の子たちの中では小柄なほうなのに、なぜかひどくモテた。リッツァと同じく勉強嫌いで、たしか留年していたのだが、素晴らしい運動神経に恵まれている。サッカーとボクシングに限って言えば、学校一のスターに間違いない。少なくとも本人はスター気取りだった。

「あんた、よく遊んでくれてんだってな、オレんちの犬と」

そのスター気取りに一度学校の廊下で声をかけられたことがある。怪訝《けげん》な顔をする私に、ミーチェスは言い添えた。

「リッツァって名前の犬とさあ」

鼻持ちならないヤツと思っていた私は、思いっきり無愛想に答えてやった。

「ふーん、リッツァって、ギリシャ語でどんな意味なの？」

「意味なんてないさ。うちで飼ってたメスの駄犬がリッツァって名前だったんだ。両親がめちゃくちゃ可愛がってたんだけど、死んじまってな。その悲しみようったら無かったぜ。ちょうどその頃、おふくろが孕《はら》んじまってよ、産まれた娘に愛犬の名前を付けたってわけ。安易だよなあ……ハハハハ」

大口を開けて豪傑笑いをするミーチェスの顔を見ているうちに、思わず叫んでいた。

「プーシュキンだ！　あなたもリッツァもプーシュキンにそっくりだ！」

「ウワオー、ほんとだ、ほんとだ！」

その場にいた生徒や先生に、私の発見は大受けで、またたくまに校内に広まり、ミーチェスはしばらくのあいだアレクサンドル・セルゲーヴィッチと呼ばれた。

それほどに兄妹ともども現代ロシア文学の父と崇《あが》められるアレキサンドル・セルゲーヴィッチ・プーシュキンに生き写しだった。ピョートル大帝が旅先から連れ帰って寵臣《ちょうしん》とした黒人を曾祖父《そうそふ》とする一九世紀の詩人。チリチリに縮れた天然アフロヘアは鳥の巣のようだった。浅黒い皮膚、濃い眉《まゆ》、黒い瞳、長く程良い高さの鼻、俊敏な身のこなし。メラニン色素の乏しい北欧や東欧の女たちは、こういうタイプの男に震いつきたくなるほど惹《ひ》かれるらしい。とにかくミーチェスに見つめられるだけでポッと頬を染めてうつむく。校内一、二を競う美女たちも、女の先生たちも、あからさまにミーチェスには点が甘い。

同年輩の男の子たちが一様に女の子に対して抱く恥じらいや臆病をミーチェスは微塵《みじん》も持ち合わせていなかった。女はみんな自分に惹かれて当然という傲慢《ごうまん》さは、逆に女の子たちを夢中にさせるらしい。

「あいつは、とっくにイノセントじゃないんだろうなあ」

同級生の男の子たちはしきりに羨《うらや》ましがる。イノセントじゃないって、つまり純情無垢《むく》じゃないこと？　なんでそんなこと羨ましがるんだろう。「イノセントでなくなる」が「童貞喪失」を意味すると知るのは、ずっと後になってからのことだが、何となくそれが男と女のことに関わるらしいという察しはついた。女性経験が豊かな兄から常日頃ふんだんに知識を仕入れているリッツァは、男が女のどんなところに惹かれるのか、むやみに詳しい。

「胸の線、腰のくびれ、お尻《しり》の質感、これに男がイチコロだと思うでしょ。それは、先入観というものよ。男の心臓が止まりそうになるのは、目と足。マリ、覚えときなさい！

美しい目と足に勝る女の武器は無いってことよ！」

あきらかにミーチェスの受け売りみたいだが、いや、だからこそ説得力がある。

もう一つのリッツァの情報源は、性に関して底抜けに開けっぴろげな母親だった。

あるとき、リッツァは一時間目の授業に三〇分も遅れてきて教師にしこたま叱られ、廊下に立たされる。その日は、リッツァからさんざん愚痴をこぼされた。

「ママのせいよ、遅れたのは。もう嫌んなっちゃう。朝っぱらからパパとおっ始めるもんだから、朝食からゴミ出しまであたしがやらされる羽目になってさあ」

「おっおっおっ始めるって、何のこと？」

「やだあ、セックスに決まってるじゃん」

「セッセッセッセックスって」

「えっ、マリ、知らないの⁉　もしかして子どもの作り方も知らないんじゃない？」

「あれ自然にできるんじゃないの？」

「もーっ、信じらんない」

あきれかえった彼女は、それでも懇切丁寧に教えてくれた。私にしてみれば耳を疑うような内容である。

「ウソでしょ、それ」

「二〇〇パーセントほんと。マリだって、マリのパパとママがセックスしたおかげでできたんだ」

　ショックでその日の授業は、何も見えず、何も聞こえず、教師に指されてはとんちんかんなことを答えて教室の爆笑を誘った。家では、父や母の顔を正視できず、食事も喉《のど》を通らず、夜は一睡もできなかった。

　さらにもう一つ、リッツァには強力な情報源があった。リッツァの言葉を信ずるなら、超どハンサムな叔父《おじ》、母親の弟にあたる人だ。

「叔父は、ミーチェスの一〇〇倍ハンサムで少なくとも一〇〇倍は女にモテる」

　と言い切る。

「あたしもミーチェスも醜男《ぶおとこ》の父親似でしょう。そのうち、あんな風にぶくぶく太って目も当てられなくなるのかと思うとゾーッとするわ。その点、叔父は母にそっくりなの」

　リッツァは、ことあるごとに母親に似て産まれなかった運命を呪い、チェコ人やロシア人の女性が、

「まあ、針金みたい！　触っていい!?」

　と羨むチリチリの縮れ毛を嫌っていた。

「ああ、イヤだ、イヤだ！　なんでパパの遺伝子はこんなに強いんだろう。なんで、ママみたいな真っ直ぐな髪の毛にならなかったんだろう！　マリが羨ましい」

　リッツァの母親は、その真っ直ぐで豊かな黒髪を高く結い上げた、堂々たる美女である。

マリヤ・カラスをややごつくした感じ。

「こないだも、デパートで、知らない男に口説かれたって言ってた」

「若い頃は、さぞ大変だったんだろうね」

「うん。競争率高かったみたい。パパは一目惚《ひとめぼ》れで、一年間しつこく付きまとったんだって」

リッツァの父は、工科大学三年の時に、ドイツ軍に占領されたアテネを抜け出し、山岳地帯のゴルゴピ村にあった左派の拠点に赴いて反戦反ナチスの運動に身を投じる。村の井戸に水くみにきた当時一八歳の母に出会って、激しい恋に落ちたというのだ。

「ママは嫌で仕方なかったんだって。ママが嫌だったのはね、パパが醜いからじゃないの。政治に絡むのが嫌だったんだ」

「じゃあ、リッツァのママは、コミュニストじゃあないの?」

「絶対に、死んでもならないって言ってる。ママの両親はコミュニストなのにね。ママの家は、共産ゲリラのたまり場だった。ママには、ママよりもさらに綺麗《きれい》な姉さんがいてね、村一番の美女だった。ママの家に集まるゲリラの男たちは、みな競って姉さんを自分のものにしたがった。ところが、姉さんは、敵対する王党派の男と恋に落ちてね。両親とゲリラの連中が何度も何度も別れろと説得したのに、姉さんは耳を貸さない。そしたら、どうなったと思う? ある夜、姉さんが家に帰ってこなかった。翌朝、家の前の栗《くり》の木に、吊《つる》し首になった姉さんの身体がぶら下がっていた。さんざん慰み者にされた上でね」

「誰がそんな惨《むご》いことを」

「あれは、共産ゲリラの男たちの仕業だろうってママは言うの。嫉妬《しっと》がらみの。パパは絶対に違うって言い張るんだけどね。まあ、それで、ママは、絶対にコミュニストとは結婚したくないって頑張ったんだけど、親に説得されて泣く泣く嫁がされたんだって。略奪婚よ、略奪婚」

暴風雨のような夫婦喧嘩《げんか》のたびに、母親はその恨みつらみを父親に投げつけるらしい。

あの母親の弟なら、リッツァの言うとおり、叔父さんはかなりの美男だろう。

「叔父はね。女の切れ目がないのよ。今の彼女は、カリーナ・マシューク」

「エッ、あの映画女優の？」

「そう。叔父に首ったけみたいよ。そのカリーナ・マシュークがこないだデートの時に、胸元が大きく開いた真っ黒なドレス着て現れたんだって。あんまりセクシーだったもんだから、叔父はあそこがおっ立っちゃって困ったらしいわよ、なにしろ、人通りの多いバッラフ通りの真ん中だったから」

「その、あそこがおっ立ったって、どこのこと？」

「チンボコに決まってるじゃない！」

「チチチチンボコ!?」

「だから、こないだ教えたげたでしょ、セックスのし方」

「………」

「男は惹かれる女の人とセックスしたくなるものなの！　矢も楯《たて》もたまらずチンボコを女のあそこへ入れたくなるものなのよ。でも、そのままじゃ、なかなか入らないでしょ」

「………」

「分かんないかなあ。ほら、口の小さな瓶にふわふわした綿を突っ込もうとしても、うまくいかないでしょう。そういうときは、綿を棒に巻いて綿棒にすると、うまく入る。だから、セックスしたくなると、チンボコは自然に硬くなるものなの！　ちょうど綿棒みたいに。分かった⁉」

今ふりかえると、リッツァは、私の性教育入門編のなかなか優れた教師だった。今でも、耳搔《みみか》き用の綿棒を見るたびに、リッツァの熱心な説明を思い出す。それでも、リッツァがたれた数々の戒めのなかで、一番頭にこびりついているのは、

「男の善し悪しの決め手は歯である」

という教えである。そう言われてからというもの、いやにまわりの人々の歯に目がいくようになった。すると、実に多くの子どもたちが、歯並びを整えるための矯正金具を付けているではないか。それが子を持つ親の嗜《たしな》みだったのだ。

歯は、その持ち主の氏素姓をたちどころに明かしてしまう。遺伝と、成長期の栄養と衛

生状態を物語る雄弁な証拠なのだ。どうやら、男が女を品定めする際にも、歯は重要な参考資料になるらしいことを知ったのは、いくつかの恋愛小説を読んでからのことだが、いずれにせよ、可愛いわが子が世に出たときに、歯並びごときで不利な評価をされないようにと親たちは心配っているのだろう。

水田稲作を主な生業《なりわい》としてきたわが同胞と牧畜を営んできた民族との違いを、このときほどまざまざと思い知らされたことはない。

ちょうどその頃、世界史の授業でメソポタミアのバビロン王国の歴史をやっていたので、有名なハムラビ法典の「目には目を、歯には歯を」とともに、リッツァの言葉はすっかり脳裏に刻まれてしまった。

今も私は初対面に際して男女を問わずいつのまにか相手の歯のほうに目が行ってしまう悪い癖が抜けない。

＊　＊　＊

ソビエト学校は、九月一日に新学年度が始まり、五月三一日に終わる。四学期制で秋と春に一週間ずつ、冬に二週間、そして夏は、六月一日から八月三一日までの丸々三ヵ月、休みとなった。いずれも、宿題一切なし。初めてそれを知ったときは、まだロシア語もおぼつかない頃だったから、自分の聞き取り能力を疑って、何度も何度も聞き返した。

「嘘でしょう。冗談でしょう」

あまりに私が念を押すものだから、先生やクラスメートたちから逆に尋ね返されてしまった。

「まさか、日本の学校は、休み中に宿題出すなんてこと、するわけじゃないでしょうね？」

「えっ、変⁉」

「へえーっ、日本人って働き者なんだね。でも、宿題なんかあったら、休みにならないじゃないの」

休むときは、休む。この考え方は徹底していて、ソビエト学校には、生徒にとってとても有り難い不文律があった。日曜日や祭日にまたがっての宿題は、一切出してはならないことになっていたのだ。そのかわり、出された宿題をやっていかないなんて考えられないことだった。年に二、三度、そういう不心得者が出る。すると、どの教師も、信じられないという顔をした。それから、

「顔も見たくない！　教室から消え失せろ」

と顔を真っ赤にして怒り狂うのは、いいほうで、最悪なのは、蔑《さげす》むように一瞥《いちべつ》されると、あとは授業中、完全に空気扱いされてしまうこと。気の弱い私は、とうていできなかったが、リッツァは、年に一、二度、宿題不履行をやってのけた。それだけでも、尊敬に値す

るのに、その見返りに、先生にあらん限りの悪罵《あくば》を浴びせられても、あるいは、これ見よがしに無視されても、超然としていた。

「あの先生は、欲求不満のヒステリーなのよ」

さらりと言う。

「欲求不満？」

「そう。男っ気ないでしょう」

校長と、体育、図画の教師をのぞくと教員は全員が女性だった。そして、三名の男性教員の連れあいである女教師以外は、みな独身であった。三〇代後半から四〇代前半、女盛りの彼女たちが適齢期を迎えた頃は、第二次大戦の最中で、同年代の男性はことごとく徴兵され、生還したのは、そのうちのわずか二、三パーセントだった。

リッツァもミーチェスに似て、勉強は大の苦手だったが、スポーツは万能だった。木登りも水泳もボート漕《こ》ぎも群を抜いていた。短距離走もマラソンも走り幅跳びも走り高跳びも平均台も平行棒も鞍馬《あんば》も、とにかくスポーツならば、どんな種目も天才的にこなしてしまう。女の子のみならず男の子さえ寄せ付けない。バレーもバスケットボールも、わが校女子チームのエースだった。それも、ちっとも頑張っている風に見えないのがスマートである。

「リッツァとミーチェスを見ていると、オリンピック競技がギリシャで生まれたのは必然だったと思えて来るなあ」

体育のマイ・コンスタンチーノヴィッチ先生は、リッツァのパフォーマンスに目を細めて呟く。そのかわり、文学のガリーナ・セミョーノヴナ先生は、リッツァの詩の朗読を聴いたり、作文を読んだりする度に、

「リッツァ、あなたがホメロスの同胞とは信じたくないわ」

と嫌味を言ったし、物理のナタリヤ・アレクサンドロヴナも、嘆くことしきりだった。

「まさか、あなたがアルキメデスと同郷とはね！」

でも、数学のガリーナ・ゲナジエヴナ先生ほどリッツァの血管を流れている偉大な文明を担った民族の血について、しばしば口にする教師はいなかった。それもそのはず。リッツァは、数学が天才的にできなかったのだ。

「あーあ、リッツァ、あなたはほんとうに、ピタゴラスやユークリッドを生んだギリシャ民族の末裔《まつえい》なの!?」

同じくらい勉強が苦手なポーランド人のリイカは、決して天才的な同胞コペルニクスやマリヤ・スクロドフスカを引き合いにされてあれこれ言われることはなかったのだから、在プラハ・ソビエト学校の先生方は、ギリシャ文明によほど思い入れがあったに違いない。分厚い古代史の教科書の半分は、古代ギリシャに関する記述で占められていたし、同じ古代社会でもエジプトやメソポタミアやインドや中国、それにローマなどよりも、魅力的に

書かれてあった。古代に自分が生を享《う》けるとして、どの国に生まれたいかと問われたならば、迷うことなくギリシャと答えたであろう。古代ギリシャがらみのたとえ話や逸話は、日常会話の端々に息づいていた。

だから、誰もがリッツァに同情した。

「偉大すぎる文明に連なるのも気苦労が絶えないものねえ」

「古代ギリシャ文明って、学問関係の有名人が多すぎるのよね。とくに理科系の。古代エジプトだって、中国だって、インドだって、ローマだって、個人の名前でとくに知られているのは、為政者の名前が圧倒的に多いんだわ」

「わざわざ気を揉《も》んでくれなくてもいいのよ。ちっとも気にしてないんだから。先生方は、頭硬いから、ギリシャっていうと、古代ギリシャ止まりなのよ。でも、あたしは、メリナ・メルクーリやカザンキスの同胞だと思ってるから、ピタゴラスもアルキメデスも糞喰《くそくら》えってなもんだわ、ハハハハ」

セックスに関してはクラス一の物知りであるリッツァは、同時にクラス一の映画通でもある。というか、映画の中の男と女の関係に、ひときわ関心を持っていて、時と場所を選ばず、それを話し出すと夢中になる癖があった。

あれは、一〇月後半二週間ほどの秋休みを間近に控えたある日のこと。小春日和の陽ざしが差し込む教室で、数学のガリーナ・ゲナジエヴナ先生が応用問題を読み上げていた。

「いいですか。コルホーズ（集団農場）で一台のトラクターが二週間かかって畑を耕しました」

　ここまで読んだところで先生はおしゃべりに夢中なリッツァに視線を注いだ。リッツァは気付かずに隣のリイカに向かってさかんに力説している。

「ジュリアン・ソレルを演じたのは、ジェラール・フィリップ。ああほんとに素敵だった。ああいうのをセクシーな男っていうのよ。それで、彼はレナール夫人の寝室に忍び込むんだけど、ネグリジェ姿の夫人を見て、そりゃあ興奮するの。あれは明らかに演技を越えていたわ。きっとタッてたに違いない。ネグリジェ姿の女ってのは、男を刺激するものなの」

　そう言うと、リッツァは酔ったような表情になった。きっと映画の場面を思い出したのだろう。だからガリーナ先生がすぐそばまで来ていて、腕を組み目をむいてリッツァを睨《にら》み付けているのにまったく気付かないでいる。

「リッツァ！　立ちなさい！　一台のトラクターは何週間畑を耕した計算になるのか、言ってごらん」

　リッツァはしまったという顔つきで立ち上がるとモジモジしながら懇願した。

「すみません。問題をもう一度教えて下さい」

「リイカ、有益なお話のお礼に教えてあげなさい」

この辺の展開は、二人のすぐ背後に座る私も先読みしていてカンニング・ペーパーをリイカに手渡してある。

「はい、コルホーズで二台のトラクターが二週間かかって畑を耕しました。一台は何週間畑を耕したのでしょうか」

リイカがスラスラ答えてしまったので、先生はちょっとガッカリしたみたいだったけれど、リッツァの方を向いて答えろという合図に顎《あご》をしゃくった。

「一週間です」

間髪入れず自信満々の答えだった。

「いい、リッツァ、もう一度問題を注意深く聞いてちょうだい。二台のトラクターが二週間かかって畑を耕したのよ。一台は何週間畑を耕したことになるの」

「一週間です」

先生はしばし唖然《あぜん》としていたが、ショックから立ち直ると、諭すように言った。

「では、ここにニワトリが一羽います。体重が二キロだとしましょう。いまこのニワトリは二本足で立っています。さて、ニワトリの体重は何キロでしょう」

「二キロです」

「そうね。良くできました。では、このニワトリが片方の足だけで立ちました。この時、つまり一本足で立っているニワトリの体重はどれだけありますか」

「一キロに決まってるじゃないですか」

先生は思わず失笑。教室内も笑いの渦。でも、リッツァは別に悪ふざけしているわけではない。大真面目だ。みなが笑うのも、先生があまりにも分かり切ったことを尋ねるせいだぐらいに思っているのだろう。恥じ入るどころか堂々としている。先生の方もめげずに頑張る。

「では、リッツァ、あなたの体重は何キロなの」

「えっ、そんなことクラスの人たちに聞かせるんですか」

「かならずしもほんとうの数字でなくていいのよ。応用問題の材料にするだけなのだから」

「よんじゅう……ごキロです」

「四五キロですね。では、割りやすくするために、四六キロってことにしましょう」

ここでリッツァは突然声を荒らげて抵抗した。

「嫌です。絶対に嫌です」

「それでは、四四キロってことにしましょう。それなら、いいわね」

「ええ、まあ」

「ではリッツァ、あなたの体重は四四キロです。今あなたは二本の足で立っていますね」

「はい」

「二本足で立つあなたの体重は何キロですか」

「だから、四四キロだって言ったでしょ」

「では、一本足で立ったとき、あなたの体重は何キロになりますか」

「二二キロです」

「ちょっと一本足で立ってごらんなさい」

リッツァは渋々片足を軽く床から離した。

「さあ、もう一度考えて。あなたの体重は、いま何キロですか」

「えーっと……にじゅう……あっ四四キロです」

ガリーナ先生は、ホッと胸をなで下ろした様子で尋ねた。

「リッツァ、同じように片足で立っているというのに、なぜニワトリは体重が半分になってしまうのに、あなたの体重は変わらないの」

「先生、ひどいわ。ひどすぎる」

リッツァはみるみる両目に涙をためると、すすり泣きながら抗議した。

「私は人間ですよ。トリなんかと同じに扱わないで!!」

コワモテのする数学教師ガリーナ・ゲナジエヴナ先生のあだ名は、ストロング・ガリーナだったけれど、リッツァとの格闘では、こんな風にいつもガリーナの無惨な負けで幕を閉じるのだった。そして、こんなときに、ストロング・ガリーナは、負け惜しみにいつもの決まり文句を吐くのだ。

「あーあ、リッツァ、あなたはほんとうに、ピタゴラスやユークリッドを生んだギリシャ民族の末裔《まつえい》なの⁉」

その日、私たちはみなゾロゾロと連れだってフランス映画『赤と黒』を見に行った。

イタリア映画の『誘惑されて捨てられて』だの『ああ結婚』だのも、同じようなきっかけで見に行ったような気がする。リッツァとの出会いがなかったら、私が映画に取り憑《つ》かれるのは、もっとずっと遅かったはずだ。

ついこのあいだ、ジェラール・フィリップ主演の『赤と黒』を久しぶりに見て、くだんのベッド・シーンのつつましさに愕然《がくぜん》とした。レナール夫人の「ネグリジェ」は、胸元や二の腕あらわなスケスケなどではなくて、今時の秋物のワンピースよりも厚手の生地で仕立てられたかのような作りで、裾《すそ》は床まで、袖《そで》は手首まで、襟は首の周囲までキッチリ届く露出部分皆無の代物だった。

映画といえば、ソビエト学校では、しばしば『十月革命』とか『レーニンの生涯』など啓蒙《けいもう》的なドキュメンタリーフィルムを上映した。一度、『レーニンの足跡をたどって』という名の映画を見せられたことがある。生まれ故郷、ヴォルガ河畔の小都市シムビルスク、学生時代を過ごしたカザン市、シベリアの流刑先、亡命先だったスイスのレマン湖畔やプラハ旧市街のマンション等々、レーニンが滞在した場所、革命後居住したクレムリンの一角（大部分が当時の家具調度をそのまま残しているか、再現して博物館になっている）を時系列で紹介するものであった。いわばレーニンゆかりの聖地巡礼という趣の映画。講堂の暗闇の中で、隣に座るリッツァが呟いた。

「マリ、レーニンって、ずいぶんいい暮らししてたのね」

偉大な指導者が、いかに己の全生涯を革命のために捧げたか、というトーンで流れるナレーションに、すっかり浸っていた私は、その時初めて気付いたのだった。映像から伝わってくるレーニンの生活水準は、今の、つまり、革命後のロシアやチェコの一般市民のそれよりはるかに高く、家具調度もとても趣味良く高価そうであることに。

この体験は、私にとってはとても衝撃的だった。実際に目に映っているものでも、脳みそのスタンスによって、まったく見えないことがあると気付かされたからだ。リッツァに対する尊敬の念が芽生えたのは、この出来事がきっかけである。

労働者農民の解放を説いたレーニン自身が、実は生涯に一度も自らの労働で自分の生活を支えるという生活者の経験を持たなかったことや、地主として小作人からの小作料を当てにして生きていた事実を確認できたのは、ごく最近である。それを、すでにわずか一〇歳そこらで見抜いたリッツァのシビアなリアリズムに、今更ながら感服する。

＊　＊　＊

いとしのリッツァ、お手紙ありがとう。数学と物理の追試は無事通過しましたか？東京は、外気の温度はプラス五度前後ですから、プラハよりはるかに暖かいはずなのに、とても寒いんです。家屋の造りが夏向きなものだから、たえずすきま風に悩まされてます。それに、普通の家には、まともな暖房がないんです。家全体を暖めるのではなく、部屋ごとにストーブを焚《た》いたり、コタツやヒバチという身体を部分的に暖める器具を使うんです。これについては、今度詳しく説明します。ところで、明日から日本の学校では三学期が始まります。それで、転校先の中学校へ母と一緒に行くことになってます。日本の学校は五年ぶりなので、ちゃんと適応できるかどうか、とても心配です。

ところで、仲良しグループのみんなに手紙を出したのに、ソ連人のクラスメートだけは、ひとりも返事がありません。みんな、元気なのかしら。クラスの様子、知らせて下さい。では、一〇〇〇回キスします。

一九六五年一月八日　　東京のマリより

父の任期が終わり、私の一家がプラハを引き払ったのは、一九六四年の一一月、ちょうどプラハに移り住んで五年目のことだった。帰国した翌年の一月、地元の中学校に編入した私は、初めのうちは、なかなか溶け込めなくて、プラハの学校が恋しくて仕方なかった。だから、リッツァや仲良しのクラスメートにせっせと手紙を書いた。ソ連人の同級生が、誰一人返事をよこさなかった事情については、ずっと後になってから知った。ソ連邦が崩壊した後に、再会できたソ連人の同窓生が、実は資本主義圏の人間とは、痕跡《こんせき》が残るような交際をしてはならないと親や周囲から厳しく牽制《けんせい》されていたのだと教えてくれた。

リッツァ、こちらの中学に通うようになって一週間たちます。母は、空白期間があまりにも長すぎたので、本来私が編入すべき中学二年ではなく、一年遅らせて中学一年に入れてくれと校長に頼み込んだのだけど、「お子さんが劣等感を持つと可哀想だ、それに手続きが煩雑だ」という理由で断られてしまったものだから、私は中学二年に通ってます。すごく驚いたのは、一クラス四五人もいること。授業中、先生がほとんど一方的にしゃべりっぱなしで、それがまた苦痛になるほど退屈なのだけど、みなは黙々とノートを取っています。私の同胞は、とても真面目で辛抱強い民族のようです。テストはどれもペーパーテストで、選択式か○×式です。口頭試問も論文もなし。テスト用紙を返してもらうとき、みなが成績を必死で隠すのが不思議です。それから、友達が何人かできたのだけど、トイレに行くときに一緒について行ってあげなくてはならないという変わった風習があります。これは、この学校だけのローカルな風習なのか。それとも、日本の学校の仲良しは、みなそうしなくてはいけないのか、まだ分かりませんが。では、また。

一九六五年一月一五日リッツァの手紙を待つマリより

リッツァ、この学校に通うようになって早一月半。実は、最初の日に気付いたことで、すぐにもあなたに報告しなくてはと思ったのだけれど、念入りに確認してからと思って今日まで書きませんでした。日本の学校の教え方とか、学生のおとなしすぎることとか、私はとても物足りない感じがしていたのですが、この点だけは、日本の学校が誇りに思っていいことではないかと思ったんです。男の子たちが、決して女の子の胸を触ったり、スカートの下に手を入れてきたりしないの。そちらの学校では、日常茶飯だったでしょう。女の子たちで団結していろいろ防衛手段を講じたでしょう。私は、男の子とはそういうものだとすっかり思い込んでいたものだから、日本の学校に入って、これだけは非常に感激しています。以上、報告まで。手紙、待ってます。

マリ

一九六五年二月一八日

筆無精のリッツァからの返事は、私の手紙三通に対して一通の割ではあったけれど、その手紙はいつも率直でどことなく愉快なものだった。

いとしのマリ、手紙をありがとう。数学のガリーナに苦しめられて、三回も追試をやらされていたものだから、とても気になってたんだけど、なかなか手紙書けなくてごめんね。それで、マリの今通ってる学校の男子生徒が触ってこないってのは、もっと若いときもそうだったってこと？　というのは、最近、クラスの男の子たち、まるで憑《つ》き物が落ちたみたいに触らなくなっちゃったのよ。大人になったのかも知れないね。触り病は、一種の麻疹《はしか》だったんだ。ところで、この学校、八年制だったでしょう。それが、今度の九月から一一年制になるんだ。つまり、この学校を終了すると、大学受験資格が取れるようになったってわけ。といっても、私は大学に入るつもりはさらさらないけど。去年は、進級するのにあれだけ苦労したんだもの。そうそう、マリにもずいぶん助けてもらったっけ。じゃまた。といっても、また手紙いつ書けるかわかんないけど、マリのことはいつも想っているから。キス一万回。

一九六五年三月二〇日

いつもあなたのリッツァより

リッツァ、元気？　日本は、四月に学年度が改まるものだから、もう中学三年生です。先生方も級友たちも、上級の学校に進学するための受験のことで時間と空間をギシギシに埋め尽くしている感じです。何だか話がぜんぜん合わなくて砂を噛《か》むような毎日です。ところで、五月にはいると、そちらは年度末の進級試験が始まるでしょう。ちゃんと一日二時間は机の前に座らなくては駄目よ。

一九六五年四月九日

マリより

勉強嫌いのリッツァは、毎年落第しそうになるものの、頼りになるクラスメート一同の支えもあって、なんとかからくも進級していた。リッツァよりも、私のほうがそのことでハラハラした。本人は、気楽なもんである。

マリ、いつもあたしの勉強のこと心配してくれてるみたいだけど、ありがとう。でも、いいの、勉強なんて。パパは、あたしに医者になれ、医者になれって毎日うるさいけど、まっぴらだわ。医者なんて、一生勉強じゃない。これほど、あたしに不向きな職業はないと思わない？　ああ、ゾーッとする。絶対に医者になんかなるもんですか！　あたしは、映画女優になって喰ってくつもりだから。贅沢《ぜいたく》して、いい男と片っ端から寝てやるつもり。

一九六五年五月一日　　　　未来の女優より

リッツァは一三歳から一四歳にかけていきなり背丈が伸びて、胸の膨らみも目立つようになり、あかの他人には、立派な大人に見えたのだろう。エキゾチックな顔立ちのリッツァは、街を歩いていると、よく男の人に声をかけられた。その中には、

「ねえ、ねえ、僕の映画に出てみないか」

と誘ってくる男もいるらしい。もちろん、口から出まかせ男もいるが、本物の映画監督もいるという。そんなこともあって、もともと映画好きのリッツァの女優願望は、ますます強くなっていったのだった。少なくとも、リッツァが医者になるはずがなかった。

そして、その年、リッツァは落第した。

「ストロング・ガリーナに落第させられたのよ。あいつは、ミーチェスに気があってしつこく口説いたのに、相手にされないものだから、その腹いせにあたしを落としたのよ」

というのが、そのことを手紙で報告してきたリッツァの解釈だった。私の返事には、それを訝《いぶか》しく思うニュアンスがにじみ出ていたのだろう、リッツァは意地になって反論してきた。

いとしのマリ、信じないようだけど、あたしは、はっきり見たのよ。ミーチェスが見せてくれたのよ、ストロング・ガリーナがミーチェスに宛てた恋文。あの醜い大女が小娘みたいな甘ったるい文章書いてきてんのよ。ミーチェスも馬鹿ね。数学の点が欲しいもんだから、一度寝てやったみたいなの。それ以来付きまとわれて往生してるわ。念のため、言っときますけど、ミーチェスは、一応、自分の寝た女については口が裂けても言わない美意識の持ち主ですからね。言ったのは、ガリーナについてだけ。つまり、ウンザリしてたわけ。それにしても、ミーチェスには私が試験をパスするまでは我慢してて欲しかったわ。マリも、受験勉強が大変そうね。ではまた。

一九六五年六月二一日　　妹想いの兄に恵まれないリッツァより

そのうち、私自身が受験勉強に追われるようになり、日本の教育制度と人間関係に適応するのに四苦八苦するうちに、少しずつプラハの思い出よりも東京の現実の比重のほうが大きくなっていった。いつしか、文通も途絶えがちになり、簡単な年賀状のやりとりで変わりないことを確かめあう仲になっていた。

突然、プラハの学友たちのことを思って眠れぬ日が何日も続くようになったのは、一九六八年八月二〇日以降のことである。「人間の顔を持つ社会主義」を目指して始まったチェコスロバキアの政治・経済改革運動「プラハの春」は、今までの社会主義国では考えられなかったような、複数の政治的立場の容認や言論の自由の拡大など次々と大胆な改革を実現していった。これがうまくいけば、社会主義にも希望が持てそうな気配がした矢先、ワルシャワ条約機構軍の戦車がチェコスロバキアを占領し、改革派を排除弾圧し始めた。

その頃、他の多くのクラスメートたちは、すでに故国に帰っていたが、リッツァだけは、まだプラハにいたはずだった。しかし、久しぶりに速達で出した手紙の返事は来ず、何度試みても、電話は通じなかった。

プラハ・ソビエト学校は、事件後閉鎖されたと人づてに聞いた。なにひとつたしかな情報をつかめないまま高校三年になっていた私は、大学受験モードに突入していった。

まもなくリッツァが兄のミーチェスとともに、プラハ・カレル大学医学部に入学したという噂が風の便りに聞こえてきた。

カレル大学は、ヨーロッパでも最古の部類に入る由緒ある大学の一つであり、チェコスロバキアで最も権威ある大学である。日本でいえば東大みたいなものだというと、分かりやすいかもしれない。もちろん、日本のちょっと異常な東大崇拝のようなものはないが、かなり学業成績優秀な者でないと、入学は難しい。ましてや、医学部ともなると、理科系の科目を忌み嫌ったリッツァやミーチェスがそもそも受験すること自体が信じられなかった。おそらく、誤情報に違いない。万が一、カレル大学医学部に入学しているとしたら、それは、父親のコネを利用したのかもしれない。リッツァの父親は、ギリシャ共産党の幹部で亡命者だったけれど、共産党が政権を握っていたチェコスロバキアでは、優遇されていたのではないか。帰国してから知ったことだが、勤務先の『平和と社会主義の諸問題』編集局の賃金は、チェコスロバキアの平均賃金の四—六倍だった。住宅とか、保養地とか、診療所とか、他の企業に較べて何かと恵まれていた。その優遇の延長線上に、大学の希望学部への入学もあったのではないか。カレル大学にそんな風習があるとは信じたくなかったが、当時、ソ連に留学して帰国した人々が口々に、ソ連の大学では、有力者の子弟のコネ入学が当然視されていると言うのを聞くにつけ、ソ連の支配下にあったチェコスロバキアでももしやと思ったのである。もっとも、実際にリッツァがカレル大学医学部に入学したのかどうかは、その時点では確かめようがなかったのだけれど。

七〇年代半ば以降ギリシャの政情も安定化して、軍政から民政に移行した。かつてギリシャを追われた女優のメリナ・メルクーリや作曲家のミキス・テオドラキスなど亡命者たちが続々と帰国していった。きっと、リッツァやミーチェスも両親とともに、いち早くギリシャに戻ったに相違ない。あれだけ望郷の念に身も心も焦がしていた一家なのだから。ギリシャの青い空を仰ぎ見る日を、あれほど夢見ていたのだから。

あのときは、ほんとうにすぐにまた逢えるものと思っていたのに。
「うん、交通費はかかりそうだけど、逢いたくなったら、なんとかなりそうね」
くだ。きっと、またすぐに逢えるわね」
「マリは、もうすぐ東京に帰るのね。でも、日本は遠いと思っていたけれど、こんなに近
を見つめながら、リッツァがボソッと呟いたのだ。
プラハを離れる一月ほど前のことで、東京オリンピックの入場行進を中継するテレビ画面
プラハのリッツァの家で交わした会話が昨日のことのように蘇《よみがえ》ってくる。それは、私が
者などひとりもいなかった。
ただろう国々に旅するようになった。しかし、一四歳の頃に知らされた住所に、今も住む
彼らの面影に惹《ひ》かれるように、再三再四、プラハやプラハ時代の学友たちが帰っていっ
「リッツァに逢いたい。プラハ・ソビエト学校時代の同級生みんなに逢いたい」
ろうか。いつのまにかクラスメート一人一人の顔が浮かんでいることが多くなった。
いく時期。もう立派な中年になっている同級生たちは、この激動期を無事に生き抜いただ
代も後半に入ってからのことである。東欧の共産党政権が軒並み倒れ、ソ連邦が崩壊して
再びプラハ時代の学友たちのことが、むやみに心をかき乱すようになったのは、八〇年
あまりリッツァのことを思い出さなくなった。
リッツァの姿をギリシャの青い空の下に置いてからというもの、私の心も安心したのか、

かつてプラハ・ソビエト学校があった場所にも何度か足を運んだ。建物を眺めていると、先生方にことあるごとに聞かされたことを思い出す。

「一九四五年、ナチス・ドイツの占領から解放してくれたお礼のしるしに、チェコスロバキア政府がソビエト連邦に、この建物をプレゼントしたんですよ」

六階建ての建物が、建築学の教科書にも登場するような一九三〇年代に一世を風靡《ふうび》した構造主義建築の代表格であり、一九三〇年にもともとロシア人学校の学舎として建てられていたことを知ったのは、観光客としてプラハを訪ねたときのガイドの口からだった。ロシア人学校はチェコスロバキアがソビエト連邦の衛星国に成り下がる前からあったんですよ、とそのガイドは私の耳もとに囁いた。

建物そのものは、そのままだったが、建物の周囲は一変していた。学校の玄関前の並木道も並木道の向こうの大きな花壇も、跡形もなく撤去され無機質な高速道路と化していた。ものすごい勢いで車が走っていくものだから、騒音のため大声で話しても聞こえない。はす向かいに世界チェーンの巨大なホテルがそびえ立ち、学校の建物は、とても小さくみすぼらしくなってしまっていた。キリール文字で「在プラハ・ソビエト大使館付属八年制小中学校」と記してあった金属板のかわりに、チェコ語で「中等看護学校」と刻まれたプレートが壁面に埋め込んであった。

学校の正面玄関から右へ五〇メートルほど行った先に駄菓子屋があって、放課後よくトルコ蜜飴《みつあめ》を買いに走ったものだ。あの駄菓子屋があったのは、たしかこの辺りだ。しかし、見あたらない。

「何か、お探しですか？」

小柄な年輩の婦人だった。

「ここに駄菓子屋さんがありましたよね」

「ええ、ええ。でも三〇年も昔のことですよ。外国の方とお見受けしましたが、よくそんな昔のことを……。日本からいらしたんですか。ソビエト学校に通われていたんですか。まあまあ、あの学校に一九六〇年から六四年まで。私どもがここに越してきたのが一九五八年ですから、お会いしていたかも知れませんわねえ……。せっかくですから、うちにお寄りになりませんこと？」

ペトリコーワと名乗った婦人が案内してくれたのは、学校の裏庭を見下ろすアパート三階の2DK。子どもたちはすでに独立し、夫と二人、年金暮らしだそうだ。居間に通してくれた。居間のバルコニーからは、校舎と裏庭が一望できる。

「あの学校の女の先生方は、みな美人揃いでおしゃれで、毎日のように服を変えてましたね。この辺りでも評判だったんですよ。それに、スクール・バスで通って来るお子さんたちも、みなとても高価そうな服装をしてましたわね」

言葉の端々から特権階級のための特別の学校のように見られていたことを、このとき初めて知った。かなりショックだった。しかし、もっと大きなショックが待っていた。一九六八年八月二一日からしばらくのあいだ、校舎は、ソ連軍の駐屯所になったと、彼女が話してくれたからだ。

「夏休みでしたからね。寮に残っていた数人の子どもたちは、全員どこかへ移動させられましてね。一夜にして基地になってしまいましたよ。学校の占める区画の四隅に大砲が据えられまして、四六時中衛兵がパトロールしてましたね」

「それで、学校は閉鎖されたまま、閉校になってしまったんですか?」

「いいえ、半年後だったか、兵隊たちが引き上げていった後、再開したみたいですよ。でも、それから一〇年もしないうちに、別な場所に引っ越したようですね。それからどうなったかは、存じませんが」

＊　＊　＊

ソビエト学校《ソヴエッカー・シコラ》のことを、プラハの人々は頑なにロシア学校《ルスカー・シコラ》と呼んだ。そこには属領にされた国の市民の矜持《きょうじ》があった。そして、ソビエト連邦が崩壊した今、プラハの別な場所に移った旧ソビエト学校は、名実ともにロシア学校となった。近くにロシア、アメリカ、中国など多数の大使館が立ち並ぶお屋敷街のど真ん中に、場違いな感じでそのいかにも安普請の校舎はあった。規模は、私の通っていた旧校舎の三分の一。インテリアや設備も貧弱で、今のチェコに占めるロシアの立場を如実に表しているようだった。

「ほう、わざわざ日本から。それで、ギリシャ人の同級生をお探しとはねえ。この学校も昔はずいぶん国際的だったんですね」

小太りのちょっと気の弱そうな校長先生は、開口一番、自嘲《じちょう》気味にそう言った。

「今では、ロシア人以外には旧ソ連諸国の子どもたちぐらいしか通ってきませんよ。それも年々減ってきてます。これからはロシア語ができるより英語ができるほうが世の中を渡っていくのに有利だと踏んでいるのか、アメリカン・スクールに入れたがる親が増えてますからね。もっとも、アメリカン・スクールはけっこう金がかかるらしくて、仕方なくこちらに通わされる子どもさんもいますがね」

その頃の卒業生名簿を見せてもらいたいと言うと、即座に反応してくれた。

「そんなものありませんよ。えっ、どこにあるかだって？　うーん、参ったなあ。とにかく、ここにないことだけは確かです。あるとしたら、ここを管轄するモスクワの外務省でしょう。毎年、学年度が終わるたびに、すべての記録をあちらに送ってますからね。ええ、ええ、ソ連邦が崩壊しても、わが国の中央集権主義だけは健全ですからねえ」

わざわざ時間を割いてくれたことに礼を言い、立ち去ろうとする私の手がドアのノブに触れたとき、

「ああそうそう、思い出しましたよ」

校長先生が呼び止めてくれた。

「コロニーです」

「えっ?」

「ギリシャ人コロニーですよ。チェコにはかなり多数のギリシャ人が住み着いて共同体を形成していますからね。そこにアクセスしてみたらどうです?」

「でも、どんなふうに?」

「ギリシャ人子弟のための学校というか、塾みたいなものがあるんですよ、プラハには。このあいだ、在チェコ共和国外国人学校の交流会がありましてね。ちょっと、お待ち下さい」

校長先生は、机の引き出しの中をしばらくまさぐっていた。

「ああ、ありました、ありました。ほら、ここに住所と電話番号があります。どうぞ、書き写して下さい」

ギリシャ人学校は、「白い白鳥《ビラ・ラブチ》」という有名なデパートの並びにあった。市心部の繁華街のど真ん中ということになる。しゃれたブティックと小粋《こいき》なカフェに挟まれてその扉はあった。せわしなく通りを行き交う観光客は見過ごしてしまうだろう。ドブネズミ色のペンキがあちこち剝《は》げた鉄の扉にはプレートが貼り付けてあって、目を凝らすと、たしかにギリシャ文字らしい表示の下にチェコ語で「ギリシャ学校」と記してある。扉はさび付いていて、押すとギギーッと耳障りな音を立てた。突然別世界になった。そこは、両側からビルの煉瓦《れんが》むき出しの壁面が迫ってくる幅一メートルもない通路で、外の華やかな喧噪《けんそう》が嘘のように薄暗く殺伐としている。突き進んでいった正面にある扉を押すと、階段室で、さらに暗い。ギリシャ学校の住所は、たしか、この建物の二階である。足下に気をつけながら階段を上る。二階の踊り場に面して扉が三つあり、何の表示もない。ちょうど背後から駆け上がってきた女性に尋ねると、右端の扉を開けて、導き入れてくれた。そこは幅二メートルほどのエントランス・ホールになっていて、どこからともなくピアノを弾く音が聞こえてくる。

「ああ、リッツァが、歌っていた歌のメロディーだ！」

思わず日本語で叫んでしまった。たしか「アテネの子どもたち」という歌。ギリシャの歌をと所望されるたびに、馬鹿の一つ覚えみたいにこの歌を歌っていた。

「ところで、失礼ですが、何のご用？」

先ほど導き入れてくれた女性である。事情を話すと、ここでギリシャ語のボランタリー教師をやっているという彼女は、「では、こちらへ」と言って、小さな教室へ入るよう促した。

「ああ！」

またまた叫んでしまった。壁面いっぱいにギリシャの観光ポスターが貼られていた。

「それは抜けるように青いのよ。一点の曇りもない空を映して真っ青な海が水平線の彼方《かなた》まで続いている。波しぶきは、洗いたてのナプキンのように真っ白。マリ、あなたに見せてあげたいわ」

誇らしげなリッツァの声が聞こえてくるようだ。まさに、リッツァが言ったとおりの真っ青な空の下、岸壁にあたった波が真っ白なしぶきを上げている。

「ポスターがずいぶんお気に召したようね」

「あっ、いえ、リッツァがいつも自慢していたギリシャの青い空そのものだったものだから。きっと、リッツァはこの青空の下へ帰ったのでしょうね。でも、ギリシャのどこへ帰ったか。手がかりは、プラハにあるのではないかと思って」

「わたくしが、プラハにやって来たのは、八〇年代に入ってからですからねえ。今、舞踊のレッスンをやっておられるヘレナ先生は、たしか七〇年代からいらっしゃるから、一〇分後にレッスンが終わったところで尋ねてみたらいかが」

学校は、在プラハ・ギリシャ人たちが、子弟がギリシャ人であり続けるために、基金を募って創設したもので、子どもたちはチェコの学校の授業が終わった後、ここへやって来てギリシャ語やギリシャの文献に親しみ、ギリシャの音楽、舞踊などのレッスンを受けるという。舞踊のレッスンをのぞいてもいいかと尋ねると、ヘレナ先生の許可をとってくれた。

思った通り、リッツァがよく口ずさんでいたあのメロディーが鳴り響く部屋だった。一五人ほどの少年少女たちが、小柄な年輩の先生の指導のもと、輪舞を踊っている。その部屋の壁面にも、ギリシャの抜けるような青空が貼ってあった。ふと、私の目は、ひとりの少年に釘付《くぎづ》けになる。あまりにもミーチェスにそっくりだ。

「はい、今日はこれでおしまい。では、教室を元通りにして下さいな」

生徒たちが、教室の片隅に積み上げられた椅子と机を元の場所に戻しているあいだに、ヘレナ先生は私に話しかけてきた。

「それで、パパドプロスさんをお探しなんですってね」

「ご存じなんですね！」

「パパドプロスという苗字《みようじ》は、けっこうポピュラーなんですよ、ギリシャでは。どんなパパドプロスさん？」

「ちなみに、あの少年はパパドプロスではないのでしょうか？　私の探しているリッツァにも、そのお兄さんのミーチェスにもおそろしくよく似ているのだけれど」

「いいえ、他人の空似だと思いますよ。彼の姓はダマナキス。母親の旧姓はミツォタキ」

ちょっとガッカリしたものの、リッツァとミーチェスについて思い出せる限りのデータを並べ立てた。父親が『平和と社会主義の諸問題』編集局に勤務していたこと、母親が黒目黒髪の迫力ある美女だったこと、その母親の弟もすごいハンサムらしいこと、真偽のほどはたしかではないが、二人がカレル大学の医学部に入ったという情報を耳にしたこと。一九六八年の事件の少し前から音信不通になってしまったこと。持参したアルバムを開いて兄妹の写真を見せもした。

「さあねえ」

ヘレナ先生は、小首を傾げて考え込んでしまった。

「私がプラハにやって来たのは、七二年ですからね。お話をうかがっていると、それ以前のお話ですものね」

「でも、ギリシャ人コミュニティーの中で、お逢いになったことがないものかと」

「そうだ！　パパドプロス教授にお聞きになるといいわ」

「それ、リッツァの親戚では？」

「そこまでは分かりかねますが、同姓であることは確か。とにかくパパドプロス教授は、プラハのギリシャ人コミュニティーでは最長老のお一人だから。あっ、ほらほら、ここに電話番号がありますから、電話するなり、お逢いになるなりしてみるとよろしいわ」

「ええ、必ず」

「成功を祈りますよ！」

「ありがとうございました」

その場を引き上げようとするところで、腕をつかまれた。

「ごめんなさい、リッツァ・パパドプロスを探しておられるっておっしゃいましたよねえ」

　声の主は、目鼻立ちのくっきりした大柄な女性だった。

「盗み聞きしたわけではないのだけれど、娘を迎えに来ていましてね、ヘレナ先生とあなたのやりとりが耳に入ってきたものだから」

「リッツァをご存じなんですか？」

「カレル大学で寮が同じだった同国人に、リッツァ・パパドプロスという子がいましたよ」

「学部は？」

「医学部。予習、復習が大変で、いつもフーフー言ってたわ。学業にしじゅう行き詰まってずいぶん悩んでいたみたいよ。医学部なんて来るんじゃなかったって後悔してた」

　いかにもリッツァらしい。しかし、どうも引っかかる。

「リッツァは両親とともにプラハに住んでいたんですよ。普通寮に入るのは、自宅がプラハにない人でしょう」

「ええ、まあ。その辺の事情は知りませんが、たしかにリッツァ・パパドプロスは、同じ寮でした」

「そのリッツァは、髪の毛がチリチリの天然パーマ？」

「ええ、ええ、まるで鳥の巣みたいだったわよ」

「ねえ、この中にそのリッツァはいる？」

アルバムを広げて写真を見せた。

「ああ、これこれ。この子よ！」

「リッツァは、今どこにいるの？」

「知りません」

「知りませんて、そんな……」

「ごめんなさい。だって、彼女と寮が一緒だったのは、入学後の一年間だけで、私は文学部だったし、彼女は医学部だったものだから、その後はぜんぜん接点がなくて」

「ああ、いやあ、こちらこそごめんなさい。なにしろ、三〇年も前に別れたきりなんですから、探し出そうなんていうのがどだい無理な話なんです……」

「そんなに落胆しないで！　あきらめちゃ駄目！」

「そうですね。ところで、卒業できたのかしら」

「さあ」

「ミーチェスっていう名のお兄さんも同じ医学部に入ったらしいけれど、それは聞いたことないですか？」

「いいえ。兄は工科大学に通っているって聞いたような気がするけど、記憶力には自信ないわ」

「ギリシャに帰ったのかしら」

「さあ……そうだ！　医学部事務所で卒業生名簿をご覧になるといいわ。えっ、卒業できなかったかもしれない？　たしか入学者名簿もあるはず。とにかく行ってみることよ」

　マリヤ・アンドレアスと名乗った彼女のアドバイスに従って、その足ですぐカレル大学医学部事務所に向かったが、門は閉まっていた。そのとき初めて辺りがすっかり暗くなっていることに気付いた。腕時計をのぞくと、午後七時。いささか平常心を失っていた自分に苦笑しながらホテルに戻り、ヘレナ先生から教えてもらったパパドプロス教授に電話をかけた。電話はすぐにつながり、いかにもおっとりとした教授は、私の話を一通り聞くと、おそろしいことを言った。

「それは、テオドール・パパドプロスさんのことではないかね。彼は、一〇年ほど前に亡くなっていますな」

「何ですって！　どこで？　なぜ？」

「たしか、ユーゴスラビアか、ハンガリー辺りで自動車事故に遭われたようです。それ以上のことは、分かりませんな」

「娘のリッツァや息子のミーチェスの消息は？」

「ああ、申し訳ないが、まったく知りませんねえ」

「テオドール・パパドプロスさんは、自動車事故に遭われたとき、住まいはどこにあったのですか？」

「お役に立てなくて何だか悪いなあ。そうそう、エバンゲロス君なら詳しいだろうから、訪ねていかれるとよろしい。これから住所を言いますから、書き留めなさい。エバンゲロス君は、とても面倒見のいい男で、チェコのギリシャ人社会では顔役だからねえ。僕より前からチェコに住み着いているし、ずいぶんいろんな人たちのことを把握しているはずですよ。えっ？　電話番号？　どこかに書き留めたはずなんだが……プラハ郊外のTという鉄道駅のそばで居酒屋をやってるんだが、その居酒屋の名前も忘れちまった。人間、年とるとろくなことがないねえ。いやあ参った、参った」

翌朝は、まずカレル大学医学部の事務所を訪ねた。昨日は暗くて気付かなかったが、旧市街の由緒ある建物に囲まれて事務所はあった。最近の建造物なのだが、建築家の努力の賜《たまもの》だろう、周囲の風景に違和感無く溶け込んでいる。

事情を話すと、意外にスンナリ資料閲覧が認められた。いくつもの中庭を通り抜けてたどり着いた資料館は、壁が厚く、天井が低く、いかにも中世の建物である。螺旋《らせん》階段を上っていった二階に、入学者関係の資料室はあった。背の高い男の担当者に、探している名前と入学年度を尋ねられた。

「リッツァ・パパドプロス。女。たしか一九六八年頃の入学だと思いますが」

「ちょっとお待ち下さい」

担当者は、書棚の背後に消え去ると、黒表紙のファイルを抱えて戻ってきた。

「六九年の医学部入学者リストに、ソティリア・パパドプロスという女性がいます。ギリシャ人ですね。リッツァという名は見あたりませんよ」

「よろしいですか、自分で確かめても」

「どうぞどうぞ」

ファイルには、一九六五年から七五年までの毎年の入学者リストが収められていた。たしかに、リッツァ・パパドプロスもミーチェス・パパドプロスも見あたらない。パパドプロスという姓は、このソティリアという名の女性だけである。一九五〇年一〇月二一日生まれ。これは、リッツァの誕生日と同じだ。父親の名前はテオドール。リッツァというのは、ソティリアの愛称だったのだろうか。しかし、一度もリッツァからそのことを聞かされたことがない。それに、両親の住所が西独のハナウ市になっている。

卒業者リストと在籍中の成績に関する資料を尋ねると、三階にあるのでついてこいと担当者に言われた。再び螺旋階段を上る。行き着いたのは、巨大な書庫だった。

「ここには一五世紀からの資料が収められているんですよ」

誇らしげに言う。層成す埃《ほこり》も一五世紀以来か。左手に書棚が並んだ細長い書庫の突き当たりに閲覧用の机があり、そこで私を待たせると、担当者は巨大なファイルを持ってきて、広げてくれた。ソティリアが、幾度も追試や再試を受けていたことが分かる。留年も二回している。これは、いかにもリッツァらしい。マリヤ・アンドレアスさんの証言にも通じる。やはりソティリアはリッツァなのか。ソティリアは、それでも一九七八年には卒業していた。これで、めでたく医者になったとすると、ちょっと患者のことが心配になる。卒業後の就職先や住所に関する資料は、大学にはないとのことだった。

資料館を出て、電話番号案内でエバンゲロス氏の住所から電話番号を調べたが、そういう登録はないと言われた。T駅とやらに行ってみるしかないだろう。タクシーの運転手は二時間もあれば行けるという。

車はプラハの市境を越えて、田園地帯を走り抜け、小さな盆地に広がる町を見下ろす鉄道駅に着いた。駅名は、T。線路の向こう側の駅舎に連なって、食堂兼居酒屋があった。午後三時。アポイントもとっていないから、エバンゲロス氏がいるかどうかも分からない。しかし、店は開いているようだ。

机の上に椅子が積み上げられ、女の人がモップで床を拭《ふ》いていた。それにしても、殺風景な店である。

「エバンゲロスさんは?」

女はモップを動かしながら顎先《あごさき》で店の奥を指した。ゲーム機が三台あって、その一つに興じる客の後ろに、ビールのジョッキを片手にたたずむ上背のある男が、そうらしい。こちらの気配に振り向いた男は、初老と形容してもいい年輩なのだが、思わず後ずさるほどの美形だった。この場末のうらぶれた大衆食堂は実は映画のセットで、彼はオーナー役を演じている俳優なのではと錯覚するほどに圧倒的絶対的にいい男である。それに、どこかで会っているような気もするのだが、正視するのが怖くて、うつむいてボソボソ言った。

「パパドプロス教授のご紹介なんですが、チェコ在住のギリシャ人についてお詳しいとか。突然ですみません。三〇年前に別れた、女友達を探しているんです」

「名前は？」

「リッツア。リッツァ・パパドプロス。兄さんの名は、ミーチェスでした」

「僕の姪《めい》だ」

「…………」

「ソティリアは、姉の娘だし、ドミトリウスは、息子だ」

その瞬間、記憶の回路が繋《つな》がって、思わず叫んでいた。

「そう言えば、リッツァのママにソックリ!!」

叫んだまま、しばらく言葉が出なくなってしまった。脳みそが沸騰している。リッツァにまつわるさまざまな記憶の断片や想い、リッツァ探しのプロセスで拾ったあれこれの情報がごった煮状態で沸点に達して、てんでんばらばらにせめぎ合っている。あれも聞かなくては、これも尋ねておかなくてはといくつもの疑問や謎がひしめいているのだが、ようやく、口をついて出たのは、われながら間抜けな質問だった。

「ソティリアってのは、リッツァのことだったんですね」

「ああ、リッツァは、ソティリアの愛称で、ミーチェスはドミトリウスの愛称だ」

「すると、カレル大の医学部の卒業者名簿に載っていたソティリア・パパドプロスってのは、やはりリッツァのことなんですね」

　自分でもイライラするほど間延びした口調だ。

「ああ、間違いない。それより、まあ、落ち着いて腰掛けたらどうです」

　エバンゲロスさんは、傍らの椅子を引いて私を座らせ、自分もはす向かいに腰掛けた。

「その名簿に、父親の住所が西ドイツのハナウ市と記してあったんですよ」

「そういやあ、あの頃、姉夫婦は西ドイツに移住したばっかりだった。最初に住み着いたのがハナウ市だ。ハナウには、オレと姉さんの叔母《おば》一家が住んでいたからねえ。そこで、なけなしの金はたいて小さな居酒屋始めたんだけど、一年も持ちこたえられなかったね」

「エッ、何でまた!?」

　あの学者肌のリッツァのパパが商売に手を出すなんて考えられなかった。

「プラハに住めなくなった」

「………」

「義兄《にい》さんは、政治的な問題を抱えちまったんだよ」

「政治的な問題って……」

「ワルシャワ条約機構軍のチェコ侵入に断固反対する論陣を張ってしまったんだ。よりによって、ソ連共産党の出先機関みたいなところでね」

「あの『平和と社会主義の諸問題』誌の編集委員会の席上でってことですか？」

「ああ。大馬鹿者だよ、義兄さんは。次の会議で、自己批判書に署名するよう迫られたのが、最後通牒《つうちょう》だった。もちろん、それも拒んで、即刻首だ。帰れる国を持ってる代表は、いいよ。そう、日本の代表みたいにね。義兄さんは亡命者だってこと、ソ連の属領だったこの国にお情けで住まわされてる身分だってこと、十分にわきまえていたとは思ったんだが。すぐに思い知らされたけれどねえ、ソ連の政策に真っ向からたてつく人間が、どんな目にあうかってこと」

「………」

「おや、どうしたんだい。黙り込んじまって？」

恥ずかしくなった。リッツァが父親のコネでカレル大学医学部への入学を果たしたのかもしれないなどと一瞬でも思った自分の浅はかさが恥ずかしくてたまらなくなった。リッツァの入学条件は、むしろはるかに難しくなっていたことになる。あれほど勉強嫌いで、しかも理科系科目が大の苦手、医者などになるつもりはない、医者ほど不向きな職業はないと公言していたリッツァが乗り越えたハードルの高さを思うと頭がクラクラした。それでも、自分のおかれた立場の激変に一念発起したリッツァが猛勉強する姿は、どうしても思い浮かばなかった。

「悪いんだけど、これから用事があって出かけなくてはならないので。これはリッツァの電話番号だ」

エバンゲロスさんは、胸ポケットから小さな手帳を取りだして開き、メモ用紙に数字を走り書きした。

「これは、プラハ市内の電話番号ではありませんね」

「西ドイツだ。あっ、いや、もうドイツは一つになったんだったな。かつて西ドイツだった地域にあるフランクフルト近くの町だ。ロッセルバムだったか、ルッセルバーグだったか。ここ五年ほど行ってないからねえ。そうそう、オペルって自動車メーカーがあるだろう。その城下町だ」

店の出入り口には、すでにエバンゲロスさんを迎えに来たらしい数人の男たちが立っていた。

「すみません、最後の質問です。それで、リッツァのパパが亡くなったってのは、ほんとうですか？」

「ああ、一九八五年九月のことだ」

「まさか暗殺されたんじゃないでしょうね」

「いや、単なる自動車事故だったと思いますよ。じゃあ」

「ありがとうございました」

エバンゲロスさんは、立ち上がって私の差し伸べた手を握り返すと、待ちかまえる男たちのほうへ向かった。

「あんた、また帰りが遅いんだろうね!!」

店の掃除をしていた女が突然金切り声を張り上げた。

「いい加減にしてちょうだい、賭事《かけごと》に金つぎ込むのは!!」

エバンゲロスさんは、照れ隠しにこちらにウインクしながら逃げるように店を出ていった。女は、腹立ちまぎれに、モップを床に叩きつける。ゲーム機に向かっていた客は、不穏な気配を感じたのか、そそくさと引き上げていく。閑散とした店内に女と二人きりになってしまった。

「おじゃましました」

「見苦しいとこ、お見せしちまって悪かったね。それより、すぐかけてみるといいよ、電話」

「エッ、いいんですか!?」

「ほら、ここに電話機があるから」

先ほどのメモ用紙に書き付けられた番号をひとつひとつ押しながら、息苦しくなるほど自分の呼吸が激しくなっているのに気付いた。着信音が鳴る。鳴り続ける。息が止まりそうだ。しかし、結局、向こう側で受話器を取り上げる者はいなかった。電話番号を間違えたのではと心配になって、もう一度念入りにゆっくり番号を押す。また着信音が鳴り続ける。

「まだ、仕事から帰ってないんだね。今コーヒー淹れるから、飲んできな」

女の顔には皺《しわ》が目立ったが、よく見ると、整った顔立ちをしている。若い頃はさぞかし美しかったことだろう。

「あっ、このコーヒー、トルコ風の淹れ方ですね」

「ギリシャ風と言って」

初めて女が見せた魅力的な笑顔に思わず反応してしまった。

「カリーナ・マシューク！」

リッツァが昔、美男の叔父《おじ》が付き合っていると自慢していたチェコの映画女優の名前を発したとたん、みるみる女の顔が歪《ゆが》んでいった。

「そうよ、カリーナ・マシュークさえいなけりゃ、こんな貧乏くじ引いてなかったわよ。映画の主役の座をカリーナと張り合って負けたあたしは、カリーナの男を奪って勝ち誇った気になったものだわ。カリーナが男を捨てる常套《じょうとう》手段に引っかかったと知るのに、三月とかからなかった。カリーナのかつてのライバルは、みな彼女のお下がり男をあてがわれちゃってるわよ。大した女だわ。あーあ、人生、棒に振っちゃったわよ」

「女将《おかみ》さん、ソーセージと黒ビールのセット五人前お願いね」

「ああ、こっちはジャガイモのクレープに酢キャベツ付けたの二人前」

いつのまにか、仕事帰りの人たちが店に立ち寄る時間帯になっていた。

「では、こんどこそ、おいとまします」

「そうかい。悪いね。リッツァによろしくね。あの人と血が繋がってるとは思えないほど、良くできた姪《めい》だよ」

立ち上がって厨房《ちゅうぼう》に向かう女の表情からは、先ほどの運命を呪う哀れな落伍者《らくごしゃ》のイメージは消え、シャキッと姿勢良くなってとても美しかった。また、この店が映画のセットになったような気がした。

バスを乗り継ぎ、宿に戻ったのは、夜八時前。早速、またリッツァに電話を入れた。受信音一回で向こう側は受話器を取った。男の声だった。ドイツ語で「もしもし」と言っているらしい。

「ドクトル・ソティリア・パパドプロス、ビッテ」

なけなしのドイツ語の単語を絞り出すと、

「アイン・モメント」

という男の声に続いて、

懐かしい声が聞こえてきた。

「アロー」

「リッツァ、リッツァなのね⁉」

「あら、嫌だ、ロシア語じゃない。誰、いきなり？」

「マリよ、日本人のマリ」

「ウソッ！　信じられない！……でも、マリの声だ。今どこにいるの？　東京？」

「ううん、プラハ。あなたのこと、探したの。今日叔父さんに会えて、やっと電話番号が分かったのよ。明日、そっち行っていい？」

「もちろんよ。仕事時間にかかると、迎えに行けないけれど、フランクフルト空港からすぐのところだから。今から住所言うからメモして」

リッツァの住所は、叔父のエバンゲロスさんの言ったようなロッセルバムでも、ルッセルバーグでもなく、ナウハイムという町だった。ただし、勤め先の病院は、隣町のルッセルスハイムというオペルの本社があるところにあるという。

「診察時間が五時には終わるから、それ以降と翌日の土曜日曜は、すべてをマリに捧げる。でも、明日は仕事が手につかないわ。患者はとんだ災難だわね。それより、宿はどうする？　うちに泊まりなさいよ。遠慮することないって」

「遠慮というよりも、リッツァのご主人とは初対面だから、決まり悪いのよ」

「そう。そしたら近くにいいホテルがあるから、予約しておいてあげる。とてもいいホテルで、自動車フェアの季節は目が飛び出るような宿泊料を請求されるけれど、今は端境期《はざかいき》で超お得値段だから」

ホテルの名称と住所、電話番号を書き留めた。それから……、それから、私もリッツァも黙り込んでしまった。話したいこと、聞きたいことが山ほどあって、今口火を切ってしまったら、一晩かかっても二晩かかっても火は消せなくなることは目に見えていた。電話代だって天文学的数字になってしまう。もう少しで逢えるのだから、もう少しの辛抱なのだから。そういうブレーキが働いたのだろう。

「じゃあ」

あの頃と同じ挨拶《あいさつ》をリッツァは口にした。毎日、逢っていた頃と同じ挨拶。普通、またすぐに逢える者同士が交わす挨拶。

「じゃあ」

私も素っ気ないほど簡単な挨拶に万感の思いを込めて受話器を置いた。間髪入れずにルフトハンザの予約デスクに電話を入れ、午後一番の便を申し込んだ。便の番号と時間を手帳に書き終えると、スーッと身体全体から力が抜けてしまった。茫然《ぼうぜん》自失状態はどれほど続いたのだろうか。しばらくすると、身体中の血液が沸々とわきあがってきた。今夜は眠れないと思った。

フランクフルト空港から、ホテルが差し向けてくれたシャトル・バスに乗り込むと、高速道路で一時間もしない距離にナウハイム市はあった。フロントには、リッツァからのメッセージが届いていた。

「仕事を早く片付けることにしました。とにかく、到着したら、すぐ報《しら》せて」

メッセージカードに記された番号に電話を入れると、リッツァが出た。あと、三〇分ほどかかりそうだというので、私のほうからリッツァの職場を訪ねることにした。タクシーで一五分とかからなかった。住所は、住宅街の小振りなマンションの一階。扉のプレートに、「ドクトル・パパドプロスの診療所」とある。ここは、どうやらリッツァの勤務先というよりも、リッツァ自身が経営する診療所のようだ。

約束時間よりも早くついた私は、高まる気持ちを少し静めるために、辺りをそぞろ歩くことにした。

＊　＊　＊

家や街の造り、それに落ち着いた色使いはチェコとよく似ていたが、息が詰まるほど清潔だった。家々は、どれも手入れが行き届いていて、ペンキが剝《は》げかかったところも、タイルが欠けたところなども目に留まらない。どの家の窓枠の向うにもレースのカーテンが、まるで測ったみたいに同じ角度で束ねられていた。石畳の敷石も一つのほころびも無く整然と路面に埋め込まれている。並木のポプラに引っかかったわずかな枯れ葉が微風にそよいでいた。なのに、路面の枯れ葉は掃き清められているのか、一葉も見あたらない。並木道の突き当たりは小さな広場だった。中央に菩提樹《ぼだいじゅ》の木が豊かに枝を四方に広げてどっしりと構えている。菩提樹を見上げた。葉を落とした枝々の隙間から空が見えた。プラハと同じように、どんよりと重苦しい灰色の空。

そうだ。なぜ、リッツァは、ギリシャの青空のもとに帰っていかなかったのだろう。

「それは抜けるように青いのよ。一点の曇りもない空を映して真っ青な海が水平線の彼方《かなた》まで続いている。波しぶきは、洗いたてのナプキンのように真っ白。マリ、あなたに見せてあげたいわ」

リッツァの顔は輝いていた。あれだけ、誇りに思い、あこがれ続けた母国の青空だったのに、一体どうしたことだろう。ぜひリッツァ自身に尋ねてみなくてはなるまい。歩いてきた道を戻りながら、そんなことを考えた。

診療所の扉を押して中に入ると、いきなり看護婦らしい人が何かドイツ語で尋ねてきた。その背後から、リッツァのパパの顔が見えた。死んだというのはガセネタだったのだろうか。ひどく太っていて、白衣を着ている。

「マーリー」

その白衣の肥満体が、叫びながら抱きついてきた。声はリッツァの声だ。

「……リッツァ」

「ごめん、マリ。また、あれから患者が増えてしまって。さらに一時間かかりそうだわ。もう受け付け時間は終わったから、これ以上は絶対増えないからね」

「商売繁盛でなによりだわ。待合室で待たせてもらう」

街路側の壁面が一面ガラス煉瓦《れんが》になっている一〇畳ほどの待合室の椅子は、ほとんど埋まっていた。

「グッテンターク」

初級ドイツ語の教科書を思い出しながら空いた席を探していると、オレンジ色のネッカチーフをした小太りのおばさんが手招きしてくれる。

「ダンケシェーン」

礼を言うと、ニッコリ笑って、話しかけてくるのだが、もちろんさっぱり分からない。やっとのことで、

「イッヒ・ニフト・シュプレーヘン・ドイチェ」

と言うと、ようやく黙り込んだのだが、次にまた、訳の分からない、しかし、どうやらドイツ語ではない言葉で話しかけてくる。首を横に振ると、今度は前の席に座る痩《や》せぎすのちょび髭《ひげ》おじさんが話しかけてくる。その言葉も何語だか、分からない。しかし、スカーフのおばさんも、ちょび髭のおじさんも、他の患者たちも、明らかに生粋のドイツ人で

はない顔をしている。英語は通じるだろうか。

「私は日本人で、パパドプロス先生とは、その昔チェコの学校で同級生だったんです。今日、三〇年ぶりに再会を果たしたんです」

英語が分かるらしい若い女性が、私の言ったことを他の患者に分かるようにドイツ語に訳してくれている。

「へーえ。それは、それは。パパドプロス先生は、とても優しくていい先生ですよ。僕たちが、ここで安心して仕事をしていけるのも、パパドプロス先生がおられるおかげです」

というふうに解釈できそうなことを、浅黒い顔をした若者がドイツ語っぽい英語というよりも英語っぽいドイツ語で言った。手振り身振り交えて患者たちとおしゃべりするうちに、彼らがトルコやギリシャや東欧諸国からやって来た出稼ぎ労働者やその家族であることが分かって来た。オペルで働いている人たちと、フランクフルト空港関連の企業で働いている人たちが半々だろうか。

異国で病気になって心細い想いをしている者にとって、自分の母国語で症状を訴えることができ、母国語で説明してくれる医者は、神様のように有り難い存在なのだろう。リッツァはギリシャ語はもちろんのこと、ロシア語とチェコ語ができるから、東欧スラブ語圏の人々の言うことはほぼ分かるだろう。ドイツ語も身につけているだろうことは察しがついたが、トルコ語まで分かるらしい。

「それに、ドイツ人の医者は、何となくわれわれ東や南の人間のこと見下してるような気がしてね。気がするだけかもしれないけど。その点、パパドプロス先生は気さくで、いつも親身になってくれるからね」

おしゃべりしているうちに、ひとり、またひとりと待合室の患者の数が減っていき、最後のひとりが呼び出されて、いよいよもうすぐだというときに、待合室に恰幅《かっぷく》のいい紳士が五歳ぐらいの少年の手を引いて入ってきた。少しガッカリ。すると、

「初めまして、リッツァの夫です」

と名乗るではないか。聞き易い英語だった。思わず、その人の歯に目が行ってしまった。たしかに、美しい歯並びの男ではある。こちらが、リッツァの戒めを思い出してニタニタしているものだから、リッツァの夫は怪訝《けげん》な面持ちになった。

「何か？」

「あっ、いいえ、別に。すると、こちらはご子息ですね」

大きな黒い瞳《ひとみ》、チリチリに縮れた鳥の巣のような頭髪は、ミーチェスそっくりだ。ひときもジッとしていられない性分らしく、待合室の椅子の背に乗っかろうとして転げ落ちた。思わず吹き出してしまった。

「では、行きましょうか」

背後からリッツァの声がした。振り向くと、白衣の肥満体が頬を寄せてくる。記憶の中

のリッツァのイメージとの落差に慣れるのは、なかなか大変だ。

「リッツァはパパにそっくりになったわね」

「若いときは、醜男《ぶおとこ》の父に似るのが恐怖だったけど、今では、そう言われるとすごく嬉《うれ》しいわ」

リッツァの夫が運転席に、息子が助手席に座り、私とリッツァは後部座席に並んで腰掛けた。車が発車したとたんに、リッツァが呟く。

「マリは、約束破ったわね」

「エッ？」

「マリは、別れるとき、私の思い出帳に、『必ずリッツァの結婚式に出席します』って書いたのよ」

「ほんと？　そんなこと書いたの、ぜんぜん覚えてない。でも、リッツァこそ、医者になんかならない。絶対に女優になるって手紙で書いてきたじゃないの」

それから小声で付け加えた。

「片っ端からいい男と寝てやるとまで豪語してたのよ」

「ハハハ、そんなことがあったわね。見栄張ってたのよ。ほんとうは臆病で臆病で、三〇歳過ぎて今の彼と知り合うまで、男なんてひとりも知らなかったのよ。ああ、それから、彼も息子もロシア語はぜんぜん分からないから、何しゃべっても大丈夫」

「エーッ、だって、リッツァは、セックスに関してはクラス一の権威者だったんだよ。すっごく尊敬してたんだよ」

「ハハハ、だから、知ったかぶりしてたんだってば」

「でも、ご主人にお逢いしたときは、まず歯を見て品定めしたの？」

「エッ、何それ？」

「リッツァに教わったのよ、男はまず歯を見ろっていうの」

「ヘエーッ、そんないい加減なこと、あたし言ってたかなあ。歯なんかで品定めできるわけないじゃないのねえ。彼は、オペルで働いてる労働者。腕のいい熟練工なの。あたしの元患者よ。ギリシャ出稼ぎ移民の二代目。笑い上戸で、笑顔がとてもいいのよ。スポーツマンだし、話してて、すごく楽しいし、教養のある頭がいい人だなって思った。穏やかな人柄が気に入って一緒になったの。母は猛反対だった。医者が大学も出てない労働者と結婚するなんて勿体ないとかなんとか馬鹿馬鹿しいこと言い出して一悶着《ひともんちゃく》あったわ。もっとも、ドイツでも珍しいことらしいわね。ドイツじゃ、医者は自他共に特権階級だと認められてるみたい。居住地域だって、店やレストラン、子どもの学校まで庶民とは一線を画す傾向があるわね。おかしな話。チェコでは、医者は別に特別な職業ではなかったでしょう。教師や熟練工や技師やコックと同じような普通の職業じゃない。そのほうが、あたしの性に合ってるのよ。ああ、着いたわ」

マンションは、リッツァの言うように、普通の人々の住むとりわけ贅沢《ぜいたく》でも、とりわけ質素でもない一四階建ての一二階にある4LDKのフラットだった。家具調度も決して贅沢なものではない。居間のソファーの背後の壁面に、美しい婦人を描いた大きな肖像画が掛かっていた。昨日会った、リッツァの叔父のエバンゲロスさんによく似ている。

「リッツァのママは、綺麗《きれい》ねえ。ドイツにお住まいなの？」

「ううん。ミーチェスと一緒にギリシャに住んでいるわ。私の家族の傍にいて欲しかったのに。あのクソ女のせいよ！」

　リッツァは寄りかかっていたソファーの背からいきなり巨体を起こして声を震わせた。

「あのクソ女とミーチェスが結婚するって言い出したとき、父は頭を抱えて言ったものだわ。『ミーチェスの人生は呪われた』って。母も猛反対した。『ああ、ミーチェスはおしまいだ。悪魔に取り憑《つ》かれちまった』って。でも、あの女に夢中になったミーチェスは、聞く耳持たなかった。マリも知ってるでしょう、ミーチェスがスラブ系の女にモテまくってたのを。そのミーチェスが、生まれて初めて恋に落ちたってわけ。それは、たしかに信じられないような美女だった。ほら、チェコにワルシャワ条約機構軍が侵入してきた頃、バツラフ広場で青年たちの集会が毎日のように開かれたでしょう。そこで、ミーチェスは彼女に出会って一目惚《ひとめぼ》れ」

「あの時期、集会に出るなんて、勇敢な女性じゃないの」

「とんでもない。単に暇つぶしの面白半分に集まってた有象無象もいっぱいいたのよ。学業にも就かず、仕事も持たず、時々モデルで小遣い稼ぎしている女だったわ。結局、父の予言通りになってしまった。ミーチェスは、あの女のおかげで、ドイツに入国できない身分になってしまったのよ」

「リッツァ、ミーチェスは今、何をやっているの？　カレル大学ではなくて工科大学に入ったってうかがったけど」

「誰からそんなこと？」

「あなたとカレル大学の寮で一緒だったというギリシャ人の女性に、偶然プラハのギリシャ人学校で逢ったのよ。えーと」

ハンドバッグの中をまさぐりメモ帳を探す。

「えーと、ああ、あったあった、マリヤ……」

「ふん、マリヤ・アンドレアスでしょう」

「そうそう、リッツァに逢えたら、よろしく伝えてくれって言ってた。それはそれは懐かしそうだったよ」

「はあーっ、よくそんなこと言えたものだわ、あの卑劣女」

ドキッとするほど憎々しげな声だ。

「私に対する排斥運動の急先鋒《せんぽう》だった女よ」

在チェコスロバキア・ギリシャ人コミュニティーは、プラハの春が始まる前から、ソ連軍の侵入をめぐって真っ二つに分裂した。ソ連軍歓迎派と、あからさまには表明できないサイレントな反対派とに。リッツァの父親が公然と異議を申し立ててチェコを去ったことは、移民社会では大事件だった。よくぞ言ってくれたと陰ながら拍手喝采《かっさい》してくれる者もいる一方で、ただでさえ不安定な自分たちギリシャ移民の立場を危うくする裏切り行為だと白い目で見る人々もいた。マリヤ・アンドレアスは、単なる狂信的なソ連信奉者だったらしい。

「社会主義に対する反逆者の娘が、社会主義国家の恩恵を受けるのはおかしい。受けるのなら、自分の父親を批判してからにするべきだ」

大学と寮のあちこちで触れ回り、執拗《しつよう》に大学当局に迫った。当時、レジスタンスに関わった教授たちの大量解雇があった頃だったが、それでも大学の教職員、学友たちのほとんどが、みなリッツァとリッツァの父親に対して、無言の尊敬と好意を寄せていた。だから、マリヤ・アンドレアスが騒ぎ立てるのをぬらりくらりとはぐらかしていた。ところが、マリヤ・アンドレアスは、党組織に訴えてますます事を大げさにした。その結果、リッツァは、学業だけは続けられることになったが、寮にいられなくなり、奨学金も打ち切られた。

「それで父が西ドイツから送金してくれたの」

「亡命先から？」

「父は別に西ドイツに亡命してはいない。単に編集局を首になっただけで、国外追放されたわけではないの。ただし、どこも雇ってくれなかった。それで、西ドイツに行ったの。父を首にした『平和と社会主義の諸問題』編集局だけど、事務職員だった母を解雇することはできなかった。だから母は、父が首になってからも一年間は、あそこで働き続けたのよ。だから、母が父のもとへ行ったのは一年後の一九六九年」

「でも、叔父さんは、チェコにいられなくなったって」

「うん。だから、どこも雇ってくれるところがなくて、実質的に国を出ざるを得ないように追い込まれたってわけ。私が寮を出されたり、奨学金を打ち切られたりしたのは、形の上ではあくまでも父の政治的立場のせいではなくて父がチェコではなく西ドイツの居住者だったからなのよ。マリヤ・アンドレアスが触れ回ったために、父が西ドイツに移住したことを隠せなくなって」

「大変だったね。苦労したんだね」

「大変は大変だったけど、苦労したのは学問のほう。経済的には、そんなに困らなかった。だって授業料は無料のままだもの。こちらに来て分かったけれど、医学部の授業料は、目が飛び出るほど高くて、これじゃ、金持ちしか行けないわ。私みたいな大して頭の良くない貧乏人があれだけ本格的な教育を受けられたのは、社会主義体制のおかげかもしれない。生活費だって安かったし。気分的にもとっても楽だった。まわりには、父の立場に共鳴してくれる人が多かったし。ソビエト学校のロシア人同級生だってそうよ。ほら、ラリサやイーラを覚えてる？　怖いから表だっては言えなかったけれど、何かと励ましてくれたのよ」

「それで、ミーチェスは？」

「スポーツ大学志望だったんだけど、父親に説得されてね。私に輪をかけて勉強嫌いなのが苦労して工科大学に入ったところで、プラハの春ってわけ。バッラフ広場であのクソ女に取り憑《つ》かれて、もちろん勉強に手が付かなくなって退学。居場所がなくなって、一九七〇年、父と母のいるハナウに移住したんだけど。クソ女もついてきた。ちょうどその頃、母の発案で始めたギリシャ料理の店が立ちゆかなくなった頃でね。母の料理の腕はなかなかの評判で、店はいつも満席だったのにね。ちっとも儲《もう》からないどころか、どんどん持ち出しになってしまって」

「リッツァのパパとママに商売は無理だよ。とくに、パパ。見るからに学者肌だったじゃない」

「そう。頑固だしね。プラハの春前後、編集局で毎日のように夜遅くまで会議があってね。父があちこちでワルシャワ条約機構軍のチェコ侵入に反対している発言が問題になって、自己批判を迫られたんだけれど、結局自分を押し通した。それで、西ドイツに入国したとたんに、いろんな機関が父に接触してきたのよ。まず、反共を旗印にする有名な研究所が雇うと言ってきた。月八万マルク払うって。一九七〇年当時、労働者の平均月収が七〇〇マルクだった頃だから、法外な金額だよね。それから、亡命ロシア人の放送局も出演依頼してきた。一回のギャラが五〇〇〇マルク。ハンブルグ大学も教授の椅子を用意してくれた。なのに、父ときたら、全部断っちゃうんだよ。『私は、軍のチェコ侵入に反対しただけなんだ。それで、共産党からは除名されたが、私の魂は、共産主義者なんだ。自分自身の魂を裏切るわけにはいかんだろう』とか言っちゃってさ。それで、仕方ないから母が料理店を始めたのよ。でも、それも一年もしないうちに駄目になって。父が見つけた仕事が、シャトル稼業よ」

「シャトルって、往復運動繰り返すあれ？」

「チェコやポーランドで安い毛皮を仕入れて、それをユーゴスラビアまで運んで、ギリシャからやって来た商人に売る。彼らからギリシャ産の品物を仕入れて、チェコ、ポーランド、ドイツで売りさばく。まあ、一種の運び屋ね」

あの恰幅《かっぷく》はいいが、物静かで哲学者のような風貌《ふうぼう》をしたリッツァのパパが運び屋をやっている姿は想像がつかない。

「ところが、これが当たったのねえ。ああいう商売って、結局信用が第一なのよ。その頃の父の商売仲間には、何度も言われたものだわ。『リッツァ、あんたの父親は、一〇〇年に一度出会うか出会わないかぐらいの正直者だよ』って。父が真っ正直なものだから、商売相手もみなとても良くしてくれて。それに、普通足の引っ張り合いやるような商売敵になるはずの人たちからも慕われて、愛されて。『リッツァ、あんないい人は、一〇〇〇年に一度出会えるかどうかってぐらいだ』って言われた。だから、父の葬儀には、信じられないほどたくさんの人たちが駆けつけてくれてね。大の男たちが声を出して泣いてくれた」

「自動車事故だったんですってね」

「うん。一九八五年の九月二三日。ユーゴスラビアのノーヴィ・サード市の郊外。ちょうど三六年前にミーチェスが生まれた町よ。あのとき運転していた助手の男を、母は今でも許さないって言っている。それにあのクソ女のこともね。そもそも父があの年にまでなって、まだあの体力的にきついシャトル稼業から足を洗えなかったのは、ミーチェスがあのクソ女のせいで……」

リッツァは声を詰まらせたものの、すぐに気を取り直して話を続けた。

「助手の男が脇見運転をしたため、車が畑に転がり落ちてしまって、三回転か四回転したらしい。父は頸骨《けいこつ》を折って動けなくなり、近くの病院に運び込まれ、四〇度を超える高熱にうなされ続けて五日後に息を引き取った。母はギリシャから駆けつけて間に合ったけれど、私は二時間遅かった。運転してた若い男は、かすり傷程度でピンピンしてたのが憎らしくてね。結局、『テオドール・パパドプロスを死なせた男』ということで、ギリシャでも、ドイツでも、商売仲間の爪弾《つまはじ》きにあって、オーストリアに移住したらしい」

「ミーチェスは、駆けつけなかったの？」

「フン」

「どうしたの、いったい？」

「駆けつけようにも駆けつけられなかった！　あのクソ女のせいだ！」

リッツァは、みるみる興奮してきた。巨体をブルブル震わせるものだから、同じソファーに腰掛ける私にまで振動が伝わってくる。

「あぁーっ、あの自堕落な雌犬！　腐れマンコの売女《ばいた》！」

チェコ語だった。長年使っていなかったロシア語では、悪たれのボキャブラリーがさび付いていたのだろう。それでも足りなくて、どうやらギリシャ語の罵《ば》詈《り》雑言《ぞうごん》をわめき散らす。

その間も夫君のアントニスは、甲斐《かい》甲斐《がい》しくクッキーやチョコレートを盛った皿を並べ、紅茶を淹れてくれている。

「あの女がミーチェスについて西ドイツのハナウにやってきた頃、母も父のもとに行っていて料理店を始め、それが一年もしないうちに立ちゆかなくなっていて、父がシャトル稼業に乗り出したって話はしたわね。手に職もなく、学問も途中でおっ放り出したミーチェスは、ドイツ語だってできなかったし、当然ながら他に就職する手だてもなかった。結局、父と同じ運び屋稼業に就いたの。けっこう日銭が入るのだけれど、クソ女は悪魔みたいに金遣いが荒くてね。もともと派手好きなのが、モノのない社会主義国からやってきたものだから、物欲の塊になってしまった。ミーチェスが稼ぎ出した金はまたたくまに宝石や高価な衣装代に消えていく。そのくせ、クソ女はぜんぜん働く気はない。家事だって一切しないんだよ。昼過ぎに起きてきて、夜は飲み歩く。凄《すご》い美人だからいつも男たちがまとわりついている。ミーチェスは、あのクソ女のご機嫌を損ねまいと金稼ぎに明け暮れてるんだけど、一方で仕事柄家を留守にすることが多いものだから、クソ女の男関係が気になって気になって仕方ない。クソ女の金遣いはどんどん荒くなっていく。もう地獄だよ」

「それで」

「ある日、クソ女がミーチェスに切り出した。『もっと高級なマンションに住みたい。もっと高級な車に乗りたい』『勘弁してくれ、これ以上稼ぐのは無理だ』『そう、じゃあ別れましょう』『どうするんだ』『結婚申し込まれてんの』『オレの女房だろうが』『だから別れて』『ちょっと待ってくれ』『ベンツの最高級車と今売り出し中の高級マンション買ってくれるなら待ってもいいわ』『そんなこと、できるわけないだろう。だいたい、お前が浪費するから金が貯まらないんだ』『そういうご苦労から解放して差し上げると言ってるでしょう』『いや、悪い。言い過ぎた。ちょっと待ってくれ』『じゃあ、あたしのためなら何でもしてくれる?』『当たり前だ』『良かった。最近知り合った人から耳寄りな金儲けの話を仕入れたの。あんたの亭主なら仲間に入れてやってもいいって言われているのよ。まずは逢ってみて』

そういう成り行きで、結局ミーチェスは、麻薬の運び屋をやるようになってしまった。私たち家族の者は、ミーチェスが逮捕されるまで麻薬のことに気付かなかった。突然信じられないくらい羽振りが良くなったのは変だな、でももしかしてミーチェスには商才があったのかもしれないなんて思ってた。なにしろ、私は七八年までプラハで学生、八〇年までインターンをしていたでしょう。ミーチェス夫妻はデュッセルドルフ近郊の町に引っ越してしまうし、七八年に軍政に終止符が打たれると、父と母は一目散にギリシャに帰って行ったしで、ながいあいだ離ればなれに暮らしてたから」

「リッツァのパパが亡くなったときにミーチェスが駆けつけられなかったのは、獄に繋《つな》がれていたせいなのね」

「うん。二年後の一九八七年に釈放されてからは、ドイツから国外追放されて、二度とドイツに足を踏み入れられなくなったんだ。クソ女は、ミーチェスが捕まったとたんに、別な男とアメリカに行ってしまった。それがショックで、今もミーチェスは茫然《ぼうぜん》自失状態が続いている。ほとんど廃人。それで母が面倒見てるの」

「あれだけ女にモテモテだったミーチェスが、女に苦しめられるなんて皮肉な成り行きだね」

「うん、マリの言うとおりだ。罰が当たったんだね、きっと。いっぱい女泣かせてたもの」

「ねえ、ほんとなの、ミーチェスが数学のガリーナと寝たって話は？　リッツァの作り話ではないの？」

「うん、あれは嘘じゃない。ミーチェスは落第しそうになって、あわてて担任だったガリーナを誘惑したのよ。ガリーナからの甘ったるい恋文もちゃんと見せてもらった。ガリーナも馬鹿だよ。あの恋文を使って、ミーチェスはガリーナを脅迫して、数学以外の科目の成績も書き換えさせたんだ。それで卒業できたのよ、ミーチェスは。でも、ガリーナなんて、泣かせたうちに入らないぐらい、いろんな女の子をひどい目にあわせてたから。私の知る限りでも、自殺未遂が二件もあった」

「私の知ってる人？」

「うん、そのうちのひとりはね。ポーランド大使の娘でアンジェリカっていたでしょう」

ミーチェスと同学年に、アンジェリカというほっそりした目の大きな美少女がいた。

「ミーチェスに別れ話を持ち出されて、それを食い止めようと、ミーチェスの目の前で自分の太股《ふともも》にミーチェスの名前をナイフで刻み入れるって言い出した。実際に太股にナイフを突き刺して出血多量で病院に運び込まれた。救急車が間に合わなければ、未遂ではなくて自殺になっていたと思う」

「それ、いつ？」

「一九六七年。マリが帰国して三年目」

「それで今、ミーチェスはアテネにいるの？」

「ううん。母の生まれ故郷のゴルコピ村。サロニキの近く」

「景色のいいところなんでしょうねえ」

「マリ、ありがとう」

「どうしたの、突然」

「ずーっと、ミーチェスと結婚した女のこと恨んでたのが、マリと話しているうちに、ちょっと楽になった。あの女はきっと、ミーチェスに今まで弄《もてあそ》ばれ苦しめられ、辛い思いをした女たちの怨念《おんねん》が具現化したもののような気がしてきた」

「女に『クソ』付けるの、急にやめたのね」

「フフフ、もしかして、神様がミーチェスを罰するために送り込んだ使者かもしれないしね」

「ハハハハ、リアリストのリッツァらしからぬ発言だ」

「キャーッ、テオドール！　キャーッ、キャーッ！　アントニス、アントニス、ねえ何とかして！」

突然リッツァは金切り声を張り上げた。息子がクリスタルグラスの花瓶を頭上に高く持ち上げて今にも床に叩きつけようとしている。アントニスは、あわてず騒がず片方の手で息子の抱えていた花瓶を取り上げ、もう一方の手で息子を抱き上げた。息子は、父親の肩によじ登り、次に腕にぶら下がったりしてすっかりご機嫌である。

「テオドールって、お祖父《じい》ちゃんと同じ名前にしたのね」

リッツァが頷《うなず》いて何か言いかけたところで、アントニスがリッツァに耳打ちした。

「では、私はちょっと席を外しますが、すぐに戻ってまいりますから、どうぞ、ごゆっくり」

アントニスは、あくまでも折り目正しくそう私に挨拶《あいさつ》すると、息子をともなって出ていった。

「ほんとに、感じがいい人ね」

リッツァは突然真顔になった。

「マリ、もうひとり息子がいるの。彼はその子を迎えに行ったのよ。テオドールの兄さん。特別学校に通っている。もう一一歳になるけれど、知能はテオドール以下。産んだのが遅かったでしょう、ダウン症候群なの……」

思わずリッツァを強く抱きしめた。

「リッツァ！　大変だったんだね」

「ちっとも。ちっともよ、マリ。ストマチオスは、普通の子の何倍も私たちに幸せを与えてくれている。心が、それはそれは清らかでね。人を疑ったり、意地悪な気持ちになったりすることが皆無なのよ。天使みたいな心根の子なの。心配なのは、私やアントニスが亡くなってからのことだけ。でも、こういう子は長生きしないって言うから。それがせめてもの心やすめ……。あっ、紅茶が冷えてる。淹れ直して来るね」

ポットを抱えて台所に駆け込んだリッツァは、しばらく戻ってこなかった。

「ごめん、ごめん、なかなかお湯が温まらなくて」

そう言いながらポットをテーブルに置くリッツァの目元は赤かった。きまり悪いのか、うつむき加減で目が合うのを避けている。話題を変えよう。

「ねえ、リッツァ、質問していい？　リッツァは、なぜ、ギリシャに帰らなかったの。ギリシャは民主化されて、帰還は可能になったのでしょう。いつもギリシャの青い空のこと自慢してたから、てっきりもうギリシャに住んでいるものと思ってた」

「マリの言うとおり。軍政が打倒された七八年、すぐにも飛んでいこうとしたらビザがなかなか下りなくてね、ようやく行けたのは、八一年だった。夢にまで見たギリシャの青空はほんとうに素晴らしかった。目がつぶれてしまうほど見つめていても見飽きないほど美しかった。でもね、マリ、私にとってギリシャで素晴らしかったのは、青空だけだったのよ。一番、我慢できなかったのは、ギリシャでは、女を人間扱いしてくれないこと。それに、子どもをメチャクチャ可愛がるのはいいけれど、犬猫など動物に対する嗜虐性《しぎゃくせい》にはっいていけなかった。ああ、それにあのトイレの汚さは耐え難かった。結局、私はヨーロッパ文明の中で育った人間だったのね。思い知ったわよ」

「それで、ドイツ人やドイツでの生活には満足しているの」

「ぜんぜん。もちろん、病気じゃないかと思うほど街も公共施設も清潔なのは気持ちいいけれど、ここはお金が万能の社会よ。文化がないのよ。チェコで暮らしていた頃は、三日に一度は当たり前のように芝居やオペラやコンサートに足を運んだし、週末には美術館や博物館の展覧会が楽しみだった。日用品のように安くて、普通の人々の毎日の生活に空気のように文化が息づいていた。ところが、ここでは、それは高価な贅沢《ぜいたく》。最近、ソ連邦が崩壊して、経済が悪化していることもあってドイツ系市民が続々とドイツに帰還しているでしょう。私の診療所の患者にもいるのだけれど、三年もしないうちに戻りたいと言いだしている。経済はいいけれど、文化がない。子どものことを思うと、帰りたいって。

　もちろん、ドイツ人にもいい面はいっぱいあるわよ。たとえば、患者としては、とても忠実に医者の言いつけを守ってくれるから助かる。その点、ギリシャ人はみなやたら威張りたがりで患者としては最低。

　それから、ドイツ人は、ギリシャ人とは逆に犬猫をとても大事にする。それはいいの。でもね、子どもの扱いも、まるで犬猫に対するのと、さして変わらないのよ。これには、ついていけないわ。

私もここで目一杯稼いだら、スロバキアあたりで暮らしたい。スロバキア人は温かみのある思いやりのある人が多い。結婚するならスロバキア人が理想的ね」

「よく言うわ！　もうギリシャ人と結婚してるのに」

「彼はドイツ育ちのギリシャ人だから、ドイツ人のいいところとギリシャ人のいいところがほどよくミックスしてるの」

「ふむふむ。チェコ人より、スロバキア人のほうがお勧めなのは、なぜ？」

「チェコ人は、知的で物静かなところがスグレモノだけど、人間関係でもいつでも計算しているようなところがあるから気が休まらないのよ。お宅を訪ねても、決して家の中には入れてくれない。ロシア人なら、家に入れてご飯食べさせて、おまけに泊まってけって言うよね。そうね、チェコ人は半分ドイツ人、スロバキア人は半分ロシア人てとこかしら」

「あら、ロシア人を高く買っているのね」

「そりゃあそうよ。人柄でいけば、ロシア人て最高じゃないかしら。あったかーくて、お人好しで馬鹿親切で」

「でも、理想的な結婚相手ではないのね」

「だって、大酒喰らってばかりいるんだもの」

「ハハハハ、リッツァは昔と変わっていない」

「フフフフ、そうかなあ」

二人で笑い転げているところへ、ベルが鳴り、リッツァの夫と子どもたちが帰ってきた。ひと目でそれと分かるダウン症のストマチウスは、リッツァに抱きついてキスしてもらい、私に気付いて後ずさりしたが、

「こんにちは、ストマチウス」

微笑みながら呼びかけるとそばへきて私の隣へちょこんと座った。思わず抱きしめて頬ずりすると、ピタッと身体を寄せてくる。

「ほんとに、可愛いねえ」

「とても感じやすい、優しい子なのよ」

リッツァも目を細める。

「さあ、夕食にしましょう。近くに腕自慢のアントニスの叔母《おば》がいて全部作ってくれたの。今、アントニスがついでに取ってきてくれたのよ。電子レンジで温めているから、そろそろ手を洗って食堂へ移って食卓についていてちょうだい」

食卓の上にずらりと並ぶ皿は、サラダもスープもパンも羊料理もこてこてのギリシャ料理だった。六本木のギリシャ料理店で似たようなのを食べたことがある。

いつのまにか、リッツァがテレビに向かって何やら激しい口調で文句を言っている。

「どうしたの？」

「あっ、ごめん、ついギリシャ語が出てしまった。こいつ、許せないのよ！　このアホ面、

また愚劣の上塗りやってる。国を潰《つぶ》す気か、お前！　モーッ頭にきた！　今度の選挙で吠《ほ》え面かくなってもんだわ」

　画面に映っているのは、たしかギリシャのパパンドレウ首相の顔だ。耳を澄ますと、どうやら流れているのはドイツ語ではなく、ギリシャ語。

「ねえ、これ、もしかして、ギリシャ本国の放送？」

「うん。家でも、診療所でも、ほとんどギリシャのチャンネルしかつけてないんだ」

「でも、よく電波が届くわねえ」

「バルコニーに出てご覧」

　居間の大きなガラス戸を押して、外に出た。すでに暗く、空には星一つ瞬いていない。そのかわり、眼下に広がる町の街灯、家々の明かりが、陽気に輝いていた。

　バルコニーはかなり広い。その左半分を、直径が私の背丈の一倍半はある巨大なアンテナが占領していた。アンテナの凹部は、ギリシャの空の方に向かっていた。リッツァがあこがれ続けたギリシャの空の方角に。

嘘つきアーニャの真っ赤な真実

「ハハハハ、ザハレイドゥが走っとるわ、走っとる」

スクール・バスの運転手さんは、アーニャのザハレスクという苗字《みょうじ》をなぜかザハレイドゥと妙ちくりんに語尾変化させて呼ぶ。

スクール・バスは、毎朝、私たちのアパートのある十月革命広場で止まった。『平和と社会主義の諸問題』誌編集局に勤める人々とその家族の居住するアパートが二棟、この広場に面してあり、編集局に勤務する人々の多くの子弟がソビエト学校に通っていたものだから、編集局が送迎バスを提供してくれていたのだ。アーニャの父親バルブ・ザハレスクもルーマニア労働者党の代表として編集局に勤務していたのだが、なぜか、スクール・バスの停留所まで歩いて二〇分ほどの所に住んでいた。それでアーニャは、ときどき出発時間に遅れてしまう。ギリギリまで待つが、全員が授業に遅れるわけにはいかない。見切り発車したところで、アーニャがバスに追いつこうと懸命に走る姿が目に入ってくることがよくあった。今日もそうだ。

「ハハハハ、よくもまあ、ああも不格好に走るもんだ。普通努力してもなかなかああは走れんぞ」

たしかにアーニャが左右にゆさゆさ揺れながら走るさまに一〇歳の少女の軽やかさはな

かった。ダンスの教師もアーニャの踊りにはいつも頭を抱えて絶望的に呻《うめ》いたものだ。

「あーっ、粉雪の舞がドカ雪になっちまうじゃないか！」

　今走ってる姿も、どことなく滑稽《こっけい》なものだから、男の子たちも車の窓から一斉に顔を出してはやし立てる。

「ほれ、ほれ、ザハレイドウ、頑張れ、もう一息だ」

　アーニャがもう少しでバスに追いつきそうになったところで、運転手さんは、バスのスピードを心持ちアップさせる。意地悪というよりも、ちょっとからかってやろうというところだ。アーニャがバスに追いつきそうになると、引き離すということを五回ほども繰り返して、十月革命広場を、もう二周りもしてしまった。

「ハハハハハ、まるで、雌牛みたいにモタモタしとるわ」

　運転手さんのたとえが、あまりにもピッタリだったものだから、バスの中はさらに盛り上がった。

「ウヒャーッ！　雌牛かあー。こりゃあ傑作だ」

　アーニャの親友の私でさえ、アーニャには悪いなと思いつつ、思わず吹き出してしまったぐらいである。

　こうして、たちまちアーニャのあだ名は雌牛になる。ようやくバスに追いついたアーニャが息せき切って乗り込んでくると、悪童たちは、口々に叫んだのだった。

「ザハレイドウ、頑張ってくれなきゃ困るじゃないか！　牛乳の生産でアメリカに追いつき、追い越せだ！」

これで、アーニャ↓「雌牛」↓「牛乳の生産でアメリカに追いつき、追い越せ」という条件反射は確立した。男の子たちは、アーニャを見ると、まるで挨拶《あいさつ》がわりのように馬鹿の一つ覚えを繰り返した。

「ザハレイドウ、牛乳の生産でアメリカに追いつき、追い越そうな！」

アーニャは太めだけれど、決して肥満児というほどではないし、なかなか可愛らしい顔をしているというのに、なぜか、とても太っているという印象があった。それは、立ち居振る舞いが緩慢でいつもノッソリと重そうに身体を動かしていたせいだろう。

ただし、私が五年間通ったソビエト学校の肩を持つわけではないが、肉体的特徴を嘲《ちょう》笑《しょう》するようなあだ名を付ける風習は皆無と言っていいほどに珍しかった。そんなことをするのは、最低の恥ずべきことであるという暗黙の了解が生徒たちのあいだにあったのかもしれない。もっとも、このことに気付いたのは、日本に帰ってからだ。

帰国後、地元の中学に転校した直後、私がひとかたならぬショックを受けたのは、いとも気軽に生徒たちが、学友や教師を、「デブ」とか「ハゲ」とか「チビ」とか「出っ歯」とか「オデコ」と当人の人間としての本質とは無関係な、当人の意志ではどうにもならない容貌《ようぼう》上の特徴をあげつらって呼んでいることだった。しかも、当人に面と向かってまで平然とそれを繰り返している。当人がそれを許容している。完全に日常の風景となっているようなのだ。私としては、おそろしく無神経で野蛮な人々の集団の中にいきなり放り込まれた気がして憂鬱《ゆううつ》になったのを覚えている。

要するに、ソビエト学校において、それほどアーニャの「雌牛」という、いかにも容貌をあげつらったあだ名は珍しかった。「ハリネズミ」というあだ名の男の子はいた。いがぐり頭の頭髪がピンピンに針みたいに突っ張っていたからで、立派に容貌を嘲笑しているようだが、これは当人に選択可能なヘア・スタイルをあげつらっているのだから、ちょっと違う。アーニャに付いた「雌牛」というあだ名は、例外中の例外だったのだ。

そんな風に長年思い込んできたのだが、今振り返ってみると、あのあだ名には、やはりアーニャの容貌や立ち居振る舞いを嘲笑するというよりも、アーニャの性格をからかってやりたいみなの気持ちが表れていたような気がしてきた。というのは、実際、アーニャに面と向かって、「雌牛」という言葉が吐かれたことはなく、投げかけられるのは、いつも、

「ザハレイドウ、牛乳の生産でアメリカに追いつき、追い越さなくっちゃな！」

というスローガンをもじった呼びかけだった。アーニャが「雌牛」みたいだということを言いたいのではなくて、アーニャを見ると、ついつい、そう言ってやりたくてたまらなくなる悪童たちの心の動きが理解できるのだ。悪童でなくとも、日頃のアーニャの言動には辟易《へきえき》させられることが多かった。

スクール・バスの運転手さんが、アーニャを少々弄《もてあそ》んでみたくなったのも、おそらく同じ理由からだ。

誰もが、運転手さんのことを、チェコ語のミスターに相当するパンという語を添えて、

「こんにちは、パン・ヤードルシェック」

と挨拶するのに、アーニャだけは、

「ソードルフ・ヤードルシェック」

と呼びかける。「ソードルフ」というのは、ロシア語の「タワーリシチ」に相当する「同志」という意味だ。革命家たちがお互いを呼び合う言葉。当時すでに十月革命から半世紀を経過したソビエト連邦では、「タワーリシチ」という語はかなり日常語入りしていたため、その延長で子どもたちは、当初、運転手さんに「ソードルフ・ヤードルシェック」と呼びかけていたのだが、ある日、

「なあ、お前ら、その『ソードルフ、ソードルフ』てえの、後生だからやめてくれねえか。ケツがむず痒《がゆ》くてたまんなくなるからよう」

と言われて以来、「パン・ヤードルシェック」に切り替えた。なのに、アーニャだけは、

「あら、パンてのは、『旦那』って意味じゃないの。他人の労働を搾取して生きた恥ずべき支配階級の人間を指した言葉なのよ。それを尊称に使うなんて、それこそ失礼よ。労働者階級に属することに誇りを持って欲しいものだわ」

という解釈に基づいて、「ソードルフ」と言い続けた。

しかし、ナチス・ドイツを駆逐するドサクサにまぎれてソ連邦の衛星国にされてしまったと思い込んでいるチェコの市民にとってみれば、ロシア語の「タワーリシチ」の直訳語みたいな「ソードルフ」なんて呼ばれ方は、虫酸が走るほど嫌だったのではないだろうか。それに、仮にパン・ヤードルシェックが共産党員だったとしても、こんな小娘に「同志」と呼ばれたくはないだろう。とにかく、パン・ヤードルシェックはあからさまに嫌な顔をしたが、アーニャは気にもとめずに、頑《かたく》なに「ソードルフ」という言い方を通した。

アーニャの名誉のために言っておくと、アーニャは別に意地悪や嫌がらせのためにそういう言い方を続けたのではなくて、それが最も正しい言い方なのだという信念を持っていたのだ。共産主義こそ、人類最高の目的であり、手段であるからして、共産主義に関係付けることとこそ相手に対する最高の敬意の表明なのだと。だから、誰に対しても、男なら「ソードルフ」、女なら「ソードルシカ」と呼びかけて、あちこちで顰蹙《ひんしゅく》を買っていた。

いきなり初対面の小娘に「同志」と呼びかけられる学校の掃除婦も、映画館のもぎり嬢も、散髪屋の店員も、虚を突かれたせいか思いっきり間抜け面になって後ずさる。そういう場面に数限りなく立ち会ってきた私としては、その先どうなるかが手に取るように分かる。

（次にプッと吹き出してアーニャのほうを「この子気がふれたんじゃないのかしら」と哀

れむように見やるぞ）

果たしてその通りになる。

学校の正面玄関から五〇メートルほどの距離に小さな菓子屋があり、三日に一度は、放課後、バスに乗って帰宅する前に、そこまで走っていって駄菓子を買い込んでいた。もちろん、アーニャは、そこでも自分流を押し通す。

「ソードルシカ、トルコ蜜飴《みつあめ》を二〇〇グラムお願いします」

物静かで小柄なおばさんは、いつも柔和な表情を少しも変えずに注文に応じてくれていたのだが、その日は、キッと顔を強《こわ》ばらせた。

「あんた、ソードルシカなんていうなら、トルコ蜜飴は売ってやんないよ。あたしをパニー（奥さん）って呼べないなら、今すぐこの店から出てっとくれ！」

すごい剣幕で、さすがのアーニャも引き下がるしかない。

以後、その菓子屋にアーニャは行かなくなった。「パニー」なんて言い方、口が裂けても言いたくなかったのだろう。それで、私や他の友人たちが、アーニャの分も買ってきてあげるようになった。というのも、大げさな革命的言辞を異常に好むという欠点を除けば、アーニャはとても情緒の安定した素直で気持ちの優しい子だった。意地悪なところがまったくないし、話が面白い。とにかく一緒にいて楽しかったので、クラスメートからも愛されていた。もしかすると、アーニャの大げさな物言いを含めて愛していたのかもしれない。

当初、ザハレスク家は、私の一家と同じ十月革命広場に面したアパートの、それも真向かいの3DKに越してきたのだ。3DKと言っても、天井高三メートル、総面積一〇〇平米ほどもあり、四人家族には十分な広さで、設備も家具も申し分なかった。

プラハに移住して二年目の八月半ば。ベルが鳴って玄関の扉を開けると、背格好も年格好も私と同じくらいの少女が立っていた。思わず濡《ぬ》れているような栗《くり》色の大きな瞳《ひとみ》に見入ってしまった。どこかで逢《あ》ったような気がする。少女はニコッと人懐こい笑顔を見せて、ふっくらしたバラ色の頰にえくぼができた。

「真向かいのフラットに越してきたアナ・ザハレスクっていうの。よろしく」

チェコ語とフランス語と英語とロシア語と何語か私には判断しがたい言葉でそう言った。間延びした甘ったるいしゃべり方ながら、あまりにもロシア語が完璧《かんぺき》なものだから、

「ソ連のどこからいらしたの？」

とすかさずロシア語で尋ねた。

「ううん、ブカレスト。あたしルーマニア人なの。でも、生まれたのはインドのデリーで、三歳半までいたんだ。英語ペラペラだったって、ママは言うんだけど、今はさっぱり。育ったのは、北京。パパが大使だったの。五歳のとき、毛沢東にだっこしてもらったことあるんだから」

「えぇーっ」

「国慶節の祝賀行進の時、天安門広場の雛壇《ひなだん》に中国の高官が並んで、そのすぐ近くに各国の大使が並ぶ貴賓席があるのよ。パパが私を連れていって、毛沢東に挨拶《あいさつ》するときに、私が花束差し出したの。そしたら、抱き上げられて、祝賀行進のあいだ中、偉大なる首領の膝《ひざ》の上にいたってわけ。その日私がはいてたパンツ、ママは洗わないでとっといてあるんだ。えーと、何の話してたんだっけ……ああ、そうそう、北京のソビエト学校に通ってたものだから、帰国してからも、学業の継続性のためにとかでブカレストでもソビエト学校に通わされてたの。だから、ロシア語は半分母語みたいなものね」

「すると、先ほどのは、中国語?」

「そう、挨拶用の片言の北京語はなんとかできるの。すると、あなたは、北京語圏ではないのね。どこ? 広東?」

「私、中国人じゃなくて、日本人。マリっていうの。ソビエト学校に通っているのよ。この九月、四年生になる」

「わあーっ、じゃあ同学年だ!」

「ここのソビエト学校は、一学年一クラスだから、私たち、クラスメートになるんだ! 家でも、学校でも一緒だね」

「うーん。すっごく残念だけど、もうすぐ別なところへ引っ越してしまうと思うんだ。パパもママも、このアパートはとても住めないって言い出して、今急いで、別なところ探してるみたい。見つかり次第、そっちに引っ越すことになりそうだから……ああ、そうそう、今日おたずねしたのは、納戸の電気スイッチがどこにあるか分からなくて。こちらとほぼ対称形の間取りになっているでしょう」

私と私の一家にとっては、住み心地の良いアパートを「とても住めない」と感じる感覚は不可解であった。時々、日本から訪ねてくる人々も、口々に、

「いやあ、これはなかなか良くできた高級アパートですな」

とお世辞抜きに感心していた。まだ、マンションという言い方が普及していなかった頃のことである。それを、「とても住めない」なんて、どういう意味だろう。

アーニャの母親には、なかなか会えなかったが、時々見かけるアーニャの父親は、アーニャよりも背が低い。足が悪いようで、いつも杖《つえ》をつき、片方の足を引きずりながら歩く。

「パパは、若い頃、それはスラリと背が高かったんだ。それが、非合法時代に投獄されたとき、拷問で足を痛め、手当てが悪かったものだから腐ってしまって、切断するしかなかった。今付けているのは、義足なのよ。私の苗字、ザハレスクっていうのは、実はパパが非合法活動していたときの偽名なの。パパの本名はツーケルマン。ドイツ語で『砂糖の人』っていう意味なんだけど、それをルーマニア語に訳したのが、ザハレスクっていうの。ルーマニアが解放されて、本名を名乗っても良くなったのに、結局偽名の方を正式名に格上げしてしまったってわけ」

「私の父も戦前から戦中にかけて一六年間も地下に潜って活動していたのよ。いろんな職業や偽名を使い分けて。母に逢ったときの偽名は、ヒロセ・テッオだったんだ」

「へえー。私のママもパパに出逢ったのは、非合法時代でね。一番上の兄をおんぶして、おむつの中にビラを隠して運んだそうよ。兄は、今も、『オレの尻《しり》の肌が特別デリケートなのは、そのせいだ』ってぼやいているくらい」

アーニャに親近感を抱いたのは、こういう会話を通してだったような気がする。親たちが、お互いかけ離れた別の国、別の地域で、ほぼ同じ時期に共産主義の理想に燃えて自己の生命さえいとわず波瀾《はらん》に満ちた日々をおくっていたという事実が、お互いを特別な存在にしていた。だから、アーニャの革命的言辞に酔うような癖はうっとうしかったけれど、どこかで許せる気がしていた。

まもなくアーニャの一家は、ようやく満足な家が見つかって、十月革命広場から市電で二駅先のお屋敷街の邸宅に引っ越していった。それからほどなくして、アーニャの新居に招かれた私は、息が止まるかと思うほどの衝撃を受けた。

総ガラス張りの温室に面した居間の天井には巨大なシャンデリヤがぶら下がっていた。食堂のテーブルは、なんと二四人掛けである。目眩《めまい》がした。

「ママは、これでも狭い、狭いってぼやいている。暖炉がチャチだ、バスルームが二つしかないって嘆いているの」

とアーニャはこともなげに言う。

その時点でアーニャの家に使用人がいることをまだ知らなかった私は、一瞬だがルーマニアは、とてつもなく豊かな国で、全国民が高い生活水準を享受しているものと思い込んだ。社会主義国である以上、それほど貧富の差はあるはずないのだから、と。だからアーニャが、

「トワーリッシチェ・マリーエ、早くお客さんに紅茶をお持ちして。お菓子も忘れずにね」

と叫んで、まもなくお手伝いのマリーエさんが現れて、私はショックのあまり、黙り込んでしまった。「トワーリッシチェ」が、ロシア語「タワーリシチ（同志）」に相当するルーマニア語であることは、すぐに察しが付く。

日本にいた頃、夏休みになると、鳥取県にある父の実家へ遊びに行くたびに、自分の家の生活水準とのあまりの格差に愕然《がくぜん》としたのを思い出した。数え切れないほどたくさんの部屋があって、名前も覚えきれないほど多くの使用人が傅《かしず》き、身の回りの面倒を見てくれる心地よさ。自分なら、拒否できるだろうか。それができた父は偉いなと、子ども心にも思っていた。戦前、共産党が非合法だった時代に、万人の平等という共産主義の理想に燃えて、父は高額納税者で貴族院議員となった祖父の家を出て、地下に潜った。それは、一六年間の長きにわたった。日本の敗戦で非合法が解かれ、再び実家との交流が可能になっ

て以降も、父は物欲とは無縁に生きていた。私の心にでき上がった共産主義者像の原型は、父だったから、共産主義者を名乗るアーニャの両親との相違に頭が混乱した。

「どうしたの、マリ？」

「これが狭いって、一体どんな家に今まで住んでいたの、アーニャは？」

「インドの家の庭は森だった。湖があって、滝まであったわ。中国の家は、中庭を囲んでたくさん部屋があったなあ。いくつあったかも憶《おぼ》えていないぐらい」

「そういう豪勢な暮らしは、すべてのルーマニア人民が享受できるの？」

「エッ」

アーニャは質問の意味を飲み込みかねて、大きな丸い目をさらに丸くした。

「共産主義というのは、人間の法的、社会的平等だけでなく、経済的平等を実現する社会でしょう。社会主義は、その共産主義への移行過程なのだから、貧富の差を最小限にしていくよう努力していく社会のはずでしょう」

「そうよ。共産主義は、最高よ」

「だから、尋ねたのよ。このような贅沢《ぜいたく》な住宅を、大多数のルーマニア人が供給されているのかって」

「それは、知らない。だって、ほとんどルーマニアに住んだことないし」

「でも、マリーエさんは、どこに住んでいるの？」

「トワーリッシチェ・マリーエは、屋根裏部屋よ」

『小公女』の主人公が実家が零落したとたんに寄宿舎の屋根裏部屋に追いやられたのを思い出した私の顔は引きつった。それに気付いたのか、アーニャは必死で弁解する。

「でも、これは、差別とか、貧富の格差ではないのよ。役割分担というものなの。ここは、トワーリッシチェ・マリーエの職場なのだもの。インドでも、中国でも、パパは大使だったから、家は公邸だったのよ。体面を保つために豪勢にならざるを得なかったのよ」

「でも、今はアーニャのパパは外交官ではないのでしょう」

「ええ。だけど、『平和と社会主義の諸問題』誌編集委員会のルーマニア代表って、大使より格が上なの。パパは、ルーマニアのマルクス・レーニン主義研究所の所長でもあるし」

「…………」

「どうしたの、マリ？」

「『黄巾《こうきん》の乱』や『赤眉《せきび》の乱』て、中国史で習ったじゃない、あれ思い出しちゃった」

「何でまた？」

「うん、何となく」

圧政と不公正に抗して貧民たちを結集して権力を打倒した反乱者たちが、権力の座についたとたんに、以前の権力者と寸分違わぬことを繰り返す。だから、いくら反乱があっても、なかなか社会の仕組みそのものは変わらないのであった、というような教科書の記述を思い出したのだが、アーニャには面と向かって言う気が失せていた。私が、アーニャに対して一定の距離を持つようになったのは、このときからかもしれない。

ある日、アーニャがちょっと風変わりな帽子をかぶって登校してきたことがあった。黄色い地に赤や緑の蝶々が無数に縫い付けてあって、アーニャが動くと一斉に蝶々がヒラヒラする。男の子たちが面白がって帽子を引っ張ったり、取り上げてキャッチボールにして弄《もてあそ》んだ。アーニャは、栗《くり》色の大きな瞳《ひとみ》をさらに大きく見開いて男の子たちを睨《にら》み付けながら、信じられないような台詞《せりふ》を吐いた。

「この恥知らず！　私のママが血と汗を流した労働であがなった帽子に何てことするの！」

こんな大げさな反応されたら、男の子たちが図に乗って余計からかいたくなるのは、当たり前だった。

そして、その頃には、私もアーニャの母親は、輝かしい過去の経歴が嘘のように、どんなに想像力を膨らませても、血と汗を流して労働しているタイプには見えないことを知っていた。いつアーニャの家に遊びに行っても、豪華に着飾っていて、これから買い物か観劇かパーティーに出かけるか、出先から帰ってきたところで、ほとんど家にはいなかったが、どう見ても定職を持っている風ではなかった。それでいながら、家事は、ルーマニアから連れてきた住み込みのお手伝いさんにまかせきりのようである。アーニャもまた、このマリーエという名のお手伝いさんに頼りきりだ。

「ねえ、トワーリッシチェ・マリーエ、パンケーキ作ってちょうだい。チョコレートクリーム添えたヤツ」

「トワーリッシチェ・マリーエ、あたしの空色のリボン、どこにしまったの？」

「トワーリッシチェ・マリーエ、私の部屋の電球が一つ切れてる。早く取り替えて」

マリーエの夫は、ザハレスク家のお抱え運転手だった。夫婦で屋根裏部屋に住み込み、ザハレスク家に仕えていた。

「アーニャの家の運転手のこと、うちのパパは、まるで犬みたいだって言ってる」

父親の勤め先が同じギリシャ人のクラスメートのリッツァは、よく言った。

「ご主人さまの言いつけを尻尾《しっぽ》振り振り甲斐甲斐《かいがい》しくこなす忠犬みたいだって」

アーニャの母親は、学校の父母会に出席するにも、買い物や観劇に出かけるときと同様、このお抱え運転手が運転する黒塗りの高級車に乗って移動していた。そして、ミンクとか、銀ギツネとか、豹《ひょう》とか、いつも高そうな毛皮のコートを羽織り、指の付け根には宝石がキラキラ輝いていた。

「では、出かけてきますから、いい子にしていてね」

とアーニャにキスして母親が出かけていった後、アーニャは必ず私に向かって誇らしげにコメントする。

「ママは、パパを助けて日夜、労働者階級のために、ブルジョア階級と闘っているのよ。今日も、そのために出かけたのだわ」

「そうかなあ、でもアーニャのママの格好は、ブルジョアそのものって感じなんだなあ」

喉元《のどもと》まで出かかった反論を、私はいつものみ込んでいた。アーニャの母親の格好だけではない。アーニャの一家の暮らしぶりそのものが、ブルジョア的、いや貴族のようなと形容すべきものだった。だいたい一家が住んでいた邸宅も、昔の貴族の屋敷である。

そういえば、同じ編集局に勤務しながら、ザハレスク一家だけが、アパートではなく、庭園付きのお屋敷に住んでいるというのも、大きな謎ではあった。

＊　＊　＊

The pen is mighter than the sword.（ペンは剣より強し）――言論は、武力では抑え込めないものだ、という主旨のこの有名な成句は、イギリスの政治家で、小説家、劇作家でもあったジョージ・ブルワー・リットンが、その戯曲「リシュリュー」のなかで用いてから、たちまち広まった。
ところが、この名文句を、ロシア人が口にするのを聞いたことがない。どうやら、ほぼ同じような意味のロシア古来の次の諺《ことわざ》の方が人口に膾炙《かいしゃ》しているせいかと思われる。

Что написано пером, не вырубишь топром.（ペンで書かれたものは、斧《おの》では切り取れないよ）

斧というところに、何かほのぼのとした生活臭が感じられる。そして、この慣用句は、「武力に対する言論の優位」という意味もさることながら、もう一つ、「筆禍は取り返しがつかない」という意味に使うことが多い。

プラハのソビエト学校に通い始めた最初の日から、私は、「ペンで書かれたもの」に対するロシア人の特別な思い入れにたじろいだ。最初の登校日だけ、父と父の通訳の女性が同行してくれたのだが、担任の教師の言葉を次のように訳してくれた。

「イーデスカ。スーガク、タダシーノートフタツダネ、クロイノートヒトツ。ロシヤブンポー、タダシーノートフタツダネ、クロイノートヒトツ。ブンガク、タダシーノートフタツダネ、クロイノートヒトツ。ワカッタカネ」

「正しいノート？　黒いノート？」

「ソー。タダシーノート、カワリバンコセンセイワタス。コレペントインキデカク。クロイノートワタサナイ。タダシーノートカクマエ、クロイノート、エンピツカウヨロシー」

ただでさえ心細いところへちんぷんかんぷんなことを言われて泣き出しそうになる私に、父が助け船を出してくれた。

いるらしいよ」

「どの学科も、生徒は正式なノート二冊と下書き用のノートを一冊ずつ持つことになって

正式なノートは教師が定期的に点検し、採点の対象となるものなので、二冊を交互に教師に預けることになっている。そして、この正式ノートは、必ずペン先の付いたペンにインクを付けて書き込むべきものだった。生徒たちが腰掛けるイスと一体になった造り付けデスクには、ペン軸を横たえるための浅い細長いくぼみと、ガラスのインク壺《つぼ》がスッポリ収まる筒形のくぼみがあった。毎朝、当番の生徒が、各座席のインク壺にインクを注ぎ入れることになっている。

ペン軸にペン先を取り付け、インクに浸してノートに書き付ける。そのようにして書かれたものは、消しゴムなんぞでは消せない。だから必ず下書き帳で推敲《すいこう》に推敲を重ねた上で書き込むことになっていた。インクのシミ一つでも大きな減点になったし、一度書いたものを棒線や×印で取り消すなど、自分が十分に考え抜くことをせずにペンで書くという軽はずみを犯したことを証明するようなものだった。そのためにこそ、下書き帳はあるのだから。そのかわり、下書き帳の方は、どんなに汚くとも構わない、何度書き直してもいい、自由な自分のためのノートだった。だから鉛筆で書いてもいいことになっている。

というわけで、正式なノートに鉛筆を使うなど、あの学校の先生方にとっては、象が空を飛び、白熊が赤道地帯に出没するほどにあってはならないことだった。日本の学校の習

性で、つい正式ノートに鉛筆で書き込んでしまう私に向かって、数学の先生も、ロシア語の先生も諭した。

「マリ、一度ペンで書かれたものは、斧でも切り取れないのよ。だからこそ、価値があるの。すぐに消しゴムで消せる鉛筆書きのものを他人の目に晒《さら》すなんて、無礼千万この上ないことなんですよ」

この正式ノートには、綴《と》じ込み線から三分の二ぐらいのあたりに縦線を引き、生徒が書き込むのは、ノートのこのほぼ三分の二に相当する部分で、棒線の外側の三分の一の部分は、教師による訂正やコメントが書き込まれることになっていた。この教師が書き込むための縦長の部分のことを、ロシア語で поле（ポーレ）と言った。英語の field に相当する言葉だ。このポーレのためだろう、ソビエト製の学童用ノートは、縦横いずれも二一センチの真四角形である。でも、普通のチェコの文房具店で売られているノートは、縦二一センチ、横一四センチの長方形をしている。これでは、ポーレを設けると、生徒が書き込むことのできる部分の横幅が一〇センチ未満になってしまう。しじゅう改行をしなくてはならず、生徒たちにとっては、とりわけロシア語が母語ではない生徒にとっては、悩みの種だった。単語を二つの行にまたがって書くときに、どの字のところで区切っていいのか、かなりややこしい規則があり、これを間違えると、減点対象にされるからだ。

当然の成り行きとして、ソビエト学校の生徒たちは、誰もが横幅の広いノートを欲しがった。夏休み、ソビエトに一時帰国する教師や生徒たちは、必ず大量のノートを仕入れてきて、非ソ連人の私たちに配った。当たり前のように受け取っていたが、お金を払った覚えはまったくないから、彼らは気前よく恵んでくれていたのだろう。それでも学年度の半ばあたりで、蓄えは尽きる。

「あたしの家の近くの文房具店に、横幅の広いノートを売っていたのよ」

アーニャが、ある日そう言ったのは、まさにそういう端境期《はざかいき》のことだったから、クラスのほとんどの生徒たちが一斉に反応した。

「えっ、どこそれ？」

「十月革命広場から第七番の路面電車に乗って二つ目の停留所を降りた真向かいにある大きな文房具店よ」

私も、その店は知っていた。でも、変だな。おととい立ち寄ったときには見かけなかった。それを言うと、アーニャは鞄の中から黄色い表紙のノートを取りだして、得意気に見せびらかした。

「だって、ほら。これ、昨日、そこで買ったんだもの」

「わーっ、見せて、見せて」

ノートの紙はソビエト製よりもツルツルしていて分厚く、頁数も多いようだったが、まぎれもなく縦横ほぼ同じサイズの正四角形をしている。

「いいな、これ欲しいな」

「まだ、いっぱいあったわよ。高ーく積み上げられてたから」

放課後、クラスのみんなは、その文房具店に立ち寄って、大量に買いだめすることに決めた。『平和と社会主義の諸問題』誌編集局員子女用のバスに全員が乗り込んで十月革命広場で降り、七番電車に乗り込むため、停留所へ向かった。

「わー、残念。あたし、みんなと一緒に行けない」

突然そう言って、停留所とは逆の方向に歩き出したのは、アーニャだった。

「今日はダンス教室の日だもの」

ダンスの授業のたびに、教師に絶望的な顔をされるアーニャは、そんなこと、痛くも痒《かゆ》くもない風だったけれど、その実かなり気にしていたらしい。町中のダンス教室に通うようになっていたのは、私も知っていた。でも、それは金曜日ではなかったかな。今日はまだ水曜日ではないか。私が疑問を差し挟む前に、アーニャは、

「大丈夫よ、あたしがついて行けなくても、マリは、その店、何度も行っているから」

と言いながら、走り去って行った。

文房具店は在庫品整理日とかで、閉まっていた。生徒たちは、金網シャッターが下ろされた大きなウィンドウ越しに薄暗い店内をのぞき込んで、黄色い表紙のノートが積み上げられているだろう棚を探した。

「あの辺りに、ノート類の棚があるのだけれど」

私が指さす方向に、みなでいくら目を凝らしても、それらしいものは、見当たらない。

「いいわ。明日には店が開くようだから、私近いから立ち寄って、なるべくたくさん買い込んでおく」

そう約束する羽目になってしまった。

翌日、スクール・バスから降りると、十月革命広場の停留所からアーニャと一緒に第七番電車に乗った。でも、二つ目の停留所に到着すると、アーニャは、

「マリ、ごめん。今日はママのお買い物に付き合わなくちゃいけないの」

と言って、家のほうへ急いだ。私は、ひとりで文房具店に入り、ノートの棚に向かった。そこに黄色い表紙の横幅の広いノートは一冊も置いていなかった。店内をくまなく見回したが、黄色のだけでなく他のいかなる色のものであれ、横幅の広いノートは見当たらない。店の人に尋ねても、怪訝《けげん》な顔をされるばかりである。

「私の友人が、一昨日ここで買ったというんですけど」

「そんなこと、あり得ないですよ」

「でも、昨日たしかにこの目でそのノートを見たんです」

「この店に勤め出してからもうかれこれ一四年になるけれど、そんなノート、一度も見たことも触ったこともないわ」

「変だなあ。この店じゃないのかしら」

「お嬢さん、チェコスロバキア中どこの文房具店に行ったって同じ事ですよ。それが、社会主義の計画経済ってものです。どの店に置いてあるノートも統一規格品。何なら、その、お嬢さんが見たとか言うノート、ここに持ってきて見せてくださいな」

「はい……」

翌朝、学校へ向かうバスの中で、以上の顚末《てんまつ》をアーニャに語って聞かせると、まん丸い栗《くり》色の瞳《ひとみ》を凝らして、私の目を真っ直ぐ見ながら、さかんに首を傾げる。

「変ねえ、たしかにあの店で買ったのに」

「ねえ、アーニャ、ぜひ、あの黄色いノートを持って今日の放課後、一緒に文房具店へ行ってちょうだい。あの店の人に確認してもらいたいから」

「ええ、もちろん、いいわ」

ところが、放課後、帰りのバスに乗り込んだ時点で、アーニャの鞄《かばん》の中から黄色い表紙のノートは忽然《こつぜん》と消え失せていた。この時点で、私も含め、クラスの誰もが、アーニャが嘘をついているのではないかと疑いはした。でも、何のために？　どう頭をひねっても動機も理由も見当がつかない。それに、アーニャは私たち一人一人の目を真っ直ぐに見つめ、間延びするほどゆっくり話す。

「変ねえ。どこに消えてしまったのかしら、あのノート、見かけなかった？」

まん丸い瞳も、話しっぷりも誠実そのものという感じで、誰もが一瞬であれ、アーニャを疑ったことを心の中で申し訳ないと思ったのだった。

それから一週間ほどしてクラスにフランス人の転校生クロジーヌがやって来た。そして、クロジーヌが鞄から取り出したノートが、色こそ、赤と緑だったが、サイズと形、紙質は、アーニャの黄色いノートとそっくりだった。

「アーニャの黄色いノートは、フランス製だったの？」

「さあ。でも、買ったのは、チェコのお店ですもの。人民の貴重な外貨をノートごときの輸入のために浪費するほどチェコの政府も党も間抜けじゃないと思うわ」

そう言われると、一度しか見たことのない黄色いノートに関するこちらの記憶も心許《こころもと》なくなってくる。

いつのまにか、「幻の黄色いノート事件」と命名された出来事が決着を見るのは、それから一月後、冬休みが明けて学期が改まる一月一二日のことだった。その朝、十月革命広場のバスの待ち合わせ場所に、アーニャは、アーニャより頭一つ上背のある、物静かな男の子と一緒にやって来た。

「ミルチャ、二つ違いの兄なの。こちら、マリ。昨日話したでしょう。日本人の同級生」

「初めまして」

右手を差し出すと、モゴモゴと何かつぶやきながら力無く握り返してきた。こちらと視線が合うのを避けているようだ。

「ブカレストの学校が気に入っていて、家族とプラハには同行せずに、一番上の兄の家から通っていたのだけれど、ママが離れて住むのはもうこれ以上堪えられないと言って、プラハに連れてきたの。ミルチャは最後まで嫌だ嫌だと抵抗したんだけど、ママの強引さには勝てなかったのよ。おととい、やっとプラハに到着して、なんとか新学期に間に合ったってとこなの……」

アーニャ一人がしゃべり続ける傍らで、ミルチャはしばらくのあいだいかにも居心地悪そうに立っていた。陽気で開けっぴろげなアーニャとは、性格も立ち居振る舞いも正反対みたいだ。でも、よく見ると、顔かたちや体つきはよく似ている。髪や目の色もアーニャと同じ濃い栗色。目はギョロリと大きく、鼻も長くて太い。男にしてはなで肩でポッチャリしている。

バスが到着して乗り込む時、他の生徒たちが、

「おはようございます、パン・ヤードルシェック」

と運転手さんに挨拶《あいさつ》するのに、アーニャだけは、

「おはようございます、ソードルフ・ヤードルシェック」

といつも通りだった。当然私たちは、ミルチャはどう挨拶するか、興味津々だった。モゴモゴと口ごもりながらミルチャは運転手さんの前を通り過ぎた。それでも耳をそばだて

ている私たちには、

「パン・ヤードルシェック」

と聞こえた。座席に落ち着くと、ミルチャはやおら鞄を開いた。

「あっ」

思わず叫んでしまった私の方に、ミルチャは反射的に首を傾げながら、本を取り出す。本のタイトルはルーマニア語らしかったが、「物理学」という語は、ヨーロッパ語共通なので分かった。もっとも私が気になったのは、本のほうではなかった。

「ちょっと待って」

鞄を閉じようとするミルチャに向かって身を乗り出した。

「は？」

「それ、その黄色い表紙のは、ノートですよね」

「えっ、あっ、これですね。ええ、そうですけど」

ミルチャは鞄の中から黄色いノートを取りだして見せてくれた。縦横同サイズの正四角形。これだ。これに違いない。前にアーニャが見せてくれたものとソックリだ。

「何か？」

「これ、どこで買ったんですか？」

「多分フランスでしょう」

「なぜ多分なんですか？」

「………」

「あっ、ごめんなさい、いきなりはしたない質問して。このノート欲しくて前から探してたんです。でも、プラハの文房具店で買ったんじゃないんですね？」

ミルチャは首を縦に振った。やはりアーニャは嘘をついていたんだ。それにしても、なんでこんな馬鹿馬鹿しい嘘をつくのだろう。バスの中では、別な女の子とおしゃべりに夢中で、私とミルチャのやりとりに気付かなかったアーニャに、学校に着いてから、その点を確かめた。

「アーニャ、記憶違いじゃないの？　あの黄色いノート、近くの文房具店で売っていたというのは」

「そんなことないわ。ミルチャのノートはどうか知らないけど、私の黄色いノートは、あの文房具店で買ったのよ」

しっかりとこちらの目をのぞき込みながら、アーニャは自信満々に言い切った。とても嘘をついているようには見えない。それに、こんなくだらない嘘をつく理由も分からなかった。でも、アーニャは嘘をついたという九九・九パーセントの感触を、軽い失望とともに私は得たのだった。

そして、しばらくすると、アーニャがことあるごとに嘘をつくことに私もクラスメートたちも気付き始めた。癖というか、ほとんど病気のようなものだった。

もともと誇張癖は前からあった。話をドラマチックにしたがるのだ。だから、ルーマニアのおとぎ話など話させると、生徒ばかりか先生方まで聞き入ってしまうほど面白かった。ずっと後に、私が日本の大学に通う頃、ルーマニア口承文学を記録した本を大学付属図書館で見つけたとき、すぐさま借り出して目を通したのだが、アーニャの聞かせてくれた物語ほど起伏に富んでワクワクさせる物語は見つからなかった。でも、アーニャのおとぎ話の骨格らしきものはそこかしこに発見できた。語り部としての創造力に誇張癖は欠くことのできない手段だったのだなあとアーニャのことが懐かしくなった。そして、ミルチャが学校を休んだとき、

「肺炎で死にかかって四〇度の熱が出た」

とアーニャが言うのを信じて先生方も生徒たちも心配したのだが、翌日登校してきたミルチャに確かめたら、軽い鼻風邪だったたなんてことがあったのを思い出した。

文学のガリーナ・セミョーノヴナ先生も、作文の講評をするたびに注意したものだ。

「なんですか、『神々しいほどに清らかにして凛々《りり》しく、それでいて可憐《かれん》な美しい三日月が地獄の闇をしのぐような漆黒の夜空に静かに、また眩《まぶ》しく輝いていた』って。アーニャ・ザハレスクは、この形容詞過多症から脱却しないといけませんね。誇張が過ぎると、滑稽《こっけい》になりますよ」

聞く方が気恥ずかしくなるほど大げさに共産主義を礼讃《らいさん》する言辞も、その延長線にあったのだろう。

「パパは数学者だったのよ。共産主義運動に身を投じなければ、今頃ノーベル賞は軽かったわね」

なんていうのは、子どもに多い罪のない親自慢に過ぎないのだから、そのつもりで誰もが聞き流した。

「ママは、若い頃、同志たちのあいだでとても人気があって、ずいぶんいろんな人たちに言い寄られたんだ。それを振り切って、パパと一緒になったのよ。中でも一番熱心だったのは、誰だと思う？」

ある日、アーニャが尋ねてきたことがあった。

「さあ」

アーニャはピッタリ顔を寄せてきて、小声になった。

「マリ、ここだけの話だから、誰にも言っちゃ駄目よ」

「ええ」

そんなこと、誰も興味は持たないだろうに、と思いつつ適当に返事をした。

「デジよ、デジ」

「デジ？」

「ゲオルギ・デジ」

ルーマニア労働者党の書記長、国の実質的な最高権力者の名前をアーニャは口にした。ちょっと驚きはしたが、どうせまた嘘つきアーニャの法螺話《ほら》だと思った。こういう虚栄心や自慢願望が透けて見える嘘は、分かりやすくて嘘としては、レベルが低い、などと考えられるようになったのも、アーニャのおかげだ。アーニャのつく嘘の圧倒的大多数は、「幻の黄色いノート事件」の類《たぐい》の、なんでそんな嘘をつくのか頭を捻《ひね》るようなものばかりだった。だから、何度も騙《だま》されて翻弄《ほんろう》されることになる。

それでもそのうちに、嘘をつくときのアーニャは、丸い目を見開いて真っ直ぐ相手の目を見つめることに気付いた。

「ほらほら、アーニャが誠実面をしたから要注意」

クラスメートたちは目配せをしあった。

それから、アーニャは自分がついた嘘を認めるということは、絶対にしなかった。というよりも、一度ついた嘘を本人も信じ切ってしまっているような節があった。

一度、ギリシャ人のリッツァとアーニャの嘘を話題にしたことがある。

「不思議だよねえ、なんであんなも次々と嘘をつくのか」

「ほら、イソップの話か何かに法螺吹きの少年が出てくるでしょう。『狼が来る』って騒いで、二度目までは村人が避難するのだけど、三度目は、ほんとうのことだったのに、

『どうせ、また法螺だろう』って本気にされない。それで狼に喰われてしまうんだっけ？　今まであの少年がなんであんなくだらない嘘をつくのか、理解できなかったけれど、アーニャを見ていると、もしかして、あの少年、アーニャみたいな性格だったのかもしれないと思えてきた」

「そうかなあ。でも、狼少年の嘘は、どちらかというと、目立ちたい、注目されたいという願望が底にあるでしょう。アーニャも、時々その種の嘘をつくけど、圧倒的多数の嘘は、そういう意味さえない嘘でしょう」

「そうなんだよねえ、アーニャって、まるで呼吸するみたいに自然に嘘つくんだよねえ」

「うん。きっと、嘘つかなくなったらアーニャは死んでしまうかもしれないね」

「そんなことはないだろうけど、嘘をつかないアーニャなんて、想像しただけでつまらないね。アーニャじゃなくなっちゃうね」

嘘つきアーニャは、どうしようもない嘘つきであることも含めて私たちに愛されていた。それは、アーニャが優しくて友達を大切にする女の子だったからだ。冬の林間学校でリッツァがスキーをしている最中に足を折ってしまったときには、リッツァを背負って、二キロの距離を運んでくれたという。それも恩着せがましいところが微塵《みじん》もなく当然のことのようにやり遂げてくれたそうだ。

よくアーニャとプラハの街を散歩したものだが、時々、悪ガキどもにはやし立てられることがある。

「やーい、チンヤンカ（中国人）、チンヤンカ」

そんなとき、アーニャはカンカンになって怒り、相手がどんなに大人数でも立ち向かって行って蹴散《けち》らしてくれる。そして、心配そうに私の顔をのぞき込んで慰めてくれる。

「マリ、気にしちゃ駄目よ。人種差別ほど下劣な感情はないんだから」

とにかく困ったとき、悲しいとき、アーニャは頼りになる友人だった。女の子には珍しいほど、情緒が安定していたということも、頼もしい限りである。

そのアーニャが、一度だけとても些細《ささい》なことにひどく逆上したことがあった。

それは、春の林間学校で水道管が破裂して、何日間もバスタブもシャワーも使えなかったときのことだ。リッツァの一言から始まった。

「面白いわね、ロシア語って。чистая（チースタヤ）って単語、ギリシャ語と違って、純粋とか純血とか生粋という意味でも使うし、清潔っていう意味でも使うのね。つまり、チースタヤって不純とか混血の反対語でもあるし、汚いとか不潔の反対語でもあるんだ。ハハハ、アーニャ、あなたはチースタヤ・ルーマニア人？」

リッツァは明らかに、ふざけているのに、アーニャの反応は尋常ではなかった。顔を真っ赤にして本気で怒っている。

「リッツァ、何てこと言うの！　当たり前でしょう！」

リッツァの方は、アーニャの逆上にまだ気付いていない。

「いやあ、違うわね。決してチースタヤ・ルーマニア人ではない」

「リッツァがこれほど恥知らずだったなんて！　許せない」

リッツァもようやく異常に気付いてなだめにかかった。

「何怒ってるの、アーニャ、あなたは、もう一週間もお風呂《ふろ》に入っていないから、とてもチースタヤではないルーマニア人だって言っているのよ。不潔って意味よ。私は不潔なギリシャ人だし、マリは不潔な日本人てこと」

それでも、アーニャの怒りはおさまるどころか、ますます興奮してきた。声を震わせ眉《み》間《けん》に皺《しわ》を寄せて目をつり上げるアーニャの顔は、太った般若《はんにゃ》みたいだった。あれから三五年以上経った今でも、あのときの様子を逐一目の前に浮かべることができる。それほど私にとって衝撃的な出来事だった。衝撃とともに、なぜアーニャがあれほど逆上したのかという謎が、頭をもたげた。その後、アーニャのことを思い出すたびに、あの光景とともに謎が浮上してくる。

アーニャは、もともと祖国ルーマニアに対する思い入れが強い子であった。在プラハ・ソビエト学校には、五〇カ国以上もの国の子どもたちが学んでいたのだが、故国を離れているせいか、どの子どもも一人残らずイッパシの愛国者であった。

そして、故国への愛着は、故国から離れている時間と距離に比例するようであった。この距離というのは、地理的というよりも政治的、文化的意味合いの方が大きい。

たとえば、亡命者の子女で、両親の故国に行ったこともない子どもほど、今現在は両親の政治的立場とは敵対する母国の自慢にひどく力が入るのである。

両親が軍事独裁政権の弾圧を逃れて、東欧各地を転々としていたリッツァが、ルーマニア生まれのプラハ育ちの癖に、まだ一度も仰ぎ見たこともないはずのギリシャの青空のことを何度も自慢したように、父親が元スペイン人民戦線の戦士で、モスクワ生まれのリーナは、自分が一度も行ったことのないマョルカ島の海岸線の美しさを、それは生き生きと語り聞かせてくれるのだった。

「砂浜の砂がね、それは絹みたいに柔らかくて肌触りがいいの！」

私自身が、愛国心の萌芽《ほうが》のような奇妙な感情を初めて自覚したのは、まさに、このソビエト学校に通うようになってからだ。地理の教科書に、

「日本はモンスーン気候帯に所在」

という記述を見つけて、自然と顔がほころぶのを抑えきれなかったのである。海が遠く年間降水量が日本の四分の一程度のチェコに較べて、高温多湿のわが国を心から誇りに思ってしまったのだ。空中の水分が多いので、呼吸器系も肌も髪も、しっとりと息づく感覚を思い起こして懐かしさに身震いした……今書き進みながらも思う。なんとたわいのない！

それでも、このときのナショナリズム体験は、私に教えてくれた。異国、異文化、異邦人に接したとき、人は自己を自己たらしめ、他者と隔てるすべてのものを確認しようと躍起になる。自分に連なる祖先、文化を育んだ自然条件、その他諸々のものに突然親近感を抱く。これは、食欲や性欲に並ぶような、一種の自己保全本能、自己肯定本能のようなものではないだろうか。

この愛国心、あるいは愛郷心という不思議な感情は、等しく誰もが心の中に抱いているはずだ、という共通認識のようなものが、ソビエト学校の教師たちにも、生徒たちにもあって、それぞれがたわいもないお国自慢をしても、それを当たり前のこととして受け容れる雰囲気があった。むしろ、自国と自民族を誇りに思わないような者は、人間としては最低の屑と認識されていたような気がする。

「そんなヤツは、結局、世界中どこの国をも、どの民族をも愛せないのよ」

アーニャは、よく心の底から吐き出すように、そう言った。軽蔑《けいべつ》の気持ちがこもっていて怖いぐらいだった。インドで生まれて中国で幼年時代を過ごし、今プラハに住むアーニャは、いつも故国から離れているから、それだけ愛国心がかき立てられるのだろうと思った。

アーニャの愛国者ぶりは、亡命者の子女をしのぐほどに強烈だった。他人の愛国心に寛大なソビエト学校の生徒たちもウンザリするほど強烈だったものだから、悪ガキどもがからかいたくなるのも当然だった。あるとき、ロシア人のヴォロージャが、次のようにアーニャを挑発した。

「おい、ザハレイドウ、早くルーマニアも、牛乳の生産でアメリカに追いつき、追い越さないとな！　農業が遅れてるもんだから、ルーマニアの百姓は、兄弟社会主義諸国の中でも一番貧しいそうじゃないか！　今も草鞋《わらじ》履いてトウモロコシしか喰えねえっていう話じゃないか！」

アーニャはとたんに興奮して呼吸が激しくなった。躍起になって、ママルイガという名のトウモロコシ粥《がゆ》が、どれだけ美味《おい》しくて健康に良いか、そもそもルーマニア料理がいかに味の観点からも、栄養の観点からも非の打ち所がないか、口角泡を飛ばして力説した。ついに、それを納得させるために、クラスメート全員を自宅に招いて、ご馳走《ちそう》してくれたほどだった。もちろん、料理を用意してくれたのは、住み込みのお手伝いさんマリーエである。そして、マリーエさんの料理の腕はたしかであったから、誰もがルーマニア料理のファンになった。ママルイガも酸味のあるロール・キャベツも絶品で、アーニャをからかったヴォロージャもきまり悪そうに降参したところで、アーニャは草鞋の件だって、決して忘れてはいないことを証明した。

ルーマニアの農民の誰もが、ちゃんと革靴を買えるだけの経済力を持ち、ルーマニアの軽工業部門が、国民の革靴需要を満たすだけの生産力を十分に備えていることを統計数字を駆使して述べたてる。聞かされる方が明らかに食傷気味になっているのだが、お構いなしである。

「というわけで、ルーマニアの農民が草鞋しか履けないなんて完全なデマ、ルーマニアとソ連両国人民の友好に楔《くさび》を打ち込もうとする悪質な反共キャンペーンだわ。ちなみに、ルーマニアの伝統的草鞋は、ロシアの伝統的草鞋より材質の面でも、構造の面でも数段優れているのよ。まず、麦藁《むぎわら》の麦が……」

と言って、とうとうと説明を続けた。私は、辟易《へきえき》しつつも、自国を想うアーニャの情熱に胸打たれた。私など、面と向かって日本や日本人の悪口を言われると、悲しくて涙が溢《あふ》れ出て失語症に陥ってしまう。理路整然と反論するアーニャは偉いなあと感心した。

誰もがイッパシの愛国者だったソビエト学校に通ううちに、大きな国より小さな国、強い国より弱い国から来た子どもの方が、母国を想う情熱が激しいことに気付いた。アメリカ人よりプエルトリコ人の方が、自国に対する侮辱に敏感なのだった。自分こそが国を代表しているという悲壮感が強いのである。

国が小さい分、その国に占める自分の割合が大きく、自分の存在によってその国の運命が左右される度合いが少しでも高そうな気がする方が、思い入れが強くなるのだろうか。これは、都会生まれの都会育ちの人間が、自分には故郷が無いと感じているのに対して、地方の小さな村の出身者が絶えず胸中に懐かしい故郷の風景を抱いているのに通じる。そして、フランスやロシアに較べて小国だったルーマニアのアーニャの愛国心の強さも、そこから来ているものに思えた。

プラハの学校で私が確認し得た、愛国心をかき立てるもう一つの要素がある。それは、故国が不幸であればあるほど、望郷の想いは強くなるらしい、ということだった。

フランスの植民地であったアルジェリア出身の少年アレックスは、毎日のように無線ラジオに耳を傾け、独立戦争の行方に一喜一憂していた。そして、独立前後の、まだ政情不安な故国に、両親とともに一〇〇年来の恋人に逢いに行くように帰っていった。その消息は、その後分からずじまいである。

内戦が続く南米ベネズエラから来た少年ホセの言葉は、今も忘れられない。

「帰国したら、父ともども僕らは銃殺されるかもしれない。それでも帰りたい」

それから一月もしないうちにホセの一家はプラハを引き上げていった。密入国した両親、姉とともにホセが処刑されたというニュースが届いたのは、さらにその三カ月後だった。

アーニャの話を聞く限り、ルーマニアは地上の楽園のような国らしかったから、アーニャの人並み以上の愛国心は、祖国が不幸であるがゆえに増幅したものではなさそうだった。

いずれにせよ、アーニャはルーマニアをこよなく愛していた。だからこそ「純血のルーマニア人ではない」とも聞こえる「チースタヤではないルーマニア人」というリッツァの言い方に、あれほど逆上したのではないか。当初、そんな風に考えていた。あの後、アー

ニャがその場を離れたところで、私と二人きりになったリッツァが、

「マリ、変だと思わない、あのアーニャの逆上ぶり？　ひょっとして、アーニャは、ほんとうに純ルーマニア人ではないのかもしれないね」

と言ったこともほとんど気に留めなかった。そんなことはあり得ないと思っていた。いや、心の片隅に、〇・一パーセントほどの疑いは残っていたが、それは、口が裂けてもアーニャにぶつけるわけにはいかないと封じ込めていた気もする。

この出来事から半年ほどして、アーニャは愛してやまないルーマニアに帰っていった。父親は、今まで通り、『平和と社会主義の諸問題』誌編集委員会のルーマニア代表とルーマニアのマルクス・レーニン主義研究所の所長を兼任するのだが、今までは、プラハに家族とともに住んで、ブカレストには出張で出かけるという形をとっていたのが、逆になるということだった。

「ママがね、党が提供してくれたブカレストの新しい住宅をすごく気に入ってしまったの。一日も早くブカレストの家に住みたいと主張して、パパが折れたのよ」

アーニャはそう言う一方で、やっとルーマニアに住めるようになったことを心から喜んでいた。私たちと別れる寂しさよりも、故国での暮らしに心弾ませていた。

「やっとルーマニア語で授業をやる正真正銘のルーマニアの学校に通えるわ。以前、北京から帰ってプラハへ来る前にブカレストに半年間だけ住んだときは、『学業の継続性のた

めに』とか言っちゃってママは私を在ブカレスト・ソビエト学校に通わせたの。すごく嫌だった。自国にいるのに、外国人の学校に通うなんて。それに、ここでもそうだけど、ソ連人て支配者面してるでしょう。ルーマニアのソビエト学校は、もっとそれが露骨だった。プラハと違って、ブカレストは、あまりソ連人以外の外国人がいなかったし。あっ、それから、きっと、私がルーマニア人だったから、余計にそれを感じたのかもしれない。それに、ルーマニア人のくせに、ルーマニアの学校に通わずに、ソビエト学校に通う私のことを、他の生徒たちが馬鹿にしたのは、ある意味で当然だとも思うの。中国で北京のソビエト学校に通っていた中国人に対して私が抱いた感情がそうだったし……」

そう言われて、クラスメートのチェコ人ミレナに対して私自身が抱く腑《ふ》に落ちない気持ちの正体が分かった気がした。他のクラスメートたちがミレナに対してどことなく冷ややかなのにも思い至った。

「ルーマニアとソ連両国人民の連帯と友好」という嘘っぽい公式見解を、今まで滑稽《こっけい》なほど真剣に信じ込んでいたかに見えたアーニャが、ソ連人が「支配者面している」と述べたことが新鮮でもあった。アーニャは続けた。

「自国と自国の文化、自国の言葉を大切にしない人間は、軽蔑されて当たり前でしょう。だから、いじめられたんだ。黒板にね、『今日もアーニャ・ザハレスクはパンツをはいてません』なんていたずら書きされてね。悔しかったなあ。でも、今度国に帰ったら、もう二度と外国に赴任するパパについては行かない。私ももうすぐ大人だもの。生まれたときからずっとルーマニアに住めなかった分をこれから取り戻すんだ。これから、本物のルーマニア人になってやるの」

そうか。「チースタヤではないルーマニア人」というリッツァの言葉に過剰反応したアーニャの謎が解けた気がした。

「自分はルーマニア人として半端である」

今まで生きてきた人生の大半を国外で過ごし、外国語で教育を受けてきたアーニャは、そういうコンプレックスに常日頃苛《さいな》まれていたのだろう。リッツァの何気ない言葉は、そのコンプレックスの傷口に塩を擦り込むようなものだったに違いない。アーニャが初めて語ってくれた辛《つら》い体験を聞かされるうちに、そういう気がしてきた。

「ところがね、あれほどプラハに来るのを嫌がっていたミルチャが、どうしてもここの学校を卒業してからでないと帰らないと言い出したの」

アーニャは、二つ年上の兄のことを言った。

「物理学のナタリヤ・アレクサンドロヴナ先生にすっかり入れあげちゃってね。あんな素晴らしい物理の先生は、生まれて初めてだ。あの授業を聞けなくなるなんて大損だって言うの。放課後も残って夜遅くまで実験してるでしょう、最近」

ナタリヤ・アレクサンドロヴナ先生はたしかにプラハ・ソビエト学校で最高に面白い教

師のひとりだった。優れた教師に授けられる「人民教師」の称号を持つ学内唯一の教師だった。ソビエト国家が、優れた業績を認めたしるしに、芸術家には「人民芸術家」という称号を与えていたのは、広く知られている。これは、「人間国宝」に匹敵する権威ある称号だった。そして、優れた教師にも、やはり、「人民」という冠をかぶせていた。

ナタリヤ・アレクサンドロヴナ先生の授業は、この称号が単なる装飾ではないことを物語る、わくわくするほど楽しく印象深いものだった。今でも、私は先生の授業を再現できる自信がある。実験の進め方、生徒に考え込ませる間合い、ひとつひとつの言葉が明快でしっかりと記憶に残る。あれほど綿密に考え抜かれ演出された授業は、空前であったし、あれから三五年以上経った今にいたるも絶後だ。何よりも、物理学をこよなく愛する情熱が先生の言葉の端々に漲《みなぎ》っていた。ナタリヤ・アレクサンドロヴナ先生は、物理学サークルの担当教官も受け持っていて、ミルチャはその熱心なメンバーだった。

「ミルチャは、もともと物理や数学には並々ならぬ関心があったのだけれど、ナタリヤ・アレクサンドロヴナに出逢って以来、もう物理学者になる以外の自分の将来は考えられないって言ってるの。まあ、強引にプラハに連れてきてしまった手前、ママも今度は強くは出られなくて。ミルチャだけ、プラハに残ることになったのよ。学校付属の寄宿舎があるでしょう。そこに入ることになったんだ。でも、私は早くルーマニアに帰りたい！　ルーマニアの学校でルーマニア語の授業を受けたい！」

そう言って、アーニャは意気揚々と故国に帰っていった。帰国後最初に届いた手紙には、自分の国に住む喜びが素直に綴《つづ》られていた。

「マリ、ずっとずっと夢見ていたけれど、自国語で暮らし学ぶことが、これほど興奮し心躍るものだとは想像がつかなかった。今は、ルーマニア語で友達とおしゃべりしたり、宿題を考えたり、授業で先生に当てられて答えたりするのが、嬉《うれ》しくて嬉しくて仕方ないの」

私も、その半年後に日本に帰ったときに、ほぼ同じような感情を体験することができた。早速アーニャに手紙で報告したものだ。

それでも、アーニャとの文通が交わされたのは、その後三、四回ほどだった。私も、アーニャも、慣れない母国での生活に適応するのが精一杯で、お互いの頭と心に相手に関する想いが占める割合が急速に減退していった。

アーニャと私が別れたのが、一九六四年の春で、一九六九年の夏、父がルーマニアに出張することになった。

日本共産党とソ連共産党の仲は険悪になっていたが、当時チャウシェスクが書記長に就任したばかりのルーマニアの労働者党は、ソ連に対して距離を取り始めていて、前年の一九六八年に起きたワルシャワ条約機構軍によるチェコスロバキア侵入と「プラハの春」弾圧にルーマニアだけは、東欧社会主義国のなかで加わらなかった。アルバニアもワルシャワ条約機構軍の蛮行には公然と反対したが、完全に中国寄りになっていたため、日本共産党とは断交していた。ソ連とも中国とも関係が最悪になっていた日本共産党にとって、ルーマニア労働者党は、東欧諸国の兄弟党のなかで、唯一おつき合いが成り立つ党となり、両者のあいだが急接近したのだ。父がルーマニアに出張することになった経緯には、そういう背景があった。

私は、アーニャの住所、連絡先をメモし、アーニャ宛ての長文の近況報告をしたため、最近の自分と家族のスナップ写真を添えて父に持たせた。

二週間後に日本に戻ってきた父は、アーニャからの手紙と写真を携えてきた。

「いやあ、ザハレスク君の家にお呼ばれしてね、大変立派なマンションだった。それにしても、アーニャは、とても美しい娘さんになっていたよ」

写真のアーニャは、長いオレンジ色のドレスを身に付けていた。スラリとした匂うような美女である。物腰も洗練されている。おしゃれに目がない母親と違って、着るものにはとんど無関心だったアーニャも、やはり年頃になったんだ。

「娘一八。番茶も出花」なんていう覚えたての日本語の慣用句が浮かんだ矢先、二枚目の写真を見た私は、思わず叫んだ。

「あら！」

アーニャが輝くような笑みを浮かべて若い男と仲睦《なかむつ》まじく抱き合っている。二人ともソファーに腰掛けているようだ。純白のドレスに花束。

「これ、花嫁衣装みたい！」

「ああ、手紙を読んでごらん。アーニャは、結婚したみたいだよ、その青年と」

大学受験に失敗して浪人中だった私とは、あまりにも違う人生の展開ぶりに感心しながら、まじまじと写真を見つめた。青年は、決してハンサムではない。いや、むしろ醜いとまではいかないが、見栄えのしない男である。

ソビエト学校にいた頃のアーニャは、とても惚《ほ》れっぽかった。そして、私や他の女の子たちは、好きになった男の子がいても恥ずかしくて、絶対に打ち明けたりできないのに、アーニャは公然と、周囲にも相手にも、

「好きで好きでしょうがないの」

と触れ回った。傍らで見ていて恥ずかしくなるほど素直であからさまで可愛かった。そして、惚れる男の子がみな超美形のハンサムぞろいだった。どうしようもない面食いだったアーニャの選んだ相手が、その正反対のタイプだったのに、私は少なからず驚いた。そして、手紙を読んで、さらに驚いた。

「私の大切なマリ
今回は、私の帰国中にあなたのパパに逢えて、とても幸運でした。マリは、度々私の心を訪れます。なのに、日常生活にかまけて、お便りしないでいてごめんなさい。にもかか

わらず、マリは私のことをちゃんと覚えてくれていてありがとう。マリの近況、興味深く知りました。大学受験、頑張って下さい。

私は、この夏、結婚しました。彼はイギリス人です。実は、今私はロンドン大学で古典語を学んでいます。そのロンドンで彼と出逢い、意気投合しました……」

あれほどこれからはルーマニアに住み続けると言っていたアーニャがイギリスに留学し、イギリス人と結婚してしまったとは。おそらく身を焦がすような大恋愛の末のことに違いない。面食いであったアーニャの好みを覆し、強烈な愛国者であったアーニャに国を捨てることを決心させるような大恋愛。文字通り灰色の受験生活をおくる自分にとっては、うらやましさを通り越して、あまりにもかけ離れた世界である。

それでも、私がショックを受けたのは、アーニャが結婚したことでも、その相手が外国人であることでもなかった。

信じられなくて、何度も何度も手紙を読み返したのは、アーニャのロシア語が、あまりにもたどたどしく間違いだらけになっていたからだ。ソビエト学校に登校していた非ロシア人生徒のなかでも、ロシア人をしのぐほど発音も文法も完璧《かんぺき》だと教師たちが舌を巻いていたアーニャのロシア語は、見るも無惨な状態になっていた。

にこやかに微笑む美しくなったアーニャの写真を見つめながら、ちょっと寂しくなった。あの野暮ったくて人のいい私の知ってるアーニャは、もうこの世にいないのだ。さなぎが

蝶《ちょう》になったのだ。写真のアーニャを見つめるうちに、

「ああ、どこかで、これとそっくりな顔を見たことがある。どこだったっけ」

という疑問が頭の片隅に芽生えた。そう言えば、アーニャと初めて逢ったときも、一瞬だけ同じ思いにとらわれたことが甦《よみがえ》ってきた。誰かにソックリだ。誰かに。

その後、一、二回の手紙の往復があった後、再びアーニャとの音信は途絶えてしまった。私は、大学に入学し、その後大学院に進んだ。アーニャのことを思い起こすことも、どんどん希《まれ》になっていった。

アーニャのことを、あのアーニャが異様に逆上した出来事とともに思い出したのは、大学院で一緒に学んだSさんから、その研究テーマに関連した話を聞かされたときのことだった。Sさんは、ロシア、東欧のユダヤ人作家について研究していた。明確に自らユダヤ人であることを公言し、それを創作の主要なテーマにしている作家たちだけでなく、幅広くユダヤ系の作家を研究しているという。それで、

「それぞれの国で帰化したユダヤ人作家がユダヤ人であることを、どのように判別するの？　たしか、苗字《みょうじ》がスキーで終わる人には、ユダヤ系が多いと聞いたのだけれど……」

と私は、尋ねたのだった。

「ロシア、東欧に移住して帰化したユダヤ系の人々の苗字は、ほとんどがドイツ語起源ですね」

この瞬間に、アーニャのことを思い出したのだった。父親の本来の苗字はツーケルマンだったのを、非合法時代に偽名のザハレスクとしていた。解放後は、その偽名を本名にしてしまった、とアーニャが話してくれた。すると、アーニャが「チースタヤではないルーマニア人」という言い方に激怒したのは、生粋のルーマニア人ではなかったからなのか。父親がユダヤ人だったからなのか。

「ああ、そうだ」

いきなり一つの写真が目前にちらついた。何度も読んだアンネ・フランクの日記に添えられていた女の子の写真。アーニャは、アンネをふっくらと太らせたらこうなるだろうという顔をしていた。目も眉《まゆ》も鼻の形も姉妹のようによく似ていた。

*　　　*　　　*

日本のマスコミが伝える外国に関する情報の圧倒的多数はアメリカに関するもので、次にその他の大国、近隣アジア諸国と続き、よほどのことがない限り、ルーマニアに関するニュースなど流れはしない。ましてや、ルーマニアにおける人々の実際の暮らしぶりなどについては想像するしかなかった。だから、ルーマニアに留学していた人々や仕事で赴任していた人々に出逢うと、つい根掘り葉掘り聞き出してしまう。

一九六九年に父がルーマニアを訪れてアーニャの自宅に招かれた際に、父の通訳をつとめてくれたO氏にも、直接お逢いする機会があった。父の通訳をつとめてくれたときは、ルーマニアの大学に留学中で、その後帰国していたのである。O氏の口から、アーニャ一家の暮らしぶりが、普通のルーマニア人とはかけ離れた贅沢《ぜいたく》なものであることを知った。O氏はさらに言い添えた。

「ソ連と袂《たもと》を分かったことで、ルーマニアの独立路線がもてはやされているけれど、国内ではかなり国粋主義的排外主義的締め付けが進んでるんですよ。普通の市民の外国人との結婚はおろか、恋愛なんて考えられません。御法度です。だいたい、そう簡単に外国に出られないし、外国人と接する機会も極端に制限されている。米原さんのお友達が外国に留学できて、しかも留学先の国の人間と結婚できるなんて、特権中の特権ですよ。父親が、チャウシェスク政権の幹部だから、許されたことでしょう」

父親の赴任にともなって五年間もブカレストに住み、現地の学校に通った少女に直接話を聞く機会もあった。

「学校のホールには、チャウシェスクの胸像があってね、どの教室にも正面にチャウシェスクとその奥さんの写真が飾ってあるの。その側を通るときは、敬礼させられて。うっかりし忘れると、叱られたり、減点されるの。バッカみたい。まるでカルト。ああいうの、個人崇拝って言うんだよね」

商社マンとして長期滞在していた人たちからは、こんな話も耳にした。

「チャウシェスクは妻だけでなくドラ息子までをも国の幹部に取り立てているが、その息子は病的な外車マニアで、女漁《あさ》りに明け暮れている。何度も酒飲み運転でひき逃げ事故を起こしているんだ。もちろん、もみ消されているが」

浮かび上がってくるルーマニアという国は、決して幸せな国ではなかった。アーニャ自身は、どうやら例外的特権的に幸せな人生を歩んでいるらしいが、そこに矛盾を感じていないのだろうか。私の知る少女時代のアーニャは、自分の父親と、父親の属するルーマニア現政権に心から信服していた様子だったし、周囲にもそれをウンザリするほど執拗《しつよう》に説いた。すでに分別が備わる年齢に達した今も、そうなのだろうか。平気で特権を享受し続けられるほど鈍いのだろうか。そんなアーニャを想像するのは嫌だった。

アーニャが私の心を占める割合がどんどん少なくなっていったのは、「去る者日々に疎し」もさることながら、そんな事情もあった気がする。

アーニャのことが再び気にかかるようになったのは、一九八九年一二月一六日以降である。ティミショアラのハンガリー人牧師に対する当局の退去命令に抗議する市民の蜂起がたちまちルーマニア全土に波及して、チャウシェスク体制が崩壊したとき。チャウシェスクと第一副首相の妻エレナがヘリコプターで脱出をはかったものの失敗して捕えられ、非公開特別軍事法廷で死刑宣告を受け、ただちに処刑されたというニュースはショッキングな映像とともにテレビ画面や新聞紙面を独占した。その後も、ルーマニアの政情不安は続き、新しい政権をめぐって諸勢力間の抗争が激しくなっているようであった。アーニャはイギリス人と結婚したはずだから、多分ロンドンに住んでいて危険な目にはあわなくて済んだかな。でも、その後離婚してルーマニアに帰っているのかもしれない。アーニャとアーニャの家族は無事なのだろうか。父親は逮捕されたのではないか。逮捕されなかったとしても、特権階級の人々は、民衆の怒りの標的になるのではないか。居ても立ってもいられなくなって、二〇年ぶりにアーニャのロンドンの住所に手紙を出したが、三週間ほどして「転居先不明」で戻ってきた。ブカレストのアーニャの実家宛てにも手紙を出したが、梨のつぶてだった。

そのうちに、どうやらチャウシェスク一族以外の旧政権幹部は無事だったらしいという情報が入ってきて一安心するとともに、理不尽な気もした。そして再び、アーニャを想うことは少なくなった。それどころではなくなった。東欧社会主義諸国崩壊の波はついにソ連邦をも呑《の》み込み、ロシア語同時通訳をしていた私は寝食の時間もまともにとれないほど忙しくなった。

それでも記憶の湖の底から時々ソビエト学校の学友たちの顔が浮かび上がってくる。

一九九五年の暮れに予定されていたロシア要人の来日が急遽《きゅうきょ》中止になり、随行通訳をする予定だった私は突然二週間の自由時間に恵まれた。それで、ブカレストを訪れることにした。

プラハやブダペストには自由化前後に何度も旅していたが、ブカレストは初めてだった。かつて東欧のパリと讃《たた》えられた街に、その面影はなかった。荒れ果てた街の風景に、何よりも人々のすさんだ表情と、何かに怯《おび》えるような落ち着きのない瞳《ひとみ》に衝撃を受けた。その瞳からは独裁体制から自由になった喜びや希望は読みとれない。街も人も、いまだにチャウシェスク・ショックから立ち直っていないようである。

フランスかぶれのチャウシェスクは、旧市街に住んでいた人々を有無を言わさず追い出し、建物は片っ端から破壊して、パリの街並みのコピーを作り出そうと企てた。この大土木工事に飢餓輸出で捻出《ねんしゅつ》した大量の資金を投入した。メインストリートは、もちろん「シャンゼリゼ通り」である。しかし、世紀の大土木事業を成し遂げぬうちにチャウシェスクの命運尽きて、事業も頓挫《とんざ》した。頓挫したのは、六年前のはずなのだが、街は今もチャウシェスク政権崩壊の瞬間が凍結したままであるかのようだ。壊された建物の瓦礫《がれき》はいまだに片付けられないままだし、崩れかかった古い建物、建設途上でおっぽり出された巨大な鉄筋コンクリートの建造物が立ち並ぶ。目に付いたのは、大量の野良犬だった。日々の食べ物にも窮する人々に犬を飼う余裕などあるはずもないのだろう。あちこちで群れをなしている。その眼差《まなざ》しは、意外にも穏やかで幸せそうだった。猜疑《さいぎ》心《しん》と恐怖の色に染まった人々の瞳とは好対照である。

瓦礫の山を漁る人々に尋ねると、犬たちは、ネズミを餌にして暮らしているらしい。

「ネズミだけは、嫌と言うほどいるからねえ。あたしたちも、ネズミが喰えりゃあひもじい思いをしなくて済むのかもしれないね」

「ところで、何を探してらっしゃるんですか？」

「薪《まき》になるようなものさ。なにしろ暖房が止まっちまってるからねえ。寒いったらありゃしない」

「シャンゼリゼ通り」を車で突き進んでいくと、だんだん気が滅入ってくる。通りの両側が完全なる左右対称をなしている。しかも、建物は完成しているのだが、光熱下水道工事が済んでいないため、ことごとく無人である。ホームレスがかなり住み着いているらしいが、その気配は感じられない。こんなところに一時間以上いたら気が狂ってしまうのではないだろうか。

「シャンゼリゼ通り」の突き当たりには、「人民宮殿」と名付けられた馬鹿でかい建物があった。パノラマ写真で撮影しても、左右が収まらないほど巨大な建造物で、これがチャウシェスク一家の住まいだった。毎夜のように催された宴会でここの大ホールの照明が点灯されると、ブカレスト市の半分は停電になったという。それにしても、「人民宮殿」とは、すごい命名だ。どこか少女時代のアーニャの言葉遣いの美意識に通じるものを感じてひとり苦笑する。

このグロテスクな廃墟《はいきょ》が果てしなく広がる荒野にポツンポツンと、まるで蜃気楼《しんきろう》のように瀟洒《しょうしゃ》な建物が点在している。市場を開いたルーマニアにいち早く乗り込んだ多国籍資本のホテルだ。建物の中は一瞬パリかニューヨークのホテルにいるような錯覚を覚える。一泊三〇〇—五〇〇ドル。ここに泊まって日に何度も「先進国」と「途上国」を往復するのは神経が持ちこたえられないと思った。それで、外資系のホテルではなく、社会主義時代に外国人用に建てられたという一泊一〇〇ドルのホテルに泊まった。

どぎついピンク色の絨毯《じゅうたん》に紫のソファーが並べられたロビーは、薄暗くニンニクの臭いが漂っている。ルーマニアがドラキュラの故郷であることを思い出す。部屋は毎日申し訳程度にしか掃除されていないみたいでやたら埃っぽい。それでも、シーツは清潔だったので旅の疲れを寝薬に眠りに落ちた。

翌朝一階の食堂の不潔さと、朝食の不味《まず》さに胸を突かれた。給仕の女たちは思いっきりふてくされている。生焼けのパンも、ニンニク入りの灰色のソーセージも、どろりとした果物のジュースも、好み云々《うんぬん》以前の不味さである。食材の貧しさもさることながら、いかにも投げやりに作られた料理の向こうにすさみきった人々の心が見えた。

アーニャが思い出帳に記した住所を訪ねたのは、朝食後である。車で移動していくと、いつのまにか、街並みがガラリと変わっていた。まるで公園の中を走っているかのようだ。マロニエ並木が豊かな枝を拡げる大通りの両側に幅の広い歩道があり、その向こうに生い茂る樹木の中、美しい建物が見え隠れする。

「ここが、キセリョフ通りですよ。えーと、番地は何番でしたっけ？」

「ねえ、ここら辺で車止めて、歩いて探しませんか？」

「ああ、いいですよ。では、ここに」

通訳兼ガイド兼運転手の青年は、気軽に応じてくれて、車を歩道に乗り上げた。それでも、車は歩道幅の三分の一しか占めていない。歩道に沿って個性豊かな、それでいて品の良い邸宅が並ぶ。田園調布を大きくしたみたいな本格的なお屋敷街である。大使館として使われている建物も多い。

「ここは、戦前からの有名な邸宅街です。その昔は、貴族や金持ちのブルジョアが居を構え、第二次大戦後の共産革命の後、労働者党のお偉方は昔の住人たちを追い出して自分たちの住まいとしました」

「一九八九年のチャウシェスク政権転覆後は、その労働者党のお偉方は、ここから追い出されなかったの？」

「ぜーんぜん。今も彼らは、あなたのこれから訪ねるザハレスク同様、昔通りの特権を享受していますよ。それどころか、かつて国の財産だったものをドサクサまぎれに私物化し、市場経済の時流に乗っかって甘い汁を吸ってます。甘い汁を吸い慣れた連中は、敏感なんですね、うまい話に。それに、人を蹴落《けお》としたり、人を踏み台にするのは、連中の得意中の得意技ですからねえ」

「エッ、チャウシェスクの共犯者として追及されなかったんですか？」

「そういう証拠を隠滅するためにこそ、あれだけ急いでチャウシェスク夫妻を処刑しちまったんでしょうよ。今のイリエスク政権は、チャウシェスク夫妻とドラ息子が抜けただけの、そのままチャウシェスク政権ですよ。ハハハハ」

　ガイドの青年は、ニコリともせずにせせら笑った。目には怒りと悲しみと、それ以上の絶望がある。ルーマニアに到着以来、気になって仕方なかった人々のすさんだ表情の中心にある生気のない瞳の正体がつかめた気がした。

「キセリョフ通り○×番地。ああ、ここですね」

　交差点に面した広大な角地である。

「待ちなさい！」

　門のところで、いきなり銃を持った軍服の男に道をふさがれた。よく見ると、敷地の中でも何人もの軍服男が歩き回っている。異常に多い。

「ザハレスクさんを訪ねて来たんです」

「身分証明書をお見せなさい」

　私とガイドの青年はパスポートを見せたが、軍服男は、通してくれない。

「ザハレスクさんは、あなたがいらっしゃることをご存じない。外来者があるときは、あらかじめ私どもに通知されるシステムになってますからね」

「では、日本からマリ・ヨネハラがアーニャに逢いに来たと伝えて下さい」

私たちを尋問する軍服男の命令で部下らしい男が建物の方へ走っていった。

「それにしても、ずいぶん大変な警備ですね」

「国の要人を警備するのですから当たり前です」

敷地の中は林のように樹木が多く、車一二台分ほどの大きな駐車スペース、それにテニスコートが三面ほどあった。

「マーリー」

声の方を振り向くと、建物の中から先ほど中に入っていった男に続いてショールを肩にかけた婦人が現れた。

「マーリー」

「アーニャのママ！」

と叫びながら駆け寄ってくる。

抱き合ってキスをした。頰が濡《ぬ》れている。

「アーニャは？」

「アーニャはロンドンよ。でも、電話をかけましょう。さあ、中に入って」

建物は三階建てで、階段室の両側に一戸ずつ一フロアーに二戸、都合六戸のフラットからなっているようだ。庭が広大なため小ぶりに見えた建物だが、階段室のホールも階段も窓枠もいちいち巨人のために作られたかのように大きい。一階入り口正面の左奥に、革張りの大きな玄関扉があり、「バルブ・ザ ハレスク」と金のプレートに刻まれている。玄関ホールはゆったりしていて天井が高い。玄関ホールから幅の広い廊下が延びていて、その両側にいくつもの扉があった。

「突き当たりの部屋へどうぞ」

と言われるままに廊下を突き進んでいくと、正面の扉が開いてガウン姿の小さな老人が現れた。杖《つえ》をつき、片足を引きずっている。記憶の中のアーニャのパパよりも二まわりも小さい。でもギョロリとした目つき、大きな鷲鼻《わしばな》はそのままだ。駆け寄って頰ずりをした。

「お元気で何より」

「もう九〇になります」

プラハ時代と同じようにロシア語で挨拶《あいさつ》を交わした。

「ああ、あなたは美しいロシア語をちゃんと維持されてますね。アーニャは、完全に忘れてしまってますよ。イギリス人と間違われるほど完璧《かんぺき》な英語を身に付けたかわりにね」

アーニャのママとともにお手伝いさんらしい人が部屋に入ってきて紅茶を淹れてくれた。

「トワーリッシチェ・マリーエは、どうしてますか？　お元気ですか？」

「ええ、もう年金生活に入りましたけど、今でも、週に一度は通ってきてくれますのよ」

金縁花模様のマイセンの器で紅茶を飲みながらあらためて部屋全体に目を走らせた。それにしても、大きな部屋だ。大きすぎる。東西七メートル×南北一八メートルぐらいだろうか。日本のケチな3LDKなんてスッポリ収まってしまいそう。南と北には蔦《つた》に覆われた大きなベランダ付きの開口部があり、その他の壁面は、本棚になっていた。本のほとんどがマルクス主義関係の文献である。

「マリ、今ロンドンのアーニャの勤め先に電話をしたら取材に出ているらしいの。社に戻ったら、すぐにもこちらに電話をよこすように頼んでおきましたからね」

アーニャのママはそう言って、額に入った写真を見せてくれた。

「ほら、見てやってちょうだい。これが、アーニャの夫。頼りなさそうだけど、ひとかどの音楽評論家らしいのよ。これが、二人の娘、可愛いでしょう」

夫は、二五年前にアーニャが父に預けた写真の花婿と同一人物である。娘たちは、ほんとうに愛くるしい。

「アーニャ自身は、今は何をしているんですか？」

「なかなか人気のある旅行雑誌の副編集長をしてますから、英語は商売道具なんですよ。もう完全にあの子はイギリス人になってしまいましたよ」

「意外ですね」

「おや、そうですか？　なんでまた、そんな風に感じたのですか？」

「アーニャは、ソビエト学校のクラスメートたちの中でも、ずば抜けて祖国ルーマニアを愛する気持ちが強かったんです。もう熱烈にルーマニアを愛してましたもの」

私がそう言ったとたんに、アーニャのパパもママも黙り込んでしまった。

「そうそう、紅茶が冷えてしまいましたね。コーヒーを淹れさせましょう」

アーニャのママが立ち上がって部屋を出ていったあとも、アーニャのパパはバツの悪そうに黙ったままである。

「では、僕は失礼して車で待っています」

ガイドの青年が立ち上がり、私に目配せしながら部屋を出ていった。同国人の前では話しにくいこともあろうと、気を遣ってくれたのだ。しかし、青年が立ち去った後も、アーニャのパパはうつむいたままである。私と目を合わすのを避けている。何か話さなくては。何か……と焦る私は、なぜか一番聞きにくいことを口にしてしまった。

「昔、アーニャから聞かされた話なんですけれど、ザハレスクというのは偽名で、本来の苗字《みょうじ》はツーケルマンだったとか。これ、ほんとうですか?」

「ええ、ほんとうですよ。そんなことをアーニャはあなたにしゃべっていたんですか」

「なぜ、革命後、ツーケルマンという名前を捨ててザハレスクという名前にしたんですか?」

「ツーケルマンというのは、ユダヤ人の名前ですからね。野にあった頃の党は、心意気で団結しているようなところがあって、誰がどの民族に属するかなんて誰も気にも留めなかった。ところが、政権を奪取するや、たちまち国粋色を強めだしたんです。当時の指導者だったデジにも言われました。自分は気にしないけれど、国をまとめていくのに、民族主義は不可欠だ。これからも、君とともにやっていきたいから、その自分はユダヤ人だと看板下げてるような苗字は捨ててくれとね。私も、当時は新しい国を創る情熱に燃えていたからね。躊躇《ためら》うことなく、デジのアドバイスに従った」

「ということは、もともとはユダヤ人でいらっしゃるんですか？」

「ああ。私も私の家内もユダヤ人の家庭の出です。私の両親は熱心にシナゴーグに通うユダヤ教徒だったし、家庭内での会話はイディッシュでしたからね」

「アーニャがそのことを知ったのは？」

「一三歳だったか、一四歳だったか。プラハからブカレストへ引き上げる少し前に話して聞かせましたよ」

その瞬間、記憶の光景との符丁が合致した。アーニャがルーマニアへ帰っていったのは、一九六四年の六月。清潔でないとも純血でないとも受け取れる「チースタヤではないルーマニア人」というリッツァの言葉にアーニャが激怒したのは、その三カ月前の春休みのことだった。

「ユダヤ人であることは、ルーマニアでは生きづらいことなのですか？」

「純粋に学問や芸術に生きるのなら別として、党内だけでなく、社会のあちこちに有形無形の差別はありましたね。絶対にある程度以上は出世できないとか」

「ええ、ええ。バルブは、ユダヤ人出身者の中で党内の出世頭でしたからね。それでも、中央委員とマルクス・レーニン主義研究所の所長止まり。彼よりもはるかに革命への貢献も少なく、才能もない連中が出世して、私たちに対して見下すような態度をとるんですからね。いい加減、嫌になっちゃいますよ」

いつのまにか、部屋に戻っていたアーニャのママがまくしたてる。お手伝いさんが、コーヒーをサービスしてくれる。器はヘレンドのロスチャイルド・バード。銀座のデパートでセット一式たしか六〇万円ぐらいの値が付いていた。

「では、アーニャがルーマニアを捨てた原因もその辺にあるのですか」

「さあ、あの頃のアーニャは、恋に無我夢中で、ルーマニアを捨てるという意識はなかったと思いますよ。でも、長男のニコラエが国を出てイスラエルへ行ってしまったのは、明らかにそのせいですし、次男のアンドレがグレてしまったのも、元はといえば、それがあると思いますよ」

「ミルチャはどうしてます？」

「ミルチャはブカレストに住んでますよ。この家にはあまり寄りついてくれないんだけど。ある物理学系の研究所の研究者になってます。連絡してあげましょうか？」

「ええ、ぜひぜひ」

アーニャのママが手元の受話器を取って番号をプッシュすると、すぐに応答があり、ルーマニア語でしばらくやりとりをしていたかと思うと、私に受話器を差し出した。

「ミルチャが直接あなたと話したいんだそうです」

受話器の向こうから聞こえてきたミルチャの声は、いきなり挨拶抜きに単刀直入に切り出してきた。

「マリ、オレの両親の言うこと、そのまま信じちゃいけないよ。両親のいないところでぜひ話しておかなくちゃならないことがある。今夜空いてる？」

「ええ」

「じゃ、六時にマリの泊まっているホテルのロビーに迎えに行く。夕食一緒に食べながら話そう」

私からホテルの名称を聞き出すと、ミルチャはすぐさま電話を切った。心配そうに私の方を見つめるアーニャのママに、ミルチャと今晩逢う約束をしたと話すと、苦しそうに微笑んだ。

「あの子は、もともと頑固な変わり者だったのだけれど、最近、さらに偏屈になってね。あなたにいろいろ話すでしょうけれど、そのまま真に受けないでちょうだいね」

どう答えていいのか躊躇っているうちに、なぜかまたまた聞きにくい質問が口をついて出た。

「ルーマニアを知る多くの私の友人知人が、異口同音に言っていることがあります。それは、ルーマニア人が外国人と結婚するのはおそろしく難しい、ほとんど不可能だ、ということです。私の大学院時代の研究仲間にルーマニアに留学した人がいました。留学中にルーマニア男性と恋に落ちました。でも結婚に漕《こ》ぎ着けるまで地獄の責め苦を味わったようです。相手の男性は、国や党のさまざまな機関、職場と居住区で信じられないような嫌がらせを受け、とうとう研究所を首になって掃除夫になるしかなかったということです。それから万難を乗り越えて二人が結婚するまでの筋書きは、ロメオとジュリエットも顔負けの物語です。アーニャがイギリス人と結婚するのに、障害はなかったのですか？」

アーニャのパパとママは再び黙り込んでしまった。

「普通のルーマニア人は外国人との恋愛は御法度だったけれど、党の幹部の娘だったアーニャは、特別だったんですか？」

二人は相変わらず黙っている。ちょっと無遠慮すぎたかしらと私が心の中で反省しかけたところで、アーニャのパパがポツリと呟《つぶや》いた。

「いや、大変でしたよ。私が幹部であるために、別な意味で大変だったと思います。外国人との結婚は法律で禁止されていた。従って、どうしても結婚したい場合は、亡命するか、特別の国家機関に申請書を提出し、そこで審議にかけられ、必要な場合は、呼び出されて根掘り葉掘り査問された上で、許可をもらうしかなかった」

アーニャのパパはまるで他人事を話すかのようだった。その乾いた口調にイライラした。否が応でも友人の経緯を思い出してしまう。

「私の友人の連れあいの場合は、その申請に漕ぎ着けるまでが大変だったと言ってました。陰に陽に妨害や嫌がらせがあって。それも、自分たちだけにとどまるならまだしも、親兄弟にまで圧力がかかったそうです。成績優秀だった妹は大学の合格を取り消され、工場の技師長だった父親はヒラの技師に降格させられた。建前は、法を犯すような者を育てた家族に対する懲罰だったけれど、実際には、鎖国している分、人々の外国に対する憧《あこが》れが極端に肥大していて、外国への出口を得た恵まれた人間に対する嫉妬《しっと》心の捌《は》け口になったみたいだと言ってました。だから、嫌がらせは凄《すさ》まじく、圧倒的多数の人々は、申請まで漕ぎ着ける前に挫折《ざせつ》したとか……」

そこまで言って口をつぐんだ。

「そういう状況に国民を追い詰めていた体制の側にいた人間が、自分の家族だけは例外にすることが可能だったのですか？」という言葉が喉元《のどもと》まで出かかっていたのを、ねじ伏せて、無難な質問に切り替えた。

「でも、そうやって申請しさえすれば、ほぼ間違いなく許可は下りたんですか？」

「いや、許可が下りたのは、半分もいかないだろう」

「アーニャの場合は、すぐ下りたんですか？」

「あのねえ、この人が彼のところまでわざわざ頭下げて頼みに行ったのよ」

アーニャのママが口を挟んだ。

「彼って？」

「彼に決まってるでしょ！　チャウシェスクに」

「いや、違うよ、君」

一瞬、アーニャのパパは顔を歪《ゆが》めて声を荒らげたものの、すぐさま先ほどの乾いた口調にもどった。

「いや、まあ、そうだ。妻の言うとおりだ。アーニャは幹部の娘だからと、国家機関は裁定を下すのを断ってきた。それで、チャウシェスクに直接逢って頼むしかなかったんだ」

「それで、許可が下りたんですね」

アーニャの両親は首を縦に振って、そのまま押し黙ってしまった。私は私で、素直に、「良かったですねえ」と受け答えできなくて、口をつぐんだ。何となく手持ちぶさたで目の前にあったカップのコーヒーを飲み干す。冷めていて苦い。こんな時に、アーニャから電話があれば、気まずい空気を一気に吹き飛ばせるのに、と思った刹那《せつな》、アーニャのママも同じことを考えたらしい。

「アーニャったら、まだ取材先から戻ってこないのかしら。電話をかけてきてくれないわね。プラハにいた頃は、学校でもマリとずっと一緒だったというのに、帰宅すると電話機に飛びついて、つい二〇分前に別れたばかりのマリに電話していたわね。何かというと、すぐにマリに電話していた」

「ええ、私も何から何までアーニャに相談していた気がします。アーニャは気だてが良くて、どんなことでも親身になって一緒に悩んでくれましたから」

そう言いながら、アーニャといるとなぜかとても心が安定した感覚を思い出した。

「そうなんですよね。親馬鹿のようで言いにくいんですが、あの子には不思議な力があるんですよ。そばにいるだけで、いわく言い難い幸せな気分になるんです。だから、あの子にだけは、あの子にだけは、幸せになって欲しいんです」

アーニャのパパは、うつむいたまま絞り出すように言った。それは、弁解のようにも聞こえて、自分がこの家に来て以来、尋問口調になっていたことに気付かされて恥ずかしくなった。突然三一年ぶりに目の前に現れた娘の友人を心から歓迎してくれたアーニャの両親に対して、自分は何て不躾《ぶしつけ》で傲岸不遜《ごうがんふそん》だったのだろう。身体中の血液が一斉に下降していくようで目眩《めまい》がする。それにしても、「アーニャだけは」という言い方が引っかかった。アーニャ以外の家族は不幸なのか？　たしかに、一般ルーマニア人から見たら御殿のような高級マンションの中で、二人の老人は、決して幸せそうに見えない。他のルーマニアの人々同様、何かに怯《おび》えるような生気のない瞳《ひとみ》をしている。しかし、そのことを今日この場で聞き出すのは、自分にはもう耐えがたい。適当な用件を口実に引き上げることにした。

「とうとう、マリのいるあいだにアーニャからは電話が無かったわね」

そう言いながらアーニャのママは、別れ際、アーニャのロンドンの自宅と職場の電話番号を書き付けたメモ用紙をくれた。アーニャのママと頬ずりを交わしてから、腰をかがめてアーニャのパパに抱きついた。見た目よりもさらに小さくはかないのに胸を突かれた。

「いろいろ無遠慮なことおたずねしたのに、誠実に答えて下さってありがとうございます」

アーニャのパパは杖を手放して私に倒れかかるようにして抱きつき、ボソッと呟いた。

「後悔してます」

「エッ？」

「一三年前にお亡くなりになった、あなたのお父上だって、そうだったと思いますよ」

大きなギョロ目の眼光が一瞬鋭くなった。

「そんな！　父の夢見た共産主義とあなたの実践した似非《えせ》共産主義を一緒くたにしないで欲しい！　法的社会的経済的不平等に矛盾を感じて父は自分の恵まれた境遇を捨てたんです！　あなたが目指したのは、その逆ではないですか！」

そう心の中では叫んでいた私だが、ヨボヨボの老人に向かってその言葉を投げつける勇気はなかった。そして、口に出さなかったために、アーニャの実家から引き上げる道すがら、その言葉は何度も何度も頭の中を駆けめぐった。そのうちに、ふと思った。アーニャのパパだって、かつては恵まれたユダヤ人商人の家に生まれ、何不自由なく育ったのに、社会の矛盾に目覚めて非合法の共産主義運動に身を投じたのだ。投獄され拷問で足まで失っている。どこから、彼の人生は狂い始めたのだろう。権力を奪取してからか。自分の父も、万が一、日本で共産党が政権をとっていたら、アーニャのパパのようになってしまったのだろうか。

「ホテルに着きましたよ。午後はどうします？」

ガイドの青年が尋ねてきた。

「ここには、世界で唯一のイディッシュ語の劇場があるって聞いたのだけれど、今日は見られるのかしら」

「ああ、マティネが二時からあります。チケットを入手しときましょう。迎えは一時でいいですね」

「よろしく」

部屋に戻って、電話機に直行した。先ほどアーニャのママから手渡されたメモ用紙の電話番号をプッシュする。すぐに繋がった。

「マーリ、マーリ、ホーントにマリなのね！」

母音を極端に伸ばして発音するアーニャの声だった。でも、こんな簡単なことまで、かつて私との共通語だったロシア語ではなくて英語で言う。つられて私もおぼつかない英語で応じた。

「アーニャ、元気なんだ。嬉《うれ》しい。逢《あ》いたい。なるべく早く逢いたい。今すぐにもロンドンに飛んでいきたい」

「マーリ、ロシア語でしゃべっていいわよ。あたし、しゃべれないけれど、おおよそ分かるから。私の英語は分かるでしょう」

「ええ、あなたの英語は、発音教師みたいにゆっくりハッキリなんだもの」

「マーリ、私も逢いたくて逢いたくてたまらない。でも、マリに逢えるなんて知らなかったから、明日から六日間、シンガポール行きの出張を入れてしまってるの。一週間後、マリはどこにいる？」

「今の予定では、プラハだけど」

「じゃあ、プラハで逢おう。出張の後、代休が取れるから四日間続けて休める。マリの予定は大丈夫？」

「もちろん」

「じゃあ、決まりだ。ごめんね、これから編集会議なんだ」

受話器を置くと、急に身体中の筋肉が張りを失ったような気がした。倒れ込むようにベッドに横たわる。すると、弛緩《しかん》した筋肉にじわじわと喜びが染み込んでいく。アーニャに逢える。アーニャの言動や生き方にいちいち抵抗を感じながらも、自分はアーニャが好きなんだと思った。

＊　＊　＊

イディッシュ劇場も、他のブカレストの建物と同様、一見廃屋かと錯覚するほど荒れすさんでいる。劇場前のかつては広場だったと思《おぼ》しき空間は粗大ゴミ置き場と化している。ここも野良犬がいくつもの群れに分かれてうろついている。劇場の中は中で、もう何年間も掃除メンテナンス一切していないようで、埃《ほこり》っぽくかなり汚い。それでも、六〇〇席ほどはあると思われる客席は七割方埋まっていて、開幕直前になると、浮き浮きと華やいだ空気が流れた。

演目はミュージカルで、粗末な劇場に不釣り合いなぐらい芸達者な男三人女三人の俳優たちが芝居を演じながら時々歌や踊りを披露する。コミカルな場面ごとに客席が沸く。

驚いたのは、イディッシュ語が聞きまごうほどにドイツ語にソックリだったことだ。ユダヤ人のもともとの母語であるヘブライ語はアラブ語と親戚《しんせき》語で、両方の言語を知らない者が耳で聞き分けることが不可能なほど似ている。だから、中部ヨーロッパに住み着いたユダヤ人たちが、母語のヘブライ語と現地の言葉を融合させてできたとされるイディッシュも、アラブ語的響きを留めているものと思い込んでいた。ところが、実際に耳にしたイディッシュ語は、ドイツ語の方言と言っていいほどである。知識としてはふまえていたつもりの、中世期、ユダヤ人をもっとも受け容《い》れたのがドイツ社会だったという事実を今更ながら実感した。その後、中部から東部ヨーロッパに広く散らばったユダヤ人たちの苗字《みょうじ》がドイツ語語源のものが圧倒的に多い理由も腑《ふ》に落ちた。アーニャのパパの本来の苗字がツーケルマンだったことも。

「意外ですね。ユダヤ人に対して決して優遇的ではなかった、むしろ陰に陽に差別待遇をしていたチャウシェスク政権が、この劇場の存在を容認していたなんて」

そう言うと、ガイドの青年は一笑にふした。

「ハハハ、そういうものですよ、現実は。差別していればいるほど、それを隠蔽《いんぺい》しようとするものです。世界で唯一のイディッシュ語の劇場なんて、これほど分かりやすいアリバイはないじゃありませんか。チャウシェスクは、なかなかの曲者《くせもの》です。これを餌にイスラエルはじめ、世界中に散らばるユダヤ人からの資金調達をもくろんでいましたからね。これは、一定の成功を収めています」

「あなたがガイドになってくれてホントに良かった。この国に対する私の皮相な見方を、いちいち覆してくれるんですもの。これ以上の案内人はいないと思うなあ。つくづく自分のノー天気加減を思い知ったわ」

「それだけ、あなたは幸せだったってことです」

「たしかに、社会の変動に自分の運命が翻弄《ほんろう》されるなんてことはなかった。それを幸せと呼ぶなら、幸せは、私のような物事を深く考えない、他人に対する想像力の乏しい人間を作りやすいのかもね」

「単に経験の相違だと思います。人間は自分の経験をベースにして想像力を働かせますからね。不幸な経験なんてなければないに越したことないですよ。ああ、着きました。夜またお迎えにあがります。列車は二三時半に出発予定ですから、二二時にホテルを出れば十分に間に合うでしょう」

そう言い残してガイドの青年は去っていった。夜行列車でユーゴスラビアのベオグラードに行くことになっている。腕時計をのぞくと、もう五時。急いで部屋に戻り荷造りをした。

一八時五分前にロビーに下りていくと、先ほどミュージカルに出演していた役者らしき男が、ちょうど玄関ドアを押して入ってくるところだった。顔の下半分をマルクスやエンゲルスのようなモジャモジャの髭《ひげ》が覆っている。髪も髭も半白だった。その髭面男は、私と目が合うと、なんと、

「マーリ！」

と叫びながら駆け寄って来るではないか。思わず後ずさりながらも、次の瞬間、私も声を張り上げていた。

「ミールチャ！」

自然に抱き合って頬ずりをした。

「ひょっとして、今日、イディッシュ劇場で舞台に立った？」

「まさか!!　ハハハハ、この髭のことかい？　ここ一五年間ぐらい、ずーっと生やしてるんだ」

ミルチャはソ連製のジグリという大衆車で来ていた。それに乗ってレストランに向かうことになったが、かなりポンコツで道路の凸凹がそのまま身体に伝わってくる。運転しながら、ミルチャは、午前中私が彼の両親からどんな話をされたのか聞き出した。フンフンと頷《うなず》くだけで、自分の意見は差し挟まない。私がひとりでしゃべりまくる格好だ。ちょっと不安になりかけた頃、車はワサワサした市街地に入り、角のところで止まる。ミルチャに促されてイタリア料理屋に入った。常連らしく、店員は愛想よく迎えてくれる。勝手知ったる様子でテキパキと注文を済ませると、ミルチャは一方的にしゃべりだした。

「僕の両親は、この体制の救いようのないことをとっくに察していたんですよ。おそらく、すでに六〇年代後半にはね。それで、目に入れても痛くないほど可愛い娘を外に逃すことにしたんだと思います。父だけでなく、党の幹部たちの中でもインテリ出身の連中は、まるで暗黙の了解でもあるかのように、軒並みそういう手を打っていました」

「どうして、分かるんです？」

「僕も父から言われたからです。外国に留学して、留学先で結婚相手を見つけてこの国を出ろと」

「そのアドバイスに従わなかったんですね」

「当然です。そんな卑劣な父が許せなかった」

「アーニャは、素直に従ったというわけですか？」

「いや。アーニャの前では、父も尊厳を保とうと、かなり見栄を張ってましたからね。僕に対してと同じ台詞《せりふ》を言ったとは考えられない。でも、そのようにアーニャの人生が展開するようにリモート・コントロールしていった」

「と言うと？」

「党の幹部たちの子弟用には、普通の子どもたちが行く学校ではなく、特別な学校があったんです。アーニャはプラハから帰国すると、そこへ通いました。少人数で教師たちは皆、超一流の学者だった。本職はみな大学教授でしたからね。その中には、学生時代からの父の友人も多く、その友人たちを通して、アーニャの関心を近代西欧の哲学に向かわせ、ルーマニアの大学ではなくイギリスの大学に留学するよう仕向けていった」

「ミルチャもその学校に入ったの？」

「いや。覚えているでしょう、僕は家族より遅れてプラハに移り住んだのを。北京から帰国したとき、アーニャはソビエト学校に編入したけれど、僕は、たまたまその頃、母の友人がユニークな学校を始めて生徒を募集しているというので、そこへ入ったんだ。そこは、普通のルーマニアの子どもたちも通ってくる学校で、僕は、生まれて初めて、自分の家とその子たちの家とのあまりの生活水準の違いにショックを受けた。自分と自分の家族の特権が恥ずかしくて恥ずかしくて仕方なかった。それに、そのときの同級生たちとは、とても仲良くなった。みんないい連中でね。今でも兄弟みたいに親しい。実は、ここの店長もそうなんだ。僕は学校や仲間と離れるのが嫌で、だからプラハに行きたくなかったんだ。でも、仕方なく行ったプラハのソビエト学校では、物理のナタリヤ・アレクサンドロヴナとの出逢いがあったでしょう。僕が物理学を自分の天命と感じたのは、あの先生のおかげだ。だから、家族がブカレストに帰る段になったら、先生がプラハに滞在するあと一年間はそばにいたいと思った。それで、一年遅れてこちらに戻ったんだ。両親は当然のことのように、僕をアーニャと同じ特別学校に入れようとしたが、僕は抵抗した。特権なんて我慢ならなかったからね。普通の学校に通って、大学に受かってからは、家を出て寮に入った。それからは、家に戻っていない。恥ずかしいからね、あんな豪勢なマンションに住むのは」

「アーニャとは、そういうことを話さなかったの?」

「プラハから帰国後、僕らが同じ屋根の下に暮らしたのは、わずか二年足らず。毎日、物理の実験に夢中になって帰りが遅かったし。あの年頃になると、色っぽくなってくるからねえ、妹も。気恥ずかしかったんだと思う。それに……」

「それに？」

「今思い返すと、僕も親たちと共犯かもしれない。こんな忌まわしい体制のもとから、アーニャにはなるべく早く出ていって欲しいと、思っていた」

「でも、ミルチャ自身は、この国を捨てるつもりはなかったのでしょう」

「僕には、たくさん大切な友人がいたからね。この人たちを置いて自分だけ安全な場所へ逃げるなんて卑怯《ひきよう》な真似、絶対にできなかった。父がこの忌まわしい体制の片棒担いでいるからこそなおさらね。そんなことしたら、自分のことを一生愛せなくなる。尊敬できなくなると思った」

「ミルチャ以外は、お二人のお兄さまも、アーニャもみな外国に出てしまわれたのね」

「一番上の兄のニコラエは、バリバリの党員で出世主義者だった。ニコラエは母の連れ子なんだ。実の父親は、非合法時代に獄中で死んでいる。実の息子ではないのに、いや、きっとそのせいなんだろうなあ、ニコラエは、継父の生き方を忠実になぞろうとした。継父以上に党内で出世しようと躍起になった。当時は、出世コースだったモスクワ大学法学部に留学してね。ゴルバチョフや、今のルーマニア大統領イリエスクともクラスメートだ。父は中央委員会付属マルクス・レーニン主義研究所の所長だったのだが、ニコラエは、三〇代で同じ中央委員会付属の党史研究所の副所長にまでなった。有力者に取り入るのがうまい分、自分にとって役に立たない人間にはあからさまに冷たい実に嫌なヤツだった。しかし、そういうヤツほど出世は早い。順風満帆、肩で風切って歩いていた。ところが、一九八〇年代に入って、党と国家の国粋主義的傾向が極端に強まり、ユダヤ系の人間を露骨に排除するようになった。ニコラエは、いつまで経っても副所長のままだった。自分が、これ以上出世できないと分かったとたんに、彼は決断した。アメリカへの出張を利用してイスラエルに亡命してしまったのさ。今では、バリバリの反共主義者になってあそこのロシア・東欧研究所の教授になっている。でも、兄の本質は同じだ」

「二番目のお兄さんはお母さまによると、グレたとか？」

「アンドレはグレたんじゃない。あれほど心の優しい、自分の良心に忠実な男を、グレたなどという言葉で片付ける母親を僕は哀れに思うよ。アンドレは、やはりモスクワ大学に留学させられていたんだが、一九五六年、ソ連軍のハンガリー侵入に抗議して集会を組織しビラを配ったかどで即刻退学させられ、強制送還されたんだ。父が幹部だったから、強制収容所送りを免れた。免れただけでなく、父はブカレスト大学にアンドレを突っ込むことにまで成功した。ところが、そこでも政府や党に対する批判の演説をぶったりしたものだから、今度は監獄にぶち込まれた。それでも、父は奔走してアンドレを不起訴にして釈放させた。その上、地方の大学に押し込んだんだ。監獄で拷問もされたらしく、アンドレは、見違えるほどおとなしくなっていた。父の言に従って大学を卒業した。そして、父の計らいで貿易省に就職した。もちろん、兄のような経歴を持つ人間は外国に出る仕事には、本来つけないから本省勤務だ。でも、兄は党と国家に忠実な模範的な職員となって、まずは兄弟社会主義諸国への出張が許されるようになった。ほどなく、すっかり上司たちの信頼を得たらしく、初めて西側の国への出張辞令を受けた。兄は、その機会を逃さずに亡命してしまった」

「それは、何年のことです？」

「たしか一九六二年だ」

「出張先は、フランスだったんじゃない？」

「エッ、どうして分かった？」

「黄色いノート。縦横二一センチの黄色いフランス製のノートを持ってたでしょう。ミルチャが初めてプラハのソビエト学校に転校してきた日に持っていた」

「よくそんなことを！　たしかに、黄色いフランス製のノートを持ってた。兄が宿にしていたパリのホテルの部屋に数冊さらのノートを残していったんだ。ルーマニアの保安機関に調査のため一時没収されていたのが、調査後実家に転送されてきたんだ。もう二度とアンドレには逢えない。アンドレの形見のような気がして、家族一人一人が一冊ずつ持つことにした」

アーニャが黄色いノートをめぐってクラスのみんなについた嘘の経緯をミルチャに話して聞かせた。

「アンドレの亡命は、家族の恥で誰にも知られてはいけないとアーニャは思い込まされていたからね。でも、一方で、あの黄色いノートが自慢でみんなに見てもらいたかったんだろうなあ」

「それで、アンドレもイスラエルに亡命したんですか？」

「いや、アメリカに行った。合衆国の市民権も得た。でも、執拗《しつよう》にルーマニアの秘密警察に付け狙《ねら》われて、すっかり神経をやられてしまった。精神病院の入退院を繰り返している。今は定職にも就けず、踊り子の女房のヒモやってる」

「アンドレは、社会主義体制をやめたルーマニアには帰ってきたのですか？」

「いいや。そもそも、国を出てからは、一度も戻ってきていない。秘密警察に相当怖い目にあわされたらしい」

「ミルチャ自身は、亡命はしないにせよ、旅行はされたの？」

「プラハから帰国してからは、アーニャが嫁いだロンドンまで一度両親について往復しただけだ。アーニャの結婚の許可を取り付けるときもそうだったが、このときも父はチャウシェスクに頭を下げに行った。あの屈辱は、忘れない。だから、二度と外国には出るまいと思った。父や母は、毎年、あの屈辱に耐えてアーニャを訪ねる許可をもらっていたがね。僕は二度とついていかなかった。普通のルーマニア人は、もともと外国旅行なんて許されなかったし。自分だけ行こうというのが、そもそも虫のいい話なんだ。ただね、ナタリヤ・アレクサンドロヴナが癌にかかって余命幾ばくもないと、息子さんから手紙が来たときだけ、父に頼んでモスクワ行きのビザを入手した。一九八五年のことだ」

「でも、今は普通のルーマニア人でも、自由に外国に行き来できるようになったのでしょう」

「普通のルーマニア人は、貧しくて、とても観光旅行なんかはできないけれどね。でも、出稼ぎにはずいぶん出ている。それで、ようやく僕も、来月アメリカへ出張することにした。僕の発明を買いたいという企業が現れたんだ」

「当たったら億万長者ね」

「僕自身に大金は必要ない。だいたい富の偏在がどれほど人々を不幸にするかってことをさんざん見てきたからね。皮肉にも、社会主義を名乗っていたこの国で。でも、国立だった僕の研究所は政府からの金がストップして立ち行かなくなっている。だから、そのためには金がいる」

　頭頂部がはげ上がった店長らしき男がやって来てミルチャの肩に手をかけると、私に向かって目配せしながら、訛《なま》りのきつい英語でキッパリ言った。

「食事しないつもりなら、お引き取り願おうかね」

「ごめん、ごめん。つい話に夢中になっちゃって」

　おそらく、そんな言い訳をミルチャは男にルーマニア語でした上で、男を私に紹介した。

「こいつが、さっき言った僕の同級生にして、ここのオーナー店長。こいつのかみさんが作るパスタ料理は、かなりいい線いってるんだ」

「その前に、前菜を片付けちゃいましょ」

「そうこなくっちゃ。ちょっと待って。せっかくのカルパッチョが干涸《ひか》らびちまってるから、取り替えさせてもらうよ」

店長は、目の前にあった皿を下げて、グラスに白ワインを注ぎ足してくれた。

「美味《おい》しい！」

ミルチャの話に引き込まれてしまって、ワインをきちんと味わっていなかったことに気付いた。

「当たり前です。産地と直接契約して入れてるんですから」

そう言いながら、店長は新しいカルパッチョの皿を置いてくれた。薄くスライスされた牛の生肉が清潔な皿の上にきれいに並べられている。心の籠もった丁寧な仕事。ブカレストに到着以来、ホテルでもレストランでも決して見受けなかった光景である。初めてやる気のある店に入った気がする。それをミルチャに伝えると、自分のことのように喜んだ。

「ありがとう。こいつは、さんざん苦労したからね。彼のかみさんはイタリア人なんだ。一緒になるのに、七年かかった。今ようやく二人で店を持てるようになって張り切ってんだ」

「ミルチャ自身は、今、幸せなの？」

「幸せかって？　まあー、幸せな部類に入るのかなあ。最初の結婚には失敗したけどね。仕事は、まあまあ順調だし。今の女房とは、うまくいってる方だろう。ただ、女房の連れ子の娘が高校中退しちゃって、参ってる。それまでは実に素直ないい子だったのに。別に学問でなくてもいいから、何か打ち込めること見つけろと言い聞かせたんだが、うるさがって今度は家出しちまってね。よりによってキャバレーで働いてる。いろいろ昼間の仕事を探し出してやったんだが、鼻も引っかけない……いやあ、愚痴になっちゃったね」

ミルチャは、どこにでもいる父親の顔になっていた。その顔を見ている内に、自然に次の質問が口をついて出た。

「ねえ、一九八九年一二月二一日の建国記念日の大集会がチャウシェスク政権打倒の暴動に変わったとき、ミルチャと家族は、どこにいたの？　危険な目にあわなかったの？」

「あの集会には、さんざん当局から動員掛けられてたんだけど、大事な実験があるという理由をもうけて行かなかった。僕は党員ではないから、さほど締め付けは強くなかったのをいいことにね。後で騒ぎを知って、動員に抗し切れなかった妻の帰りが遅いのであわてたよ。市中を探し回った。翌日、頭に包帯を巻いて帰ってきた。投石に当たって気を失い、心ある人たちに看病してもらったんだ。それでも、革命の当初は、期待が膨らんだ。僕も研究所の同僚たちも、いや、ルーマニア中の人々が燃えたんだ、あのときは。ようやくまともな国になれるかもしれないと思えてきてね。さすがに、研究にも手が付かず、毎日のように集会やデモに出かけていった。でも、結局、あの熱気もエネルギーも、旧政権のイリエスク一派の政権奪取に利用されただけだったよ。わが両親も、そのおこぼれにあずかって生きながらえているけれどね……」

「ミルチャ自身は、ユダヤ系だということで、この国で差別や嫌がらせにあったこと、ある？」

「それがないんだな。高校でも大学でもそのことで虐《いじ》められたことはない。その後、僕が進んだのは研究畑で、もともとユダヤ系の人たちが多い分野だったしね。それに、僕には、出世しようなんて気がこれっぽっちもなかったから、出世を妨げられたなんて体験もない、父や兄みたいにね」

＊　＊　＊

渋谷のハチ公前に似て、プラハ随一の目抜き通りバッラフ広場を登り切ったところにそびえるヤン・ジフコフの銅像の前は、最もポピュラーな待ち合わせ場所である。夜八時を過ぎているというのに、多数の人々が約束の人を待ちながらウロウロしている。一一月の寒気の中で、立ち止まっていては凍えてしまうのだ。ただ、銅像が強烈な光でライトアップされているおかげで、人々の顔は、昼間のようによく見える。

「三一年ぶりに逢っても、すぐにお互いが分かるかな」

　という私の言葉に反応して、

「それなら、バッラフ広場で待ち合わせしよう」

　と提案してきたのは、アーニャだった。

「あそこは間違いなくたくさんの人たちが待ち合わせしているでしょう。東洋人のマリのことは見つけやすいから、マリが私を見つけるまで、我慢して声掛けないからね。なるべく早く見つけてよ」

　それで、先ほどから銅像のまわりをすでに五周した。自分と同じぐらいの年格好、背格好の栗《くり》色の髪をした女性を見かけては、近寄って行って顔をのぞき込むのだが、今のところすべてハズレ。まだここに到着していないのだろうか。それとも、私の記憶の中のアーニャを中年女に老けさせたイメージと実際のアーニャはかけ離れ過ぎてしまったのだろうか。あれからさらに背が伸びたのかもしれないし、すごく太ってしまったか、あるいは逆にギスギスに痩《や》せ細ってしまったのかもしれない。よし、気を取り直して、銅像のまわりをもう一周してみよう。石畳を見下ろしていた目線を上げた瞬間だった。広場と名付けられた大通りを黒っぽいコートを翻して駆け上がってくる女の姿が目に飛び込んできた。

「ハハハハ、ザハレイドウが走っとるわ。よくもまあ、ああも不格好に走るもんだ。まるで、雌牛みたいにモタモタしとるわ」

スクール・バスの運転手パン・ヤードルシェックの声に続いて、はやし立てる悪ガキたちの歓声が聞こえてきそうだった。

「ほれ、ほれ、ザハレイドウ、頑張れ！　もう一息じゃないか！　頑張って牛乳の生産でアメリカに追いつき、追い越さなくっちゃな!!」

　思わず、駆け上がってくる女に向かって走り出していた。

「アーニャ！　アーニャ！」

「マーリー」

　気ぜわしく息をしながら、女が抱きついてきた。抱き合ったまましばらくはお互いの名前を呼び合うばかりだった。お互いの涙で頬がグチョグチョに濡《ぬ》れてしまった。アーニャは背格好も太り具合も昔と少しも変わっていないような気がした瞬間、アーニャに先手を打たれた。

「マリは五〇パーセントほど体重が増えたんじゃなくて？」

「あの頃、四五キロで、今六七キロだから、ほんとだ！　五〇パーセント増だ！　大当たりだ、すごい！」

　初めてマジマジとお互いの顔を見つめ合った。

「ふくよかになったけど、この顔、夢にまで見たこのマリの顔、ぜんぜん変わってない！」

アーニャは両手で私の顔を力一杯つかんで頰ずりしながら叫ぶ。栗《くり》色の大きな目からは涙が溢《あふ》れ続けている。

「痛いよー。アーニャも昔とおんなじ顔してる！」

と言いながら、眉間《みけん》や目尻《めじり》に切り込む皺《しわ》の深さにたじろいでいる自分がいた。思ったよりはるかにアーニャは老けていた。栗色だった髪は、半分以上白くなっている。

「ねえ、私の夢を見てくれているって、今言ったけど。その夢の中で私たちは、何語でしゃべってるの？」

「そんなこと、考えてもみなかったけど、うーん、やっぱり英語……英語のような気がする」

「アーニャは五歳から北京に暮らしていて、七歳から九歳までは、北京のソビエト学校に通っていたんだよね。それから半年間、ブカレストのソビエト学校に通って、一〇歳から一四歳までは、プラハのソビエト学校に通っていた。人間の言語習得能力が頂点にある七歳から一四歳までの七年間をロシア語の学校に通って育ったんだよねえ。ほとんど母語みたいなものだったじゃない。そのロシア語をすっかり忘れてしまったなんて信じられない。忘れようと思っても身に付いちゃってるものじゃない。一体、何があったの？」

「分からない。気がついたら、忘れてたのよ。でも、マリが言うことは、だいたい分かるみたいだから、パッシヴなロシア語力はちゃんと痕跡《こんせき》を留めてるのよ。失われたのは、話したり、書いたりする力。きっと、一四歳でルーマニアに戻って、必死でルーマニア語や必須外国語のフランス語を覚えるために、ロシア語のメモリーが押し出されちゃったのよ。ルーマニアは当時反ソ色強めてたから、ロシア語は必須ではなかったし。その後、イギリスに移り住んで英語を習得するために遮二無二《しゃにむに》なったもんだから、完全にロシア語の余地が無くなっちゃったんだ、きっと」

「アーニャと一緒に何冊ものロシア語の本を読破したのに。アーニャがいいと言った本は必ず読んだし、アーニャも私の薦める本は読んでくれた。ロシア語を使わなくても、本さえ読んでいれば、ロシア語力は失われないはずなのに！」

「そういえば、プラハのソビエト学校を転校してからは、一度もロシア語の本を読みはしなかった」

「もったいない！　ソビエト学校で最もロシア語のうまい非ソ連人だったのに!!」

「あーら、それはマリでしょう！」

「ねえ、ママ、そろそろいいんじゃない」

アーニャの背後から可愛らしい声がした。

「ああ、そうそう、マリ、上の娘のナンシー。一六歳。高校を休んで付いて来ちゃったの」

長い赤毛を腰の辺りまで垂らしたほっそりと小柄な女の子。ちっともアーニャに似ていない。

「パパ似なのかな」

と言って右手を差し出すと、握り返しながら飛びついて両頬にチュッチュッとキスをしてきた。

「正解！　髪の色も骨細なのも、パパ譲り！　あっ、ママ、あれ何だろう？」

ナンシーの視線の先に、銅像の前に蠟燭《ろうそく》を置く人々の集団があった。

「そうか、読めたぞ！　今日は、ビロード革命のあった日の何周年目かではないかなあ。昼間は、記念集会かなんかがあったはずよ」

黙々と耐え続けた人々がこの広場にゾクゾクと集まって来て、ついに圧政を倒してしまったビロード革命のことをアーニャが口にしたので、私は、もう一つの事件のことを思い出した。

「アーニャ、一九六八年にプラハの春が鎮圧されたとき、どうしてた？」

「ブカレストで催された抗議集会やデモに参加したわ。『ソ連軍はチェコから撤退せよー』って、何度もシュプレヒコールした」

「わあーっ、偉いわね！　私なんか、何日も泣き暮らしてただけなのに」

次の瞬間、あの当時は、政権に就いたばかりのチャウシェスクがソ連に距離を取り始めた時期だったのを思い出した。自由化運動鎮圧のためチェコに侵攻したワルシャワ条約機構軍にルーマニア軍は加わらず、チャウシェスク政権は、ソ連陣営の暴挙を公然と非難した。

「その抗議行動は、誰が組織したの？」

「さあ？　大学当局や青年同盟から声がかかったのよ」

「少なくとも、ルーマニアの政府と党に反旗を翻す類のものではなかったわけね」

「えっ？」

アーニャは質問の意味を分かりかねて顔をしかめた。

「反体制的な行動ではなかったのね？」

「集会では、チャウシェスク自身が演説してたもの」

「ねえ、ママ、もう九時半だよ」

快活なナンシーに導かれるようにして、バッラフ広場を下りていって左折し、ホテルに向かった。アーニャはしっかりと私の肩を抱いて歩きながら、何度も確認するように私の顔をのぞき込む。

「マリなのね。ほんとにマリなのね」

チェックインを済ませると、まるで永遠の別れを前にしたかのように、強く私を抱きしめた。

「部屋でシャワーを浴びて旅の汚れを落としたら、すぐに逢おうね」

「相変わらず大げさね。いいわ。夕食は、私の部屋にルームサービスを取り寄せて一緒に食べることにしましょう」

部屋にやってくると、アーニャはまた私を強く強く抱きしめた。

「ああ、良かった。夢じゃなかったんだ」

不思議だ。温かくて分厚いアーニャの胸に抱かれて、母音をことさら伸ばした甘ったるいアーニャの言葉を耳にすると、辺り一帯の空気までが柔らかくなる。心身がゆったりと落ち着いてくる。

「アーニャといると幸せな気分になるって、アーニャのパパも言ってた」

にこやかに微笑《ほほえ》んでいたアーニャの眉間の皺がいきなりキュッと引き締まった。

「ああ、ブカレストの両親を訪ねて下さったのね。すごかったでしょう、警備が」

「ええ、マンションも豪華で立派だった」

「あれは、それほど大したマンションではないのよ」

「そうかなあ。でも、普通のルーマニア人のアパートに較べると、御殿みたいだったよ。いまだにチャウシェスク時代の特権が続いているのね」

「特権なんかじゃないわよ。でも、あの大げさな警備には、ビックリしたでしょう。ルーマニアのああいうところが我慢ならないの。ほんとに後進国よねえ。どちらかというと、ヨーロッパじゃなくて、トルコなのよ、あの国は、いまだに。父は、それと果敢に闘っていたものだわ」

頭がこんがらがってきた。「闘う」という言葉の用い方が違うんじゃないか。あの体制に与《くみ》しながら自分の子どもたちだけを国外に逃すことが「闘い」と呼べるのだろうか。それに、国是で国民の平等を唱えながらあれだけ貧富の差があったら、警備しなくては危険だろうに。

「マリ、どうしたの、難しい顔して？」

「アーニャは、その後れた体制を変えるために闘ったの？」

「あの国を出ることが、私の闘いだったのよ。もちろん、国を出たのは、彼に出逢ったことが大きいけれど」

アーニャは、スペンサー伯爵家の血を引くという夫との出逢いについて語った。それから、今の旅行雑誌の編集の仕事について、音楽評論家の夫と二人の娘との生活について話した。もともとゆっくりした話し方なのが、英語が苦手な私のために、さらに間延びした話し方になったが、今の生活に心から満足していることは言葉の端々から伝わってきた。

その中で何度も、「アッパーミドルクラス」というフレーズを吐いた。

「今の私と家族の暮らしはね、イギリスの典型的な中流階級の上の方に分類されるんじゃあないかしら」

「夫の収入も私の収入も、中の上あたりだと思うの」

「今はロンドンシティから車で三〇分ぐらいのところに家を構えているんだけど、そこは、住宅街としては、中流の上ってとこかしら」

という具合である。心の狭い私は、思わず皮肉ってしまった。

「ルーマニアで特権階級に属するよりは、イギリスで中流の上に属する方が居心地がいい？」

「特権って、マリは、私と私の家族が特権を享受したと思い込んでるのね。あんなの、特権なものですか！　ここの下層階級の人の方が、物質的には恵まれているわ」

「でも、ルーマニアの普通の人たちの暮らしに較べると、はるかに恵まれているでしょう？」

「さあ」

「ミルチャに逢ったのよ」

アーニャは、一瞬、露骨に嫌な顔をして、次にそれを取り繕うように微笑んだ。ミルチャに逢うと言ったときに、アーニャのママが見せた苦しい微笑みとソックリだ。

「むさ苦しいほど髭《ひげ》ぼうぼうだったでしょう」

「ええ、最初、イディッシュ劇場の役者かと思った」

「ハハハハ、あれ、ユダヤ人の風俗をなぞっているのよ。自分の出自に目覚めちゃったわけ」

「ミルチャは、普通のルーマニア人と同じ学校に通って、自分たちが特権的立場にいたことを知って衝撃を受けたと言っていた。あなたが特権階級のための特別な学校に通っていたとも言っていたわ」

「マリは、それをそのまま真に受けたの？　ミルチャは、ひどくひねくれた考え方をするようになってしまって、物事をあるがままに受け取れないのよ」

「そうかなあ、心が清らかでとても気高い生き方をしているって思ったけど」

「ミルチャの心がひん曲がっちゃったのは、最初の結婚がまずかったのよ。同級生ですごく可憐《かれん》な美人だったんだけれど、上昇志向が異常に強い人だった。両親は最初から猛反対してたの。ミルチャと結婚すれば、ルーマニアの支配層に喰い込めると睨《にら》んでたみたい。その魂胆を知って、ミルチャはすぐにも別れようとしたのだけれど、そうなると相手はしがみついて離れないという風になっちゃって大変だったの。優秀な弁護士の世話になって、ようやく離婚に漕《こ》ぎ着けた。そのコブ付きの弁護士が今のかみさん。あの通り、ミルチャは他人に厳しくて自分の理想を押しつけるようなところがあるでしょう。それに、思いこみが激しいものだから、そのコブにも煙たがられてるみたいだわよ」

「煙たがられているかどうかは分からないけれど、その娘さんが夜の勤めに出ていると言って頭悩ませてたわ」

「ほーら、何でも否定的悲劇的に捉《とら》えるミルチャの癖がまたでた。あの娘さんは、皮膚の奇病に罹《かか》っていて、太陽光に当たると、生命に関わるような危険に晒《さら》されるの。だから、夜の仕事に就いたのは、非行に走ったせいではなくて、病気のため昼間の仕事に就けないからなのよ」

「エッ、そうだったの？」

「そーなのよ。それでも自立して生きたいという娘さんの健気《けなげ》なところを見てあげられないのよ、ミルチャときたら」

「娘さんの件は、そうなのかもしれないけれど……。でも、ミルチャの生き方は潔くてとても格好いいと思った」

「そう」

アーニャは力無く言うと、立ち上がった。

「マリ、今日は一緒に語り明かすつもりだったけど、何だかすごく眠くなっちゃったわ。ここに来る前に東南アジアに往復した疲れがドッと出たみたい。悪いけど、失礼するわ」

アーニャの眉間《みけん》の皺《しわ》がさらに深まったような気がした。

「お休みなさい」

頬ずりして引き上げていくアーニャの後ろ姿は、老婆のそれだった。胸に痛みが走った。自分がミルチャを褒め称《たた》えれば褒め称えるほど、アーニャとアーニャの両親の生き方を非難する格好になっていた。

ひとりぼっちになった部屋で、結局私は朝までまんじりともできなかった。

自分にアーニャを非難する資格など無い。そんなことは分かり切っている。自分がアーニャやミルチャと同じ立場に立たされていたならば、アーニャのとった道を拒むことができただろうか。ミルチャのように行動する勇気を持ち合わせただろうか。持ち合わせなかった方が確実だろう。

それでも、私の美意識はミルチャの側にあった。だから、もしアーニャの道を選んでしまったら、自分を愛することも尊敬することもできなくなってのたうち回るだろう。自分のことが恥ずかしくて、後悔と自責の念に苦しむことだろう。アーニャのように、ミルチャを偏屈者と貶《おとし》めることなんぞできないだろう……。アーニャは自己矛盾に陥ることはないのか。もしかして、少女時代、むやみやたらに『人民のために』とか『国を愛してやまない』とかいう恥ずかしくなるほどクサイ台詞《せりふ》を吐いていたのは、それに反する想いが強く、それを振り切るために、あれほど強い調子でスローガンじみたことを言っていたのではないか、と思えてきた。年老いた両親に愛され、いつも良い子であり続けなくてはならなかったアーニャは、常にその時々の体制に適応しようと全身全霊を打ち込んできた。そのたびに、古い主義をきれいさっぱりぬぐい去っていく。アーニャがロシア語を忘れたことに驚いたが、あれは、アーニャの習性から来る当然の帰結だったのだ。常に勝ち組にい続けるための過剰適応という名の習性。

それにしても、ミルチャを貶《けな》すアーニャ。あれは、アーニャの本心なのだろうか。そうは信じたくない。そうだ。アーニャは、ミルチャのことを言ったとたんに、嫌な顔をした。私がミルチャのことを褒めるたびに必死になって抵抗した。それだけ、気にかかって仕方ないのだ。ミルチャの存在は、アーニャの良心をチクチクと刺している。アーニャの眉間に深く刻まれた皺が目前にちらついて胸が苦しくなった。

翌朝一番に、レストランに乗り込んで熱いコーヒーを流し込んでいると、アーニャが降りてきた。目の下に隈《くま》ができている。同じように眠れなかったのだろう。悪かった。謝ろうと思った矢先、アーニャは、笑顔をこしらえながら頬ずりしてきて、こちらの気勢をそいだ。

「おはよう。ああ、久しぶりによく眠れたわ。今日は、どんな予定？　いずれにせよ、お昼はオボチネー・クネドリキ（フルーツ入り蒸しパン）にしようね」

「うんうん、母校の校舎に行ってみない？　今は、中等看護学校になっているけれど、予《あらかじ》め申し込んでおいたら見学許可が下りたのよ。クネドリキは、その後だ」

「わーっ、手回しいい！」

そう言ってアーニャは抱きついてくる。アーニャの分厚くて温かい胸に抱かれると、昨晩以来の胸の痞《つかえ》が嘘のように消えていく。

校舎の中は、ほとんど昔と変わりなかった。大理石の床も階段も。もちろん、ソ連国旗も赤旗もレーニンの胸像もなかったけれど、教室の佇《たたず》まいは昔のままだった。二枚の黒板もそれぞれ一辺を教室正面の壁中央部に設けられた二本の軸に取り付けられていて、一八〇度回転できるタイプのものがそのまま残っていた。

「三〇年以上も昔のものが使われているなんて、物持ちがいいわねえ」

そのとき、終業ベルが鳴った。

「ねえ、ベルの音まで、昔のままだ」

「ほんとだ」

「ねえ、マリ、あの頃は、私もあなたも、純情無垢《むく》に体制を信じ切っていたわね」

私まで巻き添えにしないで欲しいと思ったものの、ノスタルジーに浸っているアーニャの叙情的気分を害さないように黙っていた。アーニャは続けた。

「あの頃は、世の中のことすべて白か黒かで割り切っていた。今では、白か黒かなんてあり得ない。現実は灰色をしているものだって学んだけれど」

素直に頷《うなず》けなかった。そのような一般論に逃げ込んでアーニャが自己を合理化していくのが嫌だった。

「アーニャはソビエト学校でも愛国心の強さでは右に出る者いなかったでしょう。あれも、白黒の世界だったの？　国籍を変える時は、辛《つら》くなかったの？」

「マリ、国境なんて二一世紀には無くなるのよ。私の中で、ルーマニアはもう一〇パーセントも占めていないの。自分は、九〇パーセント以上イギリス人だと思っている」

さらりとアーニャは言ってのけた。ショックのあまり、私は言葉を失った。ブカレストで出逢った、瓦礫《がれき》の中でゴミを漁《あさ》る親子を思いだした。虚《うつ》ろな目をした人々の姿が寄せては返す波のように浮かんでくる。

「本気でそんなこと言っているの？　ルーマニアの人々が幸福ならば、今のあなたの言葉を軽く聞き流すことができる。でも、ルーマニアの人々が不幸のどん底にいるときに、そういう心境になれるあなたが理解できない。あなたが若い頃あの国で最高の教育を受けられて外国へ出ることができたのは、あの国の人々の作りあげた富や成果を特権的に利用できたおかげでしょう。それに心が痛まないの？」

次々とそんな想いが頭の中を駆けめぐるのだが、口ごもってしまって、言葉にならない。

アーニャは、顔を上気させて滔々《とうとう》とまくし立てる。

「そうよ、マリ。民族とか言語なんて、下らないこと。人間の本質にとっては、大したものじゃないの。今わたしは英語でしゃべり、マリはロシア語でしゃべっているというのに、お互いにほぼ一〇〇パーセント分かり合っているでしょう」

「類的存在としての人類ってわけね」

精一杯皮肉を込めて言い返したつもりだが、アーニャは、さらに高揚した口調で続けた。

「人類は、そのうち、たった一つの文明語でコミュニケートするようになるはずよ」

「アーニャ、私たちの会話が成立しているのは、お互い英語とロシア語を程度の差はあれ、身に付けているからよ。あなたがルーマニア語でしゃべり、私が日本語でしゃべったら、意志疎通はできないはず。だいたい抽象的な人類の一員なんて、この世にひとりも存在しないのよ。誰もが、地球上の具体的な場所で、具体的な時間に、何らかの民族に属する親たちから生まれ、具体的な文化や気候条件のもとで、何らかの言語を母語として育つ。どの人にも、まるで大海の一滴の水のように、母なる文化と言語が息づいている。母国の歴史が背後霊のように絡みついている。それから完全に自由になることは不可能よ。そんな人、紙っぺらみたいにペラペラで面白くもない」

「…………」

「好むと好まないとにかかわらず。どんなに拒もうと、抵抗しようと……」

「マリ、何が言いたいの!?」

「たとえば、ルーマニアの母国度は今や一〇パーセント以下と言うアーニャの心根は、国土を長く持てなかったユダヤ民族の歴史と連なっている気がするし、あなたの言葉遣いの美意識は、チャウシェスクにソックリ」と喉元《のどもと》まで出かかった言葉をのみ込んだ。大きく息を吐き、またのみ込んでから尋ねた。声がかすれていた。

「ルーマニアの人々の惨状に心が痛まないの？」

「それは、痛むに決まっているじゃないの。アフリカにもアジアにも南米にももっと酷《ひど》いところはたくさんあるわ」

「でも、ルーマニアは、あなたが育った国でしょう」

「そういう狭い民族主義が、世界を不幸にするもとなのよ」

丸い栗《くり》色の瞳《ひとみ》をさらに大きく見開いて真っ直ぐ私の目を見つめるアーニャは、誠実そのものという風情だった。

白い都のヤスミンカ

「ローマ帝国の版図が広がっていく中で、次第にドナウ河がその北限の役割を果たすようになっていきます。ドナウ河を挟んで、ローマ帝国は異民族と対峙《たいじ》したのです。そのため河に沿って、いくつもの要塞《ようさい》が築かれていきました。ドナウ河とサヴァ河が合流する地点を見下ろす丘の上に建設されたのが、シンギドゥヌムという名の要塞都市です。バルカン半島の交通、戦略上の要衝として広く古代社会に知れ渡っていたようで、『歴史の父』ヘロドトスやヘシオドスの著した文献にもその名は登場します。ちなみにヘロドトスは、今から二五〇〇年以上も前に、シンギドゥヌムのことを『絶え間なく破壊を繰り返す都市』と記しています。

温暖な気候と肥沃《ひよく》な大地をめぐって、ここは古くからいくつもの民族が果てしない抗争、破壊、略奪を繰り返す舞台となりました。ケルト人、ローマ人に続き中世以降、舞台の主役となるのは、スラブ人、マジャール人、それにトルコ人、近代に入ってからは、オーストリア人も加わります。

ところで、この都市の現在の名称『ベオグラード』は、スラブ民族の一脈であるセルボ・クロアート人の言葉で『白い都』という意味になりますが、名付け親は実はトルコ人なんです」

そこまで一気に話すと、ヤスミンカは私たちの反応を確かめるかのように教室全体を見渡した。惚《ほ》れ惚《ぼ》れするほど落ち着き払っている。声は決して大きくないのに、ひとつひとつの言葉がしっかりとこちらの意識に届く。

アンナ・パヴロヴナ先生も窓際に寄りかかって生徒たちとともにヤスミンカの話に聞き入っている。大学の歴史学部を卒業後、長いあいだ黒海沿岸でスキタイ遺跡の発掘をしてきたアンナ・パヴロヴナ先生は、ソビエト学校の教師たちの中でも屈指の話し上手だった。話題が豊富で話の内容に対する活《い》き活《い》きとした関心を呼び起こすのが巧《うま》かった。そのアンナ・パヴロヴナ先生に負けないぐらい、ヤスミンカは堂々と話している。

地理の時間のことである。五〇カ国以上の国の子どもたちが通うこの学校で、地理と歴史を担当するアンナ・パヴロヴナ先生は、学習対象となる国の出身者がクラスにいる場合、その生徒に自国について語らせるという方法をことのほか好んだ。

指名を受けると、どの子も目一杯緊張する。なるべく自分の母国をよく知ってもらいたい、できれば愛してもらいたいと思うものだから、いつもの宿題の何十倍も気を入れて準備する。しかし、良く知り尽くしているはずの母国のことを、いざ他国の人に話して聞かせるとなると、何を省き、何を強調し、どういう順序で話したらいいのか分からなくなってパニックに陥る。そして、いざ本番になると、情熱ばかりが先走りして平常心を失い、せっかく準備してきた内容をど忘れしたり、舌が思い通りに回ってくれなかったりしてひどくみっともないプレゼンテーションになる。愛とは、とりわけ過剰な愛とは、なんと面倒なものなのだろうか。聞き手となる教師もクラスメートたちも、そこのところは身に覚えがある。だから、同病相哀れむという感じでしどろもどろな発表を微笑ましいものと受け止める度量を持ち合わせてはいた。

ところが、ヤスミンカの落ち着き払った立ち居振る舞いはどうだろう。気負わず自然体でいながら、自分が話す内容ばかりか、話の運び具合にまでしっかり自己コントロールを行き渡らせている。

教室全体に目線を走らせた後、ヤスミンカはスラリとした肢体をクルリと九〇度ほど回転させて、黒板を覆うように掲げられたユーゴスラビア連邦の地図の中のベオグラード市を指さしながら再び話し始めた。

「グラードというのは、ロシア語でも、レニングラード、スターリングラードというように、スラブ系の言葉では都市を意味しますね。ちょうどドイツ語でザルツブルグとかハンブルグと言うときのブルグと同じ使われ方をする。語源をたどると、グラードは『囲い』、ブルグのほうは『巣』に行き着くみたいですが、この都市が『白い』という修飾語を冠《かぶ》せられた頃は、グラードもブルグも『砦《とりで》』とか『城塞《じょうさい》』の意味で使われることのほうが多かった。

というわけで、この都市が『白い都』と名付けられたのは、おそらく城塞の壁面が白い色をしていたのだろうと思いたくなります」

ヤスミンカは、教壇の上に筒状に丸めて置かれてあったもうひとつの地図を手際よく拡げてユーゴスラビア連邦の地図の隣に掲げた。

「これは、ベオグラードの市街図です。ドナウ河とサヴァ河に挟まれた地区が旧市街、二つの河が合流して幅が広くなったところに、大きな中州があります。新ベオグラードと呼ばれる新市街で、今建設が急ピッチで進んでいるところです。旧市街のちょうどドナウ河とサヴァ河が交わるところに、ほら、船の舳先《へさき》のように鋭角的に突き出ているここのところに、新市街が一望できる丘があります。ここは現在、カレメグダンという名の公園になっていますが、カレメグダンとは、かつてここにあった城の名前なんです。公園の川岸沿いに今も古い城塞の一部が残っています。

さて、この城壁が白い色をしているかというと、そんなことありません。普通のいわゆるレンガ色です。

もちろん、この都市をそれぞれの時代に支配していた民族が、毎回先住民の築いた城壁を破壊し、手直しして自分たちの砦に作り替えていきました。破壊と手直しの痕跡《こんせき》は、今もカレメグダン公園に遺された城壁に歴然と見て取れます。

もしかして、一四世紀、セルビアなどのバルカン連合軍がオスマン・トルコ軍に敗れた頃の城壁が白かったのではないか、と思いたくなりますね。

ところが、カレメグダン遺跡からも、さまざまな文献からも、当時の壁が白かったという証《あかし》は出てきていません。

では、なぜトルコ人は、『白い砦』とこの都市を名付けたのか」

ヤスミンカは、聞き手たちの知りたいという思いを手玉に取るように口をつぐんだ。茶褐色の瞳《ひとみ》は悪戯《いたずら》っぽく輝いている。教室中が、ヤスミンカが言葉を発してくれるのを待ち望んで、その口元を見つめる。もう完全にヤスミンカのペースだ。

「それは、初めてこの都市を訪れたとき、たしかに砦が白く見えたからなんです」

ヤスミンカはまだ転校してきて一週間も経っていないというのに、この理路整然とよどみなく流れる正確無比なロシア語はどこから来るのだ。

セルボ・クロアート語はロシア語と親戚《しんせき》関係にあるスラブ語であるから、私のような日本人などより、はるかにロシア語を習得するのは楽なはずではある。それでも、他のスラブ語圏からやって来たチェコ人もポーランド人もブルガリア人も最低二、三カ月は言葉が通じなくて苦労する。ヤスミンカの母国語のセルボ・クロアート語は、チェコ語に近いらしい。ロシア語との言語的距離はほぼチェコ語と同じくらい遠いはずだ。その言葉の距離をヤスミンカは軽々と飛び越えてしまっている。こういうのを天才というのではないか。

教室正面の黒板のところに掲げられたユーゴスラビア連邦とベオグラード市の地図を前に立つヤスミンカを見つめる私は、ひたすら感心感嘆するばかりであった。私の思惑など知る由もなく、ヤスミンカは話を続けた。

「オスマン・トルコの軍勢が初めてこの都市に攻勢をかけようとしたのは、朝まだ明けやらぬ時刻のことでした。夜闇にまぎれて城塞の対岸に集結し、城塞を包囲する陣形をつくっておく。そして、夜が明けるか明けないかという時間帯を狙《ねら》って襲撃をしかける計画だったのです。というのも、人々の眠りがもっとも深いのがこの時間帯だからです。

さて、ようやく空が白んできました。すでに秋も半ばにさしかかったその朝の冷え込みは厳しく、急激に下がった気温と河の水温との落差のために、河面《かわも》からは乳白色の靄《もや》が立ち上がっていたのです。白い靄に包まれた都市は、折から差し込んできた陽の光を受けてキラキラと輝いていました。その美しさに、歴戦の猛者《もさ》たちも、しばし息を呑《の》んで見惚《みと》れたと伝えられています。あまりの美しさに、トルコの将兵は戦意を喪失し、その日の襲撃は中止になった、と。

こうして、この都市は、『白い都』と呼ばれるようになったのです。もっとも、まもなく『白い都』は、結局トルコ軍の手に落ちてしまうのですが……」

同じトルコに国土を侵略された歴史を物語るとき、ルーマニア人のアーニャはもっと悲憤慷慨《こうがい》していた。口を極めて侵略者を罵《ののし》り、征服された悲劇を嘆いた。ドイツやロシアに国土を支配された経緯を話すポーランド人の少年ジョルジックも、日本に国土を併合された屈辱を語る朝鮮人のヤンスーも、声を震わせ顔を歪《ゆが》めた。他民族に蹂躙《じゅうりん》された自国の歴史を語るときに、他の国の子どもたちは、もっと怒りや悲しみや憎しみの感情を露わにするのだった。

それを見慣れていた私には、淡々と冷静に事実を突き放して語るヤスミンカがとても新鮮に映った。

その日以降、ヤスミンカは、クラスで一目も二目も置かれる存在になった。時が経つほどに、ロシア語だけでなく、数学も物理も化学も音楽も素晴らしく良くできることが分かってきた。それも、とりたてて努力している風には見えないのだからよほど頭が良いのだろう。五点満点をもらっても、当然という顔をしていてちっとも嬉《うれ》しそうではない。

「可愛くないな。苦手だな、ああいうの」

アーニャもリッツァも口をそろえて言う。

「そうかなあ。とても格好いいと思うんだけど。気取ってそうしているんじゃなくて、成績などよりももっと価値を置くものがあるんだよ、きっと。大人って感じがするよ、彼女」

「じゃあ、マリがお友達になってあげたら」

「なりたいけれど、近付きにくくて」

「そうなんだよねえ。何て言うか、人も物も突き放すような冷め切った目をしてるでしょう」

「冷め切ったと言うよりも、冷静なと言ってよ。冷め切った心の人が、あんな面白い話するわけないし、あんな魅力的な絵を描くわけないじゃない」

体育とダンスをのぞくあらゆる学科をほぼ完璧《かんぺき》にこなしたヤスミンカだったが、とくに絵の才能は、ずば抜けていた。ヤスミンカが初めて出席した絵画の時間に、彼女の前を通りかかったアナトーリー・イリイッチ先生は立ち止まり、

「おおーっ」

とうめき声をあげた。それから、いきなり教室を飛び出して行ってしまった。

また始まったと生徒たちは目配せしあった。ソビエト学校の教師たちは、教え子の才能を発見すると我を忘れて大騒ぎする癖があった。嬉しくて嬉しくてその喜びをひとりで抱えきれなくなって、同僚や生徒たちを巻き込みたがる。音楽のタマーラ・イワーノヴナ先生と絵画のアナトーリー・イリイッチ先生にはとくにその傾向が強かった。もちろん、他の生徒たちにもまたたくまに喜びは伝染して、そういう恵まれた才能に巡りあえたことを心から幸せに思った。

他人の才能をこれほど無私無欲に祝福する心の広さ、人の好さは、ロシア人特有の国民性かもしれないと、私が気付いたのは、それから四半世紀も経ってからのことだ。ロシア語通訳として、多くの亡命音楽家や舞踊家に接して、望郷の思いに身を焦がす彼らからしばしば涙ながらに打ち明けられたからだ。

「西側に来て一番辛《つら》かったこと、ああこれだけはロシアのほうが優れていると切実に思ったことがあるの。それはね、才能に対する考え方の違い。西側では才能は個人の持ち物なのよ、ロシアでは皆の宝なのに。だからこちらでは才能ある者を妬《ねた》み引きずり下ろそうとする人が多すぎる。ロシアでは、才能がある者は、無条件に愛され、みなが支えてくれたのに」

さて、話を元に戻すと、案の定、教室を飛び出していったアナトーリー・イリイッチ先生は、しばらくすると職員室にいた先生方全員を引き連れて戻ってきた。

「ほら、ほら、見てやって下さいよ！ 構図といい、色彩感覚といい、天才的でしょう。それに、この造形力。空恐ろしいほど独創的なんだなあ。僕はこれを見た瞬間、身体中の体毛が屹立《きつりつ》しましたよ」

顔を上気させたアナトーリー・イリイッチ先生の声は上擦っていた。他の先生方も口々に感嘆の声をあげている。なのに、賞嘆の対象となった当のヤスミンカは、特別嬉しそうな顔をしなかった。

「ほら、可愛くないよ、やっぱり可愛くない」

その時もアーニャとリッツァは異口同音に呟《つぶや》いた。

「でも、悔しいが、たしかに絵はすごい迫力あるね。才能は認めよう」

「あの絵を見ると、何だかとても懐かしくなるんだ」

「エッ、マリも変な感受性の持ち主だね。あのド迫力に懐かしさを覚えるなんて」

ヤスミンカの絵は、好むと好まないとに拘《かかわ》らず、目にした者を思わず立ち止まらせるような力を持っていた。具象画でも抽象画でもない。大胆不敵な構図を思い切りのいい線で仕切り、意外な色使いで見る者の落ち着きを失わせる。しかもヤスミンカは、描く絵すべてに、その明らかな個性を色濃く反映させた。ひと目でヤスミンカの絵だと分かるようなスタイルをすでに確立していたのである。まだ一三歳であったことを考えると、驚異的なことだ。

それからしばらくして、人体解剖学の時間にも、ヤスミンカの性格を物語るちょっとした事件があった。

植物学、動物学、生物学、人体解剖学の四科目を担当するマリヤ・アレキサンドロヴナ先生は、白髪を引っ詰め髪に結い上げた六〇年輩の独身女性。非常に真面目で厳しい教師である。授業の進め方は、独特の問答形式を好んだ。

その日の授業は、マリヤ・アレキサンドロヴナ先生のこんな質問から始まった。

「人体の器官には、ある条件の下では六倍にも膨張するものがあります。それは、なんという名称の器官で、また、その条件とは、いかなるものでしょう」

回答者を捜し求めて、教室内を一巡する先生の鋭い眼光はまるでサーチライトのようである。そして私たちはというと、まるでサーチライトに照らし出されるのを恐れる脱獄囚のように身を縮めた。そんなことお構いなしに、サーチライトは照準を定める。

「では、ターニャ・モスコフスカヤ、あなたに答えてもらいましょう」

ターニャ・モスコフスカヤは、先生が質問をしている時点から何やらさかんに身をよじっていたから、当てられたのは自業自得かもしれない。父親がソ連大使館の二等書記官だったターニャは、祖父が革命に功績のある将軍であることをことあるごとに鼻にかける気取った嫌なヤツだった。祖父の別荘の隣にコスイギン首相の娘が越して来ただの、夏の休暇先のサナトリウムでフルシチョフの孫と一緒に泳いだのと、そんなことばかり話すものだから、同じ大使館員の子弟は一応気を遣って耳を傾けてあげていたが、その実すごく煙たがっていた。気を遣わなくてもいい私たち非ソ連人は、ほとんど無視していた。

「どうしたの、ターニャ、何をモジモジしているの？」

ターニャは、下を向き顔を真っ赤にして身をよじっている。大丈夫だろうか。

「いい加減にしなさい、ターニャ！　南京虫にでも取り憑《つ》かれたの？　真面目に答えなさい」

「だって、マリヤ・アレキサンドロヴナ先生、あたし、恥ずかしくて答えられません」

ターニャはさらに激しく身をよじりながら、弁解した。

「私の両親は、パパもママもとても厳格なんですよ。お祖父《じい》ちゃまの名に決して恥じないよう、はしたない言動は慎みなさいと、いつもいつも言い含められていますもの。先生は、そんな私に恥をかかせる気ですか？　絶対に絶対に答えられません。口が裂けても嫌です」

最後は抗議口調になって言い終えると、ターニャはわざと音をたてて席に着いてしまった。

その瞬間、彼女が何を想像して身もだえているのかを察知して教室は爆笑した。しばらくは、まともに座っていられなくなるほど笑い転げた。笑っていないのは、ポカーンと口を半開きにして間抜け面したターニャと、呆《あき》れ顔のマリヤ・アレキサンドロヴナ先生、それにいつも周囲とは一線を画して超然としているヤスミンカだけだった。

それで、先生は、矛先をヤスミンカに向けた。

「よろしい。では、ヤスミンカ・ディズダレービッチ、同じ質問に答えて下さい」

ヤスミンカは、即座に立ち上がって簡潔に答えた。

「はい。突然明るいところが暗くなったような条件下の瞳孔《どうこう》です」

「その通り、ヤスミンカの答えは正解です。瞳孔は、ちょうど写真機の絞りの役割を果たしているのですね」

マリヤ・アレキサンドロヴナ先生は満足げにヤスミンカの方を見やって、座るように合図すると、ターニャの方に向かって言い添えた。

「モスコフスカヤ、あなたには、三つのことを申し上げておきましょう。第一に、あなたは宿題をやって来ませんでしたね。第二に、とても厳格な家庭教育を受けておいでとのことだけど、そのおつむに浮かぶ事柄が上品とは言い難いのは偉大なお祖父《じい》さまのおかげかしら。そして、第三に……」

と言いかけたところで、先生は突然恥ずかしそうにうつむいて口をつぐんだ。

「第三に⁉」

教室の生徒たちは一斉に身を乗り出して唱和した。

「マリヤ・アレキサンドロヴナ先生、第三に何なんですか⁉」

先生はひどくあわててしどろもどろになった。

「たたたた大したことではありません。というか、二つのことを言うつもりが、間違って三つと言ってしまっただけです」

明らかに取り乱していて、取り繕おうと話題を転換した。

「それよりも、今日のテーマは眼球の構造でしたね。眼球の各機関の働きは、写真機に似ています。というよりも、人間は眼球をなぞって写真機を製作したのですね」

先生が取り繕おうとするほど、余計に知りたくなるのが人情だ。

「そんなことより、先生、さっきの続きを言って下さい。第三に、何なんですか⁉」

先生は生徒たちの質問を無視して話を続ける。

「眼球の中で、写真機の第一レンズ、第二レンズにそれぞれ相当する役割を果たしているのは何でしょう？　ジョルジック、答えて下さい」

ジョルジックは質問には答えずに、食い下がった。

「先生、その前に、先の話を完結させて下さい」

教室中がジョルジックに加勢した。

「そうです、マリヤ・アレキサンドロヴナ先生、第三に、の続きを言って下さい」

追い詰められた先生は、ヤスミンカに助けを求めた。ヤスミンカだけは、クラスのみなに唱和せず、ひとり涼しい顔を決め込んでいたからだろう。

「眼球において第一レンズ、第二レンズの役割を演じているのは、何という器官ですか、ディズダレービッチ」

ヤスミンカはすぐさま立ち上がって、スラスラと答えた。

「はい、第一レンズの役割を果たしているのは角膜、第二レンズの機能を果たしているのは水晶体です」

「よろしい。その通りです」

先生にそう言われてヤスミンカは腰を下ろしかけたのだが、何を思ったのか再び立ち上がった。

「あくまでも私の想像なんですが、先生がおっしゃりたかったのは、次のようなことではありませんか」

「はあ」

マリヤ・アレキサンドロヴナも生徒たちも虚を突かれて間が空いた。その隙を突くようにヤスミンカは顔色一つ変えることなくサラリと言ってのけた。

「第三に、もしほんとうにターニャがそう思っているのなら、そのうち必ずガッカリしますよ」

そして腰を下ろした。五、六秒ほどの沈黙に続いて教室全体が振動するような笑い声が響き渡った。マリヤ・アレキサンドロヴナも顔を真っ赤にして笑い転げている。どうやら図星だったみたいだ。

ヤスミンカは、ひとり爆笑の渦の外にいたけれど、茶褐色の瞳《ひとみ》を悪戯《いたずら》っぽく輝かせている。

「可愛くないねえ。可愛くないけど、面白い子だ」

傍らでリッツァが呟《つぶや》いた。

そして、この事件を機にクラスメートたちとヤスミンカの距離は急速に縮まった。

いや、距離が縮まったという言い方は、正確さに欠けるかもしれない。常に冷静で誰に対しても何事に対しても程良い距離を保った覚めた目で、ちょっと嘲笑《ちょうしょう》するように見つめるヤスミンカの性格は少しも変わらなかったからだ。

でも、そういうヤスミンカの個性そのものを、クラスメートたちが愛《いと》おしくかけがえのないものとして認めるようになったのだ。

私もヤスミンカに惹《ひ》かれながら、皆と同じようにそれ以上に距離を縮められずにいた。

ところが、ある日ヤスミンカの方から、私に近付いてきたのである。

それは、一月も半ばにさしかかった頃だから、ヤスミンカが転校してきてから一月半ほど経っていた。去年のブーツが小さくなっていたため、バッラフ広場近くのデパートに新しいブーツを買いに行った私は、入り口のところで背後から、

「マリ、マリでしょう」

という声に呼び止められて振り返った。ヤスミンカが息を弾ませていた。

「ああ、良かった。市電の停留所で見かけて追いかけてきたのよ」

「………」

驚いたのと嬉《うれ》しいのとで声が出なかった。

「買い物なのね、付き合っていい?」

「も、もちろんよ。ブーツを買うの。ヤスミンカは絵心があるから選ぶの手伝って」

「ヤースナと呼んで」

「ヤースナ?」

「ヤスミンカの愛称はヤースナ。この方が気に入ってるの。だって、あたし、ジャスミンの花って柄じゃないでしょ」

「うんうん、ヤースナって言うと、『明るい』とか『ハッキリしている』っていう意味になるから『頭脳明晰《めいせき》な』ヤースナにはピッタリだ」

「面と向かってお世辞なんか言わないでよ」

「お世辞なんかじゃないよ。ほんとうにそう思ってるんだ」

「何だかこそばゆいなあ。それより、ブーツ見ようよ」

二階の靴売場に入ったとたん、ヤースナは即断した。

「この黒いのがいい。マリの髪も目も黒いから、どんな服にもコーディネートがしやすい。それに、デザインもゴチャゴチャしていない。まっ、決めるのは、マリだけど」

「ヤースナはほんとうにヤースナ（明快）だね」

「というよりも、社会主義計画経済のおかげでしょ。選択肢が極端に限られてんだもの」

「そうだね、ハハハハハ。黒いブーツ、ここには三通りしか置いてなかったね」

ヤースナは声を立てて笑いはしなかったけれど、茶褐色の瞳を悪戯っぽく輝かせていた。

「ねえ、帰りにうちへ寄らない？」

ブーツを抱えてデパートを出てきたところで、ヤースナは遠慮がちに尋ねてきた。直接口をきいたのは、ほとんど今日が初めてというぐらいなのに、買い物に付き合った上で、自宅にまで誘ってくれるとは。

「驚きだ。ヤースナって、すごくクールで大人の女ってイメージが行き渡っているから、こんなに人懐こい性格だったなんて、クラスのみんなに話しても信じてもらえないよ」

「まとわりついて迷惑?」

「ううん、逆、逆」

「良かった。でも、誰彼の見境なく人懐こいわけじゃないよ」

ヤースナの悪戯っぽく輝いていた茶褐色の瞳に影が差したような気がした。ちょっとあわてた。

「ありがとう。すごく嬉しい。私も初めてヤースナがクラスにやって来た日から、ずっと惹かれていたから。でも、近寄り難くて躊躇《ためら》っていたら、ヤースナの方から声をかけてくれたでしょう。言葉にならないほど嬉しかったんだよ」

「マリには、私と同じ種類の孤独を嗅《か》ぎ付けたの」

いきなりこちらの心臓を鷲摑《わしづか》みにされて面喰《めんくら》った。やっとのことで聞き返した。

「孤独?」

「そう。どうしようもない孤立感」

鷲摑みにした心臓をヤースナは揺さぶる。そうだ。ヤースナの言うとおりだ。私がヤースナにたまらなく惹かれたのだって、ヤースナの孤高に対してだったのではないかと思えてきて、言葉に詰まった。

ヤースナはなおもたたみかける。

「学校通うの辛《つら》くない？」

「分かる？」

ヤースナは私から目をそらせるように横を向き、声を出さずに頷《うなず》いた。ヤースナも学校に通うのが辛いのだ。そうに違いない。でも、そのことをいちいち確認することはない、と思った。このテーマでヤースナと話しても袋小路に陥るのは目に見えていた。話して解決するものではない。むしろ、話せば話すほど絶望的になるだけだ。

一九六三年だった。この年は、私にとって生涯忘れられない特別な年である。部分的核実験停止条約をめぐる中国共産党とソ連共産党のあいだの意見の相違が表面化した年……。両者のあいだは、ほんとうはもっと以前から異常だった。ソビエト学校には、当時社会主義体制に組み込まれていた国すべての子どもが通ってきていた。兄弟社会主義国中最大の中華人民共和国からの子どもだけが、なぜかひとりもいなかった。以前は中国人の子弟が通って来ていたという。それが、私と妹が編入する前年に、一斉に退学していったらしい。教科書には、フルシチョフと毛沢東が手を取り合って微笑み、その背後に両国の国旗が翻るというポスターのような挿絵があって、その下に「ソ連と中国両国人民の兄弟愛よ永遠なれ！」と記してあった。でも、教師は、その頁を、あたかも存在しないかのように、授業ではまったく扱わなかった。それでも、メーデーや革命記念日のたびに、国際共産主義運動の一枚岩の団結が声高に叫ばれていた。しかし、「万国のプロレタリア、団結せよ！」というスローガンの裏で、どうも深刻な対立が両国間に生まれているらしい、それを懸命に取り繕っているらしいことは明白だった。各国共産党の国際交流機関であるはずの、父の勤める編集局からも、すでに中国代表は去っていた。

事態が一気に表面化し、急速に悪化の一途をたどり始めたきっかけが、一九六三年に発効した部分的核実験停止条約をめぐる対立だった。西側諸国に対して、体面上必死に掲げられていた中ソの「団結」という看板は、ここにきて完全に吹っ飛ばされ、今まで抑制していた故に積もりに積もったお互いに対する不満が堰《せき》を切って怒濤《どとう》のごとく溢《あふ》れ出した。部分的核実験停止条約そっちのけで、国際共産主義運動における指導権争いの様相を呈してくる。

ソ連とソ連衛星国だったチェコのマスコミは一斉に反中国キャンペーンを繰り広げ、内容はどんどんエスカレートしていった。ホーム・ルームの時間でもテーマはこの一点に集中した。私は生きた心地がしなかった。妹も学校から帰るとひとりでベッドに突っ伏して泣いていることが多くなった。

というのも、この時点で日本共産党は、部分核停に反対する立場を明確にしていた。国際共産主義運動がソ連派と中国派に色分けされ始めたこの頃、日本共産党は中国派とみなされた。そして、私の恐れたとおり、ソ連共産党と日本共産党のあいだの論争もまもなく公然化した。

毎日、ソ連人の子どもたちと机を並べて学んでいた私は、ソ連共産党機関紙『プラウダ』と日本から半月遅れで届く日本共産党機関紙『アカハタ』とを目を皿にして読み較べた。お互いを罵《のの し》り合う、その憎悪の激しさにショックを受けた。

一三歳の少女の目から見ても奇異に映ったのは、双方、相手の書簡や論文を掲載せずに、つまり読者の目からは隠したまま、その内容を口を極めて非難していることだった。そんなに、ひどい内容ならば、公開して読者の判断に委ねたらよいのに、と思えて仕方なかった。また、マルクス、エンゲルス、レーニンの文献からの引用がむやみやたらに多いのも異様だった。双方、自己の正しさを主張するのに、自分の都合の良い部分を引いてきては得意になっているのだが、今の現実に照らしてどうか、ということのほうがはるかに重要なのではないか。なぜ、差別無き平等な理想社会を目指して闘う仲間同士のはずなのに、意見が異なるだけで、口汚く罵り合い、お互いが敵になってしまうのか。それが、どうしても理解できなくて絶望的に悲しかった。

しかし、在プラハ・ソビエト学校当局と先生方は、それに大多数の保護者たちは最大限配慮してくれた。中国共産党非難のほうは、日を追うごとに激しくなっていくというのに、日ソ共産党論争については、授業で扱うことを一切しなかった。イデオロギー論争における自国と自国の党の正当性を子どもたちに教え込むことよりも、子ども同士の人間関係のほうを優先して考えてくれたのではないだろうか。だから、この問題で虐《いじ》められたり、仲間はずれにされたりすることは一度もなかった。

それでも、毎日学校に通うのが苦痛になってきていた。一部のソ連人の子どもたちは、親から言われてのことだろう、明らかに私や妹との距離を取り始めていた。こちらの思い過ごしかもしれなかった。しかし、そのことを相談する相手はいない。誰もが、日本とソ連の共産党間の論争など存在しない振りをするという配慮をしていたのだから、こちらもそのことを気にかけているという素振りは見せられなかった。

いつのまにか、私は些細《ささい》なことをいちいち気にかける神経質で傷つきやすい人間になっていた。それを周囲に悟られないよう最大限気を張っていたというのに、ヤースナはひと目で見抜いたのだ。

それは、ヤースナも似たような立場に置かれていたからだ。ソビエト外務省が経営する学校では、私が転校した一九六〇年初頭から六三年の半ばぐらいまでは、「ユーゴスラビアは兄弟社会主義諸国の一員ではない」「社会主義を騙《かた》るほとんど資本主義国である」という見方が常識となっていた。ユーゴスラビアに関して書かれた新聞記事や雑誌の評論には、ユーゴスラビア連邦初代大統領チトーは、「修正主義者」とか「日和見主義者」という枕詞《まくらことば》付きで登場した。裏切り者扱いだった。父の本棚にあった書物からも、日本共産党がユーゴスラビアとその指導者チトーに対して決して好意を抱いていない、むしろ敵対勢力と見ているのは明白だった。

中ソ論争が激しさを増す中で、ソ連人の対ユーゴ観も急速に変わってきてはいた。それでも、中国憎しのあまり、それまでの敵ユーゴスラビアが相対的に可愛く見えてきたという程度であった。社会主義の正当な道から逸脱した落伍者《らくごしゃ》であるという見方は変わっていなかった。

私がヤースナに近付きたかったのは、ヤースナ自身の魅力もさることながら、もうひとつの理由が明らかにあった。世界の共産主義運動の中で、左派に位置すると見られる日本共産党員の娘である私が、最右翼に位置すると思われているユーゴスラビア共産主義者同盟員の娘のヤースナと仲良くなることで、論争と人間関係は別なのだということを、なんとしても自分と周囲に示したかった。ヤースナにその意志があったかどうかは分からないが、私には明確にそういう思いがあった。

ヤースナは、突然声の調子を思いっきりあげて、沈んだ空気を突き破ってくれた。

「それじゃ、私の家に立ち寄ってくれるのね」

「もちろん」

私も声の調子を陽気モードに切り替えて応じた。

「じゃ、全速力で走ろう。ほら、七番電車がちょうど停留所へやって来るところだ」

二人で石畳の街路を駆け抜けて出発直前の路面電車にすべり込んだ。乗り込んでからも、電車がレトナの丘を登っていく間中二人ともハーハー息を弾ませていた。時々視線が合うと、ヤースナは茶褐色の瞳《ひとみ》を悪戯《いたずら》っぽく輝かせて微笑む。

電車がレトナの丘に登りきったところの停留所で降りた。各国の在外公館が並ぶ高級住宅街の一角にヤースナの家はある。五階建ての建物の二階のワンフロアー全体が、ヤースナの一家のフラットだった。

「大使館から割り当てられたのだけど、昔の商人のフラットだったみたい。九つも部屋があるの。でも、うちは四人家族でしょう。ママが掃除や手入れが面倒だからって、五部屋しか使っていないのよ。客間や応接間は閉めっぱなし。すごいキンキラキンの成金趣味で恥ずかしいってこともあるの。でも、見学する？」

「うん、面白そう」

真っ赤な壁紙を張り巡らした客用ダイニングルームの食卓も椅子もこれ見よがしのロココ調の猫足だった。応接間は壁も飾り棚も鏡になっている。

「あらあら、お客さん？」

ヤースナをタップリと太らせて老けさせたらこんなになるだろうという顔が鏡の中からのぞいた。

「ママ、話したでしょう。日本人のマリ。クラスで今のところ唯一の友達」

「ちょうどよかった。おやつができたからいらっしゃい。ヤスミンカは紅茶を淹れてね」

ダイニング・キッチンに通されて、赤と白のギンガムチェックのクロスが敷かれたテーブルについた。ヤースナが淹れてくれた紅茶は濃すぎて苦いことこの上ない。

「ヤスミンカときたら、またまた紅茶の葉っぱをケチりすぎたんじゃなくて⁉」

「へえーっ、ユーゴ風の紅茶の淹れ方ってずいぶん濃いんですね」

「イヤだ、マリ、これはママ特有の冗談だってば。ママこそ、最近痩《や》せすぎじゃないの⁉って具合に言うのよ」

「ハハハハ、そう言えば、この紅茶薄すぎるわね」

「そうそう、さすが飲み込みが早い」

「あら、ヤスミンカ、銘々皿が大きすぎやしませんか⁉」

ヤースナはあわてて卓上にあった小皿を片付け、食器棚から大きめのお皿を出して並べた。そこへ、ヤースナのママがオーブンから取り出した熱いプレートを運び出してきてテーブルの中央へ置いた。焦げ目のついたパイがジュージュー音をたてている。

「さあ、好きなだけ取って召し上がれ」

パイの詰めものはカッテージチーズで、それに蜂蜜入りのシロップをかけて食べる。ものすごく美味《おい》しい。

「ヤースナのママはお料理が上手ね」

「退屈しのぎなのよ。国では体育の教師してたのに、パパの赴任先に付き添って来たら、ここでは外交官夫人を演じなくてはならないでしょう。まったく性に合わないらしいの。

それで、ご覧のとおり、どんどん痩せ細っているというわけ」

「ヤースナのパパはユーゴスラビア連邦の在チェコスロバキア大使なの？」

「大使じゃなくて、公使」

「夫は、中国大使になれって外務省に言われたんだけど、嫌だと言って断っちゃいましてね。なぜだと思います？」

なぜかと言われても困る。中国共産党とユーゴスラビア共産主義者同盟は共産主義陣営内では水と油のような相容れない関係にあることは知っていた。だが、まさか、そんなことを理由に大の大人が赴任を断るはずがないだろうし。

「フフフ、あの人はヘビやカエルを食べるのは、死んでも嫌だ。でも、外交の宴席で出た料理を大使が食べないわけにはいかない。だから、自分は中国大使に相応《ふさわ》しくないという結論に達したんですよ。それで、こちらに赴任したんです」

「今帰った」

キッチンの扉が開いて、背の高い痩せぎすの紳士が立っていた。

「あらあら、噂をすれば……」

紳士は私に気付くとサッと近寄ってきて、右手を左胸に当てて敬礼したうえで、

「お目にかかれて光栄です。ヤスミンカの父です」

と名乗ると、私が差し出した手の甲に恭しく口付けした。それから、また胸に手を当て

て一礼すると、キッチンを出ていった。こんなに丁寧に大人の男の人に挨拶《あいさつ》されたのは、生まれて初めてだ。

「クックックッ」

必死で笑いを堪《こら》えていたらしいヤースナとヤースナのママが吹き出した。

「マリ、びっくりしたでしょう」

「うん、冗談じゃないかと思った」

「パパはあれでも必死なのよ」

「あの人ときたら、外務省で受けた研修内容を律儀にそのまま暗記して、暗記したとおりに精一杯やってるのよ」

「なにしろ、パパはパルチザンあがりの山猿だから」

ヤースナが、そのことを心から誇りに思っているのが見てとれた。

「パパは一五歳でドイツとウスタシュに抗して闘うパルチザン隊の一員になったのよ」

「ウスタシュって何?」

「それはね、ドイツに占領されていた当時、ドイツに全面協力して、その傀儡《かいらい》役を果たしたファシスト組織の名称だ」

いつのまにか、部屋着に着替えたヤースナのパパの声だった。ヤースナのパパは、右手を胸に当てて恭しく尋ねた。

「お嬢さん、腰掛けてもよろしいですか？」

私の了承を得たうえで、私の斜向《はす》かいに座ると、紅茶を飲んだ。それからおもむろに語り始めた。かなり訛《なま》りのきついロシア語だったが、話が進むほどにちっとも気にならなくなった。

僕が、なぜ一五歳の若さでパルチザンに加わって山に入ったか、そのきっかけになった出来事をお話ししよう。ちょうど、僕がマリさんやヤスミンカと同じぐらいの年頃に起こったことだからね。

それは、ボグダーノビッチ先生のおかげなんだ。僕の通っていた中学の教師で、風采《ふうさい》の上がらない初老の男だった。頭頂部が禿《は》げ上がっていて側頭部にわずかに銀髪の塊が残っていたかな。灰色の瞳に丸眼鏡をかけていた。いつもゆっくりと小さな声で授業を進めた。時々、口をつぐんで人生に疲れ果てたような眼差《まなざ》しをわれわれ生徒たちに向けたものだ。先生に見つめられると、僕たちは一瞬だけ静まりかえった。でも、それは長くは続かない。先生が再び口を開き、何か珍しい昆虫の生態について説明を始めるや、前の座席のオグニクは僕の方を振り向いてビー玉を投げつける。僕は僕でフクロウの鳴き真似を始める。

ボグダーノビッチ先生はまた説明を中断して、顔を上げる。

「静かに」

声には出さないが、灰色の目がそう言っていた。

なぜ、声を出さないのか、叱りつけないのか、どうも陰険な感じがして、僕はボグダーノビッチ先生を好きになれなかった。虫が好かないという言い方がピッタリかもしれない。僕がボグダーノビッチ先生の授業で悪戯をしない日は無かったと思う。きっと、どうしても先生を本格的に怒らせたかったんだね。

ある日、僕は学校に壊れたフライパンを持ち込んだ。真ん中に大きな穴が開いていてフライパンとしては寿命が尽きていたが、僕にとっては好都合だった。フライパンの縁に沿ってスプーンの先を走らせると、キーンギコギコと耳障りな音がする。

机の下でフライパンとスプーンを操作しながら、僕は大真面目な顔をして先生の話に聞き入っている風を装った。先生はテントウムシの生態の話をしていたが、僕は真剣さを強調するために、右手で頬を支えた。フライパンは机の下の板の上に載せてあり、左手で持つスプーンの先でフライパンの縁をなぞっていた。

ボグダーノビッチ先生は、物音に気付いていぶかしげに首を傾げ、話を中断した。しばらく鳴り止まない物音に聞き入っていた顔が怒りの表情を見せた。首筋から耳の付け根、耳たぶがみるみる赤くなっていく。僕はザマアミロという心境で、なおも左手の動きを止めなかった。

いつのまにか、ボグダーノビッチ先生は僕の正面に立っている。罵倒《ばとう》されるのを覚悟して立ち上がった。どんな罵《のの》り言葉が飛び出してくるか、楽しみでさえあった。先生の口元は震えていた。怒りのあまり興奮していたのだと思う。やっとのことで出てきた台詞《せりふ》は途切れ途切れだった。

「キッキッキッキミは、何なんだ、それは!?　機関銃か!?」

それだけ言うと、きびすを返して教壇の方へ走っていった。それから先生はクラス日誌を開いてペンを手にした。ペン先は赤いインク壺《つぼ》に浸された。

「キミに関しては、ここにクレームを書き込ませてもらうよ」

そう言う先生の声は今にも泣き出しそうだったし、灰色の目には涙が光っていたような気がした。その一瞬、僕は先生が可哀想になった。悪かったと反省もした。でも、それは、ほんの一瞬のこと。次の瞬間には、すでにボグダーノビッチ先生を呪っていた。

「ふん、嫌なヤツだ。やり方がいつものとおり、陰険だ。直接叱りとばせばいいものを、何でクラス日誌なんぞに書き込まなくてはならないんだ。こんなことされたら、体罰好きの担任にむち打たれるのは目に見えてるし、親にも通達されてしまう。親父からも殴られる。それに年間成績にも響くじゃないか」

僕にとっては運命の言葉を日誌に書き込むペン先が震えているのを見つめながら、そんなことを思った。

「座りたまえ」

ボグダーノビッチ先生は、ペンを置くと落ち着きを取り戻した声で言った。

「日誌に書き込んでおいたから、担任の先生がキミをしかるべく罰してくれることだろう」

僕は席に着き、先生は何事もなかったかのように先ほどのテントウムシの話を続けた。僕は今度はまるで石像のようにビクともしなかった。胸のところで腕を組み、先生の口元を凝視していたが、その口元から発せられているらしい言葉はなにひとつ僕の耳に届かなかった。

それからは薄氷を踏むような毎日が続いた。担任教師の授業時間中は、木の枝にぶら下がった枯れ葉のようにせわしなく震えていた。担任がいつあの頁を開き、ボグダーノビッチ先生の書き込みに気付いて、僕に罰を与える瞬間が訪れるのかを戦々恐々として待ち受けていた。意識の中では何度も、教室の黒板の前に呼び出され、ズボンを脱いで尻《しり》を出すよう命ぜられるまでの場面を反芻《はんすう》した。

一週間もすると、僕の神経はヘトヘトに疲れ果て、僕はほとんど病人だった。なのに、担任教師には一向に僕を罰する気配が感じられなかった。それは、恐怖だった。恐ろしくて気が狂いそうだった。

それとともに、ボグダーノビッチ先生に対する僕の憎しみは日増しに膨張していった。

ある晩、僕は耐えきれなくなって町はずれのボグダーノビッチ先生の自宅近辺まで足をのばした。大きな菩提樹《ぼだいじゅ》の木陰から先生の部屋の窓めがけて石を投げつけた。命中してガシャンとガラスの割れる音が辺り一帯の静寂を破った。

翌日の夕刻、再びその家の前まで行き、割れたガラス窓に新聞紙があてがわれているのを確認して満足した。

「お前なんか、凍えて風邪をひいちまえばいいんだ！」

心の中でそう叫ぶと、僕は駆けだした。ちょうど雨が降り始めてまたたくまに雨足が強くなっていく。風が錆色《さびいろ》の雨雲を強引に追い立てていく。その風が突然僕の割った窓に向かって襲いかかり、窓の中に風を入れまいと惨めに頑張る新聞紙を叩《たた》き始めた。

これで、ボグダーノビッチ先生と僕との拘《かかわ》りは終止符を打ったはずだった。少なくとも、僕の心の中では落とし前がついていた。ところが、まだ続きがあったんだ。

半年後の五月、学年度が終わりに近付いていたある日、ボグダーノビッチ先生の授業中、武装した五、六人のウスタシュの男たちが突然教室になだれ込んできて、全員を校庭に追い立てた。先生方は、生徒たちの身体検査をするよう命じられた。ボグダーノビッチ先生は、僕たち一人一人のそばへ来て上着やズボンのポケットをひっくり返すように命じ、身体を手でまさぐり、靴を脱いでみせるように言った。僕の隣には、ヨワンカという少女が立って震えていた。先生が近付いてくるほどにヨワンカの震えは激しくなった。ついに、先生がやって来てポケットを裏返すように命じた。ヨワンカの右のポケットは空だった。左のポケットからはくしゃくしゃに丸められた紙切れが出てきた。

「先生、お願いです。私を突き出さないで」

ヨワンカはか細い声で言った。先生は丸められた紙切れを引き伸ばした。僕は紙切れに視線を走らせ、そこに赤い星のマークがあるのに気付いた。あれは、パルチザンのマークだ。先生は、落ち着き払った様子で紙をたたみ自分のポケットに突っ込んだ。それから、何喰わぬ顔をして僕の次にオグニクの身体検査をした。クラス全員の検査を終えると、先生は武装した人たちのところへ行って、報告した。

「いま見た生徒たちには何もありませんでした」

他の教師たちの報告も同じだった。

「そんなはずはない！」

将校と思《おぼ》しき人が声を荒らげた。

「それでは誰が校内にビラを持ち込んだんだ!?」

将校は考え込むようにうつむいたが、すぐに顔を上げてニンマリと微笑《ほほえ》んだ。

「では、先生方の身体検査は手前が承りましょう」

僕は身体が強《こわ》ばった。ヨワンカの震えがさらに激しくなった。

将校はまず数学教師、次に化学教師を、さらに数人の教師たちを検査していき、ついに生物学のボグダーノビッチ先生の番になった。ポケットを裏返すよう命じられた先生は命令に従った。黒っぽい背広の生地にポケットの裏地の明るい色が浮き立ったと同時に、紙の塊がズボンの縫い目に沿って地面に落ちていった。将校は腰をかがめて紙切れを拾い拡げた。

「先生、これをどの生徒さんから見つけましたか」

「それは、私が持ち込んだビラです。生徒から取り上げたものではありません」

生徒も他の先生方も解散を命じられたが、ボグダーノビッチ先生は連行されてしまった。なぜ、先生が生徒の罪を被《かぶ》ったのか、僕には分からなかった。それが分かったのは、五日後、もう先生がこの世から消されてしまってからだ。そのときになって、やっと分かったんだ。先生がヨワンカのことも僕たちのことも僕のこともとっても愛してくれていたってことをね。

僕は、それからというもの、先生が書き置いたコメントに担任が気付いて僕を罰してくれるのを心の底から待ち望むようになった。でも、その気配は一向にない。

ある日、意を決して担任に尋ねてみた。担任の先生は日誌の頁を一枚一枚めくりながらくまなく見渡した上で、言った。

「何かの勘違いではないかね。キミについては何も書き込まれてないよ。理由もなく罰するわけにはいかんからねえ」

目の前が真っ暗になった。足の力が抜けて倒れそうになった。取り返しのつかないことをしてしまった無念さは、今も僕の胸にある。

中学を卒業して迷うことなくパルチザン隊に入ったのは、先生を殺した奴らがわれわれを支配し続けることに我慢ならなかったからなんだ……。いや、ずいぶん昔のことをつい長々とお聞かせしてしまった。


ヤースナの父は恥ずかしそうに口をつぐんだ。その目は心なしか赤くなっていた。

「あらあら紅茶が冷めてしまったわ」

ヤースナのママはタップリした体を揺すりながら立ち上がり、ガスコンロの方へ向かった。そこへ男の子が飛び込んできた。学校でもよく見かける、絵本の中から抜け出してきたみたいに可愛らしい少年。ヤースナと同じ茶褐色のクリクリッとした目をしている。

「ワーッ、僕の分まだあるうーっ？」

「ドラガン、お客様よ」

男の子は神妙な顔つきになって、私の前までやってくると、先ほどヤースナのパパがやったのと同じ礼儀作法をなぞった。右手を胸に当てて会釈し、私の手の甲に口付けをして名乗った。

「ドラガンといいます。ヤスミンカの弟です」

「私は、マリ。あなたもお国の外務省で研修を受けられたのですか？」

「ハハハハハ」

ヤースナもヤースナの両親も体を震わせて笑い出したのに、ドラガンはなんでそんなことを尋ねられたのか分からないらしくキョトンとしている。そのドラガンを可愛くてたまらないという様子で見つめながらヤースナとヤースナの両親は笑い続ける。お湯が沸騰してやかんがピーッという音を発しなかったなら、三人はさらに笑い続けていたかもしれない。

「マリ、紅茶を持って私の部屋に行きましょう」

茶碗《ちゃわん》に熱い紅茶が行き渡ったところで、ヤースナの家族に挨拶《あいさつ》をしてキッチンを出た。

それがヤースナの一家四人全員がそろった形で私がともに過ごした最初で最後だった。太めで陽気なママとやせ形で生真面目そうなパパ、聡明《そうめい》でしっかり者のヤースナとやんちゃで甘えん坊のドラガン。ほんのわずかな時間だったが、お屋敷街の高級アパートには似つかわしくない質素な、でもとても居心地の良さそうな暮らしぶり、飾らない温かい人間関係が見てとれた。

「いい家族だね。幸せな家族だ」

二人になってから私の実感をそのまま声にした。

「トルストイなら小説化してくれないようなね」

と言って、ヤースナは『アンナ・カレーニナ』の冒頭の文章を口にした。それからおもむろに顔を寄せてきて囁《ささや》いた。

「でもね、ママは実は自殺しなかったアンナ・カレーニナなんだなあ」

ドギマギしたけれど、次の瞬間、そう言えば、ヤースナのママは、今よりももう少しほっそりしていたら、かなりな美女だっただろうなあと思えてきた。

「その顔は信じたわね」

ヤースナの目は悪戯《いたずら》っぽく輝いている。

「なんだ、冗談か」

「フフフ、当たり前じゃない」

ヤースナの個室は、三方を作りつけの本棚に囲まれ、一方が中庭に面した窓になっている五メートル四方ほどの真四角な部屋だった。

「本来は、パパの書斎とすべきなんだろうけど、パパの書斎は大使館にあるから、私が使わせてもらうことになったの……。マリは何教徒？」

ヤースナは、さりげなく意外な質問をしてきた。

「エッ」

「信じている宗教はある？」

面喰らってしまって首を横に振るのがやっとだった。ヤースナは本棚のガラスの扉を開けて中から何か取り出しながら、なおも尋ねる。

「信じている神様はいる？」

また首を横に振ってから、ようやく声が出た。

「ヤースナはいるの？」

「私の神様は、これ！」

目の前に突き出されたのは、本の頁だった。画集の一頁。私もよく知る絵がある。大胆な対角線が絵をクッキリと真っ二つに区切っている。青い部分とレンガ色の部分に。

「これは……」

「そう。ホクサイ。私の神様はマリの同胞ってこと」

「うんうん。ヤースナの絵を初めて見たときに、何だか不思議に懐かしい気持ちになったんだ。その謎が今解けたよ。でも、この画集、印刷悪いね」

画集の表紙には、『浮世絵—中世日本の木版画』とドイツ語で印刷してあった。

「このあいだ、家を訪ねてきた日本からの旅行者がお土産に持ってきた絵はがきの方が、色をもう少し忠実に再現していると思うよ。明日、学校に持っていく」

ヤースナは身を乗り出した。茶褐色の目は真剣そのものだ。

「今すぐにも見たい」

「じゃ、行こう」

「わーっ、夢みたいだ」

ヤースナの両頬はみるみる上気してきた。その興奮が伝染したのか、私も心と体がじっとしていられないくらいに浮き浮きしてきた。二人で玄関を飛び出て、キャッキャッと階段をはしゃいで駆け下りながら外套《がいとう》を羽織った。

空はすでに夜の重ったるい帳《とばり》に覆われかけていたけれど、二人のステップは軽やかだった。ヤースナの家からは路面電車で二駅あった。でも弾む心を抱えながら停留所で電車を待つのは耐えられない。自然に二人とも徒歩で行く道の方を選んでいた。枯れ葉があちこちに散らばる石畳を足早に踏みしめながら、時々顔を見合わせて微笑みを交わす。私のアパートがある十月革命広場が見えてきたところで、ヤースナが突然私の肘《ひじ》をつかんだ。

「マリ、ごめんね」

しんみりした声である。

「どうしたの、いきなり?」

「だって、マリに近付いたの、こういう下心があったみたいで恥ずかしいよ」

そんなこと言われると、否応もなく、ヤースナよりもっと不純な下心が自分にあったのを思い出し、身の置き所がなくなってうつむいた。

「マリ、ごめん。やっぱり気分、害した? 悪かった。でも、今の私にとっては、ホクサイの絵よりもマリの気持ちの方が一〇〇万倍大切だからね。だから、今日はいいよ」

「いいよって？」

「帰るよ」

「何言ってるのよ。絶対に、絶対に見に来てくれなくちゃ嫌だ。私の同胞の画家を崇拝してくれるなんて、これほど嬉《うれ》しいことないに決まってるでしょ。来てくれなかったら、その方がずっと気分を害するよ」

「ほんと？」

「ほんと。それにね。私の方こそヤースナにつまらない動機で近付いたのだもの」

私はヤースナに、親たちの属する党の立場が対立しているみたいだけれど、私はそんなことに縛られない人間関係を作れるんだと自分と周囲に示したかったのだということをひどくまとまりなく話した。話しながら十月革命広場の街灯がすでに点《とも》っているのに気付いた。街灯の光が風景ににじむように広がっていく。

「泣かないでよ、マリ。私も悲しくなっちゃう」

ヤースナが肩を抱いて頬を寄せてくる。

「いつまで続くんだろうね、この仲違《たが》い。でも、マリとはずっと友達でいようね」

そう言うヤースナの頬も濡《ぬ》れている。それに促されてさらに涙が溢《あふ》れてくる。でも、今度は嬉し涙も混じっている。どんなに悲しいことも一緒に悲しんでくれる人がいることは嬉しい。どんよりしていた心がサーッと晴れ上がっていく。

「さあ、ホクサイを見に行こう」

ほとんど立ち止まっていた二人は、駆け足でアパートの入り口に向かった。エレベータには乗らずに階段を駆け登る。ベルを押しても、反応がないのでポケットから鍵《かぎ》を出して扉を開けた。

「父は日本にもう三ヵ月間も帰国中なのよ。母はベルリンに滞在中。国際民主婦人連盟の事務局があるでしょう。そこで、日本の婦人団体の代表をやっているの。だから、今は妹と二人きりで住んでいるんだ。妹は今日友達と映画を見に行くと言っていたので、まだ帰っていないみたい」

「へえーっ、エライね。家事も全部自分たちでやるの？」

「基本的にはね。でも、週に二回、家政婦さんが来て、まとめて掃除洗濯して、お料理も作ってくれるんだ。それに、プラハに住む他の日本人の大人たちが、心配してしょっちゅう見に来てくれるんだ」

今までは、両親が長期間にわたって家を留守にする場合、私と妹は学校付属の寄宿舎に預けられていた。今回も、最初の一ヵ月間は、寄宿舎で過ごした。しかし、ソ連と日本の共産党間の論争が激しくなるにつれ、毎日のように日本共産党に対する非難が載る報道に接し続けているソ連人に囲まれて暮らすのは、耐え難くなっていった。両親が心配したように、あからさまに意地悪されたり、差別的な待遇を受けたりしたことは一度も無かったが、自分と妹を取り巻く輪がどんどん遠のいていくのが、分かる。

「寄宿舎を出たい」

私と妹が訴えると、二週間に一度の頻度でベルリンからプラハへ帰ってくる母は、何も言わずにすぐさま認めてくれた。それで、妹と二人で暮らすようになっていたのだった。

「ホクサイをどこにしまったか、これから家宅捜索するのに時間がかかるから、日本の緑茶を飲んでみる？」

「わーっ、信じられないくらいに嬉しい」

ヤースナをダイニング・キッチンの椅子に座らせお湯をわかす。緑茶が入った茶筒を取り出して蓋《ふた》を開けると、ヤースナは目を閉じて思い切り鼻から息を吸い込んだ。

「いい匂い。この香りを嗅《か》いだだけで、身も心も清らかになりそう」

「大げさね」

「マリ、それすっごい貴重品なんでしょう」

「エッ、どうして分かる？」

「マリの手つき顔つきから一目瞭然《りょうぜん》よ。匂い嗅いだだけで十分だから。しまいなさいよ」

「さすが、ヤースナ。でも貴重品だからこそ、ヤースナに飲ませたい。それに、もう、ほら、そうこうするうちにお茶が入ったでしょう。砂糖は入れないで、このまま飲んでみて」

「ああ美味《おい》しい！　これは、ずっと求めていた味のような気がする。私、前世は日本人だったのかもしれないね。ホクサイに惹《ひ》かれたのも、そのせいだ、きっと」

「ああ、そうだ。ホクサイ、ホクサイ」

さんざん探し回って、ようやく居間の戸棚の引き出しの中から赤い富士山を描いた北斎の絵はがきを見つけ出した。ヤースナに見せると、今までの反応からして飛び上がって喜ぶかと思いきや、黙ったまま立ちすくんでしまった。

「そうよ」

ようやく口元から漏れてきた声はかすれていた。

「そうよ、そうだったのよ。この色使いだったのよ」

「ヤースナ、それも印刷だよ」

「でも、元の色にかなり近いはず。それは直感で分かるのよ。ああ、本物が見たいよー」

「ヤースナにその絵はがき、あげる」

「嘘でしょ。そんなことしちゃダメだよ。ダメダメ」

「あのねえ、ヤースナ、これは絵はがきだから、金額の張るものではないし、日本でいくらでも買えるものなんだから、そんなに遠慮しないでよ」

「ほんと!?　ほんとにほんとにいいの!?」

「こんなに喜んでもらえる人の手元にあったら、絵はがき冥利《みょうり》に尽きることだろうし」

言い終わらないうちに、ヤースナは抱きついてきた。

「ヤースナは、きっと画家になるね」

「ちょっと違うんだなあ」

「エッ、ハズレ？」

「画家じゃなくて、ウキヨエのマスターになると言って」

そう言うヤースナの言葉も身体もピョンピョン飛び跳ねているようだった。学校で見るいつも他人を突き放すような嘲笑的《ちょうしょうてき》でクールなヤースナとはまるで別人だ。

この日からヤースナは、私にとって無二の友となった。

プラハで過ごした最後の一年間となった一九六三年秋から一九六四年秋にかけて撮られた写真を見ると、私の隣にはいつもヤースナが写っている。

美味しいものを食べても、面白い本や映画に出逢っても、真っ先にヤースナの顔が浮かぶ。ヤースナにとっても、私は最初に感動を分かち合うべき人になったみたいだ。新しい作品が仕上がると、まず誰よりも先に私に見せてくれる。新たな作品に取りかかるたびに、ヤースナは木版画や銅版画だけでなく新しい技術に挑戦していく。でもどの作品も独特のスタイルに貫かれていて、ひと目でヤースナのものだと見分けがつく。大胆な構図の抽象画なのに、具象画を見ているような錯覚を覚えるそのスタイルに私はますます惹かれていった。

日本に帰るために退学する一月ほど前から、思い出帳をクラスで回覧して、クラスメートがそれぞれ書き込んでくれることになった。ヤースナは、見開き二頁を使って、作品を描き込んでくれた。当然のようにまた新しい技術を試みていて、得意げに説明してくれる。

「絵の具を付けた歯ブラシでネットの上をこすると、絵の具がシャワー状になって紙に叩《たた》きつけられる。だから、予《あらかじ》め色ごとに型をくりぬいておくのよ。これは、ウキョエの技法と同じね」

鮮やかな赤と黄と青の幾何学模様が交差するその絵を見て、私は思わず叫んだ。

「これ、ヤースナの家に初めて行ったときにご馳走《ちそう》になったカッテージチーズを詰めものにしたパイの蜂蜜《はちみつ》和えだ!! ヤースナが淹れてくれた濃いめの紅茶。それにヤースナのパパとママとドラガンもいる。ヤースナのパパが話してくれたボグダーノビッチ先生もいる」

「良かった。マリなら判読してくれると思ってはいたけれど、こればかりは……」

「でも、ヤースナがいない！」

「その理由は、ここに書いておいた」

右側の頁に文章が綴《つづ》ってある。よく見ると、ロシア語ではない。

「これは、私の母語であるセルボ・クロアート語。マリのためにというよりも、私のために書いたの」

「何て書いてあるの？」

「それは内緒」

ヤースナは茶褐色の瞳《ひとみ》を悪戯《いたずら》っぽく輝かせた。一九六四年、二人が一四歳の秋だった。

＊　＊　＊

日本に帰国してから半年間は、手紙のやりとりが頻繁にあった。ヤースナに手紙を書くときも、ヤースナからの手紙を受け取るときも、思い出帳のヤースナの頁を開いた。そこに住所が記してあったからなのだが、自然とあの絵が目に飛び込んでくる。すると、ヤースナの家を初めて訪れたときの光景が浮かんでくる。絵の中にヤースナはいなかったけれど、ヤースナの顔は絵などなくても立ち上げることができた。そうか。ヤースナは、私の心の中にしっかりと居場所があるから、絵の中にいなくてもいいんだ。きっと、そのことを書いたに違いない。

思い出帳に綴られたセルボ・クロアート語の文章は、ロシア語とよく似た語が随所にあって、おおよその意味は理解できる。「愛《いと》しいマリ」という呼びかけで始まる文章には、「マリには別な友達ができる」「私のことを忘れる」と読みとれる箇所があって気になった。セルビア語の辞書を本屋で探したが、手に入らなかった。

そのうち中学三年に進級した私は、日本での学校生活に適応するだけではなく、高校進学のための受験勉強に取り組まねばならなくなり、文通が途絶えがちになった。六月に入り、夏休みでヤースナが一時帰国している三ヵ月間ほどは完全に音信が途絶えた。九月に新学期が始まるプラハに戻ったヤースナから手紙が届いた一〇月半ばには、私の方が受験モードに突入してしまっていた。

手紙には、いつもさらりとクールな文面のヤースナには珍しく、「寂しい」とか「マリのいない学校はつまらない」とかいう泣き言が書かれてあった。心に引っかかりながら、時間というよりも心の余裕がなかったせいで、私は葉書に四行ほどおざなりな慰め言葉を書き殴って投函した。このことは、いま思い返しても、身体中の血液がざわめき胸の中を砂嵐が吹きすさぶような焦燥感にとらわれる。

それからは、ヤースナからの手紙がピタリと来なくなった。心の片隅では、そのことが気になって気になって仕方ないのに、私は現実の生活に押し流されていった。

翌年の三月に進学先の高校が決まってから、ヤースナの最後の手紙を何度も読み返した。行間からヤースナの悲痛な呻《うめ》き声が漏れてきた。

これを九月に受け取ったときになぜこの声が聞き取れなかったのか。鈍麻していた自分の神経系を呪いながら、手紙を書いた。しかし、受取人転居先不明で一月後に戻ってきた。ヤースナが思い出帳に書き込んでおいてくれたユーゴスラビア連邦ベオグラード市の住所宛てにも手紙を出したが、これには何の反応もなかった。

リッツァに問い合わせたところ、八月になってようやく返事が来た。ヤースナがすでに前の年の一〇月にソビエト学校を退学してチェコの学校に転校していることを知った。転校してからほどなくして父親がエジプトに赴任したため、母親と弟は父親に同行したが、ヤースナは学業を途中でうち切るのが難しい時期にさしかかっていたため、そのまま通っていたチェコの学校の寄宿舎に入って、学年末まで通い、それからユーゴスラビアに帰国したということだった。しかも、リッツァはにわかに信じがたいことを書いてきた。

「マリ、ヤースナがソビエト学校を出ていく直前、九月の末に嫌な出来事があったの。あの冷静沈着なヤースナが新任の校長と正面衝突しちゃったのよ。黒板の前で発表していたヤースナは、校長の言動に怒り狂って、手にしていたポインターをバーンと床に叩《たた》き付けて教室を出ていってしまったの。ヤースナが退学届を出したのは、その二週間後だった」

あまりに信じがたい話だったので、間髪入れずにリッツァに説明を求める手紙を書いた。筆無精のリッツァが、それでも書いてきてくれた手紙の文面から、言葉足らずの断片をつなぎ合わせ、想像力で補いながら組み立てた状況は、次のようなものだった。

前の校長は温厚で根っからの民主主義者だったが、フルシチョフの更迭にともなうソ連指導部の右傾化を反映してか、学年が改まった九月にソビエト本国から赴任してきた新しい校長は、スターリン時代の亡霊かと思われるような威圧的な民族主義者だった。排外主義者と言った方が当たっているかもしれない。非ソ連人、とりわけソ連の衛星国からやって来た生徒に対しては、属領の民に対するような見下した態度で接した。スターリンに楯《たて》突いてコミンフォルムを追放されたユーゴスラビア共産主義者同盟のことは裏切り者扱いで、ヤースナとヤースナの弟には、ことあるごとに辛《つら》く当たった。ソ連の金で運営されている学校に、ソ連の敵国の子弟が通ってくるなんて許し難いということを、言葉の端々に臭わせた。

もちろん、先生方も生徒たちも大多数は、心の底からそんな校長を軽蔑《けいべつ》していたけれど、校長は学校という場では、一定の権力を持っていたから始末が悪かった。それに、一部のソ連人の子どもたちが校長の言動に便乗して嫌がらせをするようになった。ヤースナとヤースナの弟に対して聞くに耐えないことをはやし立てたり、スクール・バスに乗せなかったり。これは、心ある先生方や保護者からの厳重な抗議があって鳴りを潜めたが、陰湿な虐《いじ》めはあったのではないか。リッツァもヤースナは辛いだろうなあと思うのだが、ヤースナはいつも超然としていて、近付きにくいものだから、助け舟を出しにくかった。甘えてきてくれたら、いろいろ力になれたと思うのだが可哀想なことをしたとリッツァは述懐する。

ヤースナは、あからさまに校長を馬鹿にしきっていたし、何を言われようと聞き流していた。それが校長にはしゃくのタネで、ヤースナを貶《おとし》めようと機会をうかがっていたのではないか。

前の校長は、国際間のデリケートな問題は極力授業でもホーム・ルームでも避けるという方針だった。ところが、今度の校長は、積極的に取り上げてソ連共産党の方針に従わない国や党は非難断罪していく方針をぶちあげた。やたら張り切っていて、週に一度だけ現代史の授業まで担当することになった。それで、ユーゴスラビアが推し進める自主管理社会主義と非同盟外交について取り上げた。わざと、ヤースナを黒板の前に呼び出して、まず自主管理労組について説明させ、その一言一句にいちゃもんをつけていった。たとえば、

「働く者自らが経営と労働の全プロセスに主体的に関わっていくという、これは共産主義の理想に近付こうとする難しいけれどやりがいのある試みです」

とヤースナが言ったとすると、校長は、

「ふーん、理想はいいとして、その自主管理の工場で何を、生産しているんだ。後れた農業国のくせして、何が共産主義の理想だ。単に、ソ連邦に楯突いてアメリカからご褒美ひきだそうって腹だろう」

という具合だ。ヤースナは顔色ひとつ変えずに理路整然と話し続けていたが、そういうやりとりが、四、五回続いて、ついに堪《こら》え切れなくなって教室を出て行った。

ヤースナがよこした最後の手紙には、そういう具体的なことはなにひとつ記されていない。誇り高いヤースナらしい。しかし、先の文脈の中にこの手紙を据えてみると、一語一語が胸に突き刺さってくる。日付を見ると、九月末日だった。この事件の当日に書いた手

紙に違いない。ヤースナのことがたまらなく懐かしく不憫《ふびん》になって、思い出帳の頁を開いた。

「マリは私のことを忘れる」

と書かれてあるらしいセルビア語のセンテンスがむやみに浮き立って見えた。

＊　＊　＊

「去る者は日々に疎し」という諺《ことわざ》が自分にも当てはまるとは思わなかった。しかし、ヤースナとの関係はまさにそうだった。ヤースナと言葉を交わさない時間が一日以上続くことが耐えられなかったプラハ時代が嘘のようである。それでも、大学や大学院時代にユーゴスラビアからの留学生に逢ったりすると必ず尋ねることだけは怠らなかった。

「ヤスミンカ・ディズダレービッチという名の、私と同年輩の女性を知らない？」

相手は、当然のことながら聞き返してくる。

「その人は、何民族に属しているの？　ユーゴのどの都市に住んでいて、どの大学に通っているの？　それとも、もう働いているのかしら？」

もちろん、どの問いにもまともに答えられない。だいたいヤースナがユーゴスラビア人だってことは分かっていたけれど、何民族だったのかなんて考えてもみなかった。

「そうそう、セルボ・クロアート語を書いていたから、セルビア人かクロアチア人かもしれない。おそらくベオグラードに住んでいるはず。お父さんは、きっと今も外交官のはず。髪と瞳《ひとみ》は茶褐色で、スラリとしていて、とても頭がいいの。多分、芸術大学に通っているだろうと思うの」

あるとき、次のように聞き返してきた留学生がいた。

「それより、カトウ・ミヨコっていう日本人の女の子知らない？　すっごく可愛い子なんだ。音大の学生かな。東京に住んでるらしくて父親はどうやら大学教授」

「知らない。それだけのデータじゃ、分からないわよ」

と言いかけて、相手がウインクしているのに気付いた。心優しい彼は、私の質問がいかに馬鹿げているのかを、遠回しに気付かせてくれたのだった。

それでも、ユーゴからやって来た人と出逢うたびに、私は尋ねずにはいられなかった。

「ねえ、ヤスミンカ・ディズダレービッチという名の女性とお知り合いじゃなくて？」

いま思い返すと、なぜ手っ取り早くユーゴスラビア連邦の大使館に問い合わせをしなかったのかと悔やまれる。外交官だったヤースナの父親を突き止めやすかっただろうし、その線をたどれば、ヤースナに行き着いただろうに。きっと、ヤースナを探し当てることに、さほど真剣でも本気でもなかったのだ。ヤースナを、はるか遠い少女時代の良き思い出の中に仕舞い込んでしまっていたのだ。

ヤースナのことを本格的に探し始めたのは、あの凄惨《せいさん》な戦争が始まってからである。

民族紛争が発火したのは、一九九一年のスロベニアとクロアチアの独立宣言、それに引き続く十日間戦争がきっかけだった。でも、そのときは、民族紛争の炎があそこまで燃え広がって多民族戦争の様相を呈してくるとは、ましてや、民族浄化と言われる身の毛もよだつ果てしない殺し合いに繫《つな》がるとは予測できなかった。

当時、私自身は、ペレストロイカの失速とソ連邦の崩壊絡みで、過労死寸前の多忙の中にあり、ユーゴスラビアの事態がいよいよ深刻になっていくのを、チラチラと横目で気にしながら、日々の仕事に追われていた。それでも、思い出帳を引っぱり出してきて、そこにヤースナが記したベオグラードの住所宛てに手紙を出した。一月後、手紙は転居先不明で戻ってきた。

その間にもユーゴの民族戦争は激しさを増していった。伝えられるニュースでは、セルビア人勢力による他民族の虐待、惨殺に関するものが圧倒的に多かった。国連は、セルビア人勢力の指導者カラジッチを戦犯として糾弾し、その背後で糸を引くセルビア共和国に対する貿易その他あらゆる交流のボイコットを決議した。それを受けて、アメリカ合衆国、ドイツ連邦など欧米先進国はNATO（北大西洋条約機構）による多国籍軍の投入に踏み切る。と言っても、それはまずセルビア人勢力に対する空爆という形をとった。

ユーゴスラビアの地図を引っぱり出してきては、ニュースに出てくる地名と照合するようになった。一縷《いちる》の望みは、ヤースナがベオグラードに止まっていてくれることだった。

スロベニアとクロアチアがユーゴスラビア連邦から離脱独立した後、民族紛争の戦火はボスニアに最も集中していった。ボスニア内のクロアチア人勢力とセルビア人勢力のあいだの殺し合いにボスニア・ムスリム人勢力が絡む形で殺し合いは激化していった。でも、新ユーゴスラビア連邦のセルビア共和国も、その都ベオグラードも、まだ民族浄化の炎に覆われてはいなかったし、NATOの空爆対象からも外れていた。だから、ヤースナがベオグラードに止まっていてさえくれれば無事である確率が高い。ヤースナを探し出せるかもしれない。決して一〇〇パーセントではないその可能性にかけてみることにした。実際に休暇を確保し、ユーゴスラビア連邦を訪ねたのは、一九九五年一一月のことだ。プラハを訪ね、ブカレストでアーニャの両親と兄のミルチャに逢った後で、ベオグラード行きの夜行列車に乗った。国際ボイコットもあって、ベオグラード行きの飛行便は極端に減っていた。列車の便数も、ひと頃に較べると、かなり間引きされているらしいが、それでも地続きの国同士、完全に人々の行き来を封じることは不可能なのだろう。その証拠に、列車はおそろしく混んでいた。こんなときは、自分が日本の経済力の恩恵を受けていることを痛感する。ひとり部屋のコンパートメントを確保できたのは、ひとえに金の力である。コンパートメントに落ち着き、寝台に横たわったが、身体はクタクタに疲れているのに神経が高ぶって眠れない。列車の揺れのせいではない。戦火が交わる地域に近付いていくということで興奮しているのか。

いや、そんな高級なものではない。入国前に、最新のユーゴ情勢を一応把握しておこうと思って、ブカレストの駅で売店に立ち寄った。そこで、分厚い綿入れを着込んだ中年女の売り子が私を完全に無視した。最初、ショールで頭を覆っているせいで耳が聞こえないのかと思って、買いたい新聞を女の目先にちらつかせて注意を引こうと思ったが、相手にしてくれない。なのに、私の後からやって来る他の客には、目一杯愛想よく振る舞って軽口など叩《たた》いている。ガイドの青年が異常を察して憤慨してくれた。

「許せない！　あれは露骨な人種差別だ！」

声を張り上げて抗議してもくれたが、女は悪びれた様子もなく、何やら口汚く罵《のの》り返していた。

少女期の五年間を過ごしたプラハでも、時々こういう目に遭った。日本を発つ前に、空港の書店で買い求めた『地球の歩き方』という本の中にも、似たような体験が綴《つづ》られている。学生貧乏旅行のバイブル『地球の歩き方』については、功罪いろいろ指摘されてはいるが、読者との双方向の意思疎通を確立した点で、やはり画期的なガイドブックであると思う。実際に現地を旅した人たちから寄せられる情報を元に構成されていて、その情報も随時更新されていく。学生の貧乏旅行の指南書から出発した本らしく、今も若者たちの投書が多い。そのポーランド、チェコ、ハンガリー、ルーマニアなどの東欧各編をめくると、人種差別的な対応をされて、不快で悲しい思いをさせられた若者たちの手記が目を射る。

宿を断られたり、乗り込んだバスから降ろされたり。

一流ホテルに宿泊し観光名所だけ廻っていればキチンと名誉白人扱いしてくれるので気付きにくいが、その枠を超えて踏み込もうとしたときに必ず突き当たる壁である。東洋人に対する冷酷な仕打ちは西欧のどの国よりもあからさまな気がする。もちろん、西欧先進国にも、それはある。しかし、もう少し「洗練された」形で発揮される。

ところで日本ではいとも気楽に無頓着《むとんじゃく》に「東欧」と呼ぶが、ポーランド人もチェコ人もハンガリー人もルーマニア人も、こう括《くく》られるのをひどく嫌う。「中欧」と訂正する。国際会議だと、この表現のためだけにたびたび一悶着《ひともんちゃく》起こる。私のような会議通訳は、日本人が「東欧」と発言しても「中・東欧」と訳出する自動転換装置が頭の中にインプットされてしまっているほどだ。ウラル以西をヨーロッパとするならば純地理的には、この地域はそのへそに当たる。しかし、もちろん地理的正確さを期して「東」を嫌がるわけではない。「東」とは第一次大戦まではハプスブルグ朝オーストリア、あるいはイスラム教を奉じるオスマン・トルコの支配収奪下におかれ、第二次大戦後はソ連邦傘下に組み込まれていたために、より西のキリスト教諸国の「発展」から取り残されてしまった地域、さらには冷戦で負けた社会主義陣営を表す記号でもある。

冷戦が終結する中で東西間のからくも保たれていたバランスが、「社会主義陣営」という意味でも「正教文明圏」という意味でも「東」であるロシアの敗北によって崩れた。

ポーランド、チェコ、ハンガリー、ルーマニアの人々が「東欧」と言われるのを嫌うのは、後発の貧しい敗者というイメージが付きまとうのが嫌で仕方ないのだろう。「西」に対する一方的憧《あこが》れと劣等感の裏返しとしての自分より「東」、さらには自己の中の「東性」に対する蔑視《べっし》と嫌悪感。これは明治以降脱亜入欧を目指した日本人のメンタリティーにも通じる。

この中欧カトリック諸国の「東」に対する嫌悪感が最も著しく表れるのが、同じキリスト教ながら一一世紀以降袂《たもと》を分かち長くイスラムの支配下にあった東方正教に対する近親憎悪的な敵意なのではないか。

親しくなったチェコの劇作家Dは、

「あの進歩を拒むような宿命論は虫酸《むしず》が走るほど不快」

と吐き捨てるように言った。ついでに、

「だから、ドストエフスキーも大嫌いだ」

とも。東方正教を文化的背骨とするロシアに国土を蹂躙《じゅうりん》されていたことでこの感情は増幅しているのだろう。Dだけではない、ミラン・クンデラはじめ中欧を代表する知識人たちの創作姿勢にはこの気分がことあるごとに顔を出す。

そんなことを考えながらようやく眠りに就いた。

目覚めたときは、もう窓の外が明るかった。窓外に果てしない平野が広がる。畑は見るからに荒廃していた。時おり目に飛び込んでくる家々もまるで廃屋のように荒れ放題だ。荒れすさんだブカレストの延長だった。

しばらくすると、国境の駅らしいところで、灰色の制服を着た役人たちが乗り込んできて出国検査をされた。一様に小太りで陰気な顔をしている。

国境を越えたところで、今度はユーゴスラビア側の検査官が入ってきてパスポートを調べられた。これが、背が高く陽気でハンサムぞろいなのに驚いた。かつて、ギリシャ人の同級生リッツァに、教えてもらったのを思い出した。

「マリ、ヨーロッパ一の美男の産地はどこか知っている？　覚えておきなさい、それは、アラン・ドロンの生まれ故郷、ユーゴスラビア。悔しいことに、ギリシャは隣国なのに、あれほど美男には恵まれていないのよねえ」

検査官は私のパスポートを返してくれると、

「やあ、日本から来たのかい。ごらんよ、あれがボイボディナ平原だ」

と言いながら窓の外を見るよう促した。

地続きなのに、ルーマニアの平原とあまりにも違った。どの畑にも整然と鍬《くわ》を入れた跡がある。家々も十分に手入れが行き届いていて、いかにも居心地良さそうな佇《たたず》まいである。ほんとうに、ここが、ついこのあいだ分裂したユーゴスラビア連邦で、ここから三〇〇キロも離れていない場所で殺し合いが続いているのか。

そうこうする内に、列車はベオグラード市街を走っていた。その街並みも予想以上に美しく、そこに暮らす人々の豊かな生活を物語っていた。

ついに列車が終点に到着した。車掌に別れを告げて列車を降りると、外は一一月とは思えない暖かさだった。早速着ていたオーバーを脱いだ。

「ようこそ、バルカンへ。ここはもうヨーロッパではありません。バルカンです」

達者な日本語が聞こえてきた。ユーゴスラビア人にしては、背の低い、でもがっしりした体格の男が立っていた。

「ガイドのドラガンです。よろしく」

焦げ茶色の髪に同色のギョロリとした目を人懐っこく細めて手を差し出した。ドラガンだって？　ヤースナの弟と同じ名前ではないか。すぐさま相手は、私の思いを読みとったように付け加えた。

「残念ながら、ディズダレービッチではなくて、ミレンコビッチ。タンユグ通信の特派員として日本に五年間滞在しました。米原さんが記者会見の通訳をされるのを、何度も聞いてますよ」

それから、私が握り返した手に左手を添えて励ましてくれた。

「必ず見つかると思いますよ、あなたのお友達」

なんだか、とても嬉《うれ》しくなった。空は高く青く、プラハやブカレストでたまった鬱屈《うっくつ》が晴れていくような爽快《そうかい》な気分になる。

「気に入ったわ、その言い方。ここはもうヨーロッパではなくバルカンです、ていうの」

「そうですよ、米原さん、ここはもうヨーロッパではありません。バルカンですよ」

ドラガンは、誇らしげに瞳《ひとみ》を輝かせる。

「さあ、車に乗って下さい」

「ドラガンは、セルビア人なの？」

「五〇パーセントだけね。おふくろはクロアチア人とセルビア人の娘で、親父はセルビア人とマケドニア人の混血なんですよ」

「なんだか、ユーゴスラビアに入国したとたんに、とても気分が良くなったのよ。清々《すがすが》しい気分ていうのかしら。その正体はなんだろうって、さっきから考えていたんだけど、いま分かった」

「それは嬉しいこと言ってくれますね。それで、なんなんですか、その正体は？」

「ここでは対西欧コンプレックスがほとんど感じられないのよ」

そう言って、私は昨晩ブカレスト駅頭の売店で受けた仕打ちや、それから車内で考えたことを話した。ドラガンは、我が意を得たりという顔をして、意外なことを言った。

「そうなんだよなあ。スロベニアもクロアチアもポーランドやチェコやルーマニアが顔色を失うくらい重度の西欧病患者なんだよなあ」

溜息《ためいき》をついた。

「だって、今度のユーゴ多民族戦争の端緒となったのは、一九九一年六月二五日にスロベニアとクロアチアがいきなり独立宣言をして始まった十日間戦争なんだよ。あれはほんとうに性急で強引なやり方だった。あれは、『東』であることから抜け出したくて仕方なかったんですよ。ダットウニュウセイです」

「ダットウニュウセイ？」

「ええ、東から抜け出て西へ入る、です」

「ああ、『脱東入西』か。『脱亜入欧』のもじりね。ドラガンの言うとおり、スロベニアとクロアチアには、『西』の仲間入りをしたいという空恐ろしいぐらい激しい渇望を感じる。本来の自分たちは、『東』ではなく『西』にいてしかるべきなんだという」

移動する車の中でドラガンと話しているうちに、バルカン半島がハプスブルグとオスマン・トルコに分割された頃の地図を頭の中に描いた。スロベニアとクロアチアが基本的にハプスブルグ朝オーストリアの領域に組み込まれてカトリック文明圏としての発展を遂げた地域なのに対して、セルビア、マケドニア、モンテネグロはビザンツ帝国の正教文明を引きずったままオスマン・トルコのイスラム文明圏内で生きてきた。われわれ日本人は、どちらかというと、ヨーロッパ人の描くトルコ観とトルコ人像を受け継いでしまっているため、理不尽なほど残酷で非寛容なイメージがあるが、オスマン・トルコは、征服地域の住民に対して、人頭税さえ納めれば、本来の宗教や文化、習俗に従うことを認めていた。十字軍の蛮行に見られる、キリスト教やユダヤ教の異教徒に対する容赦ない弾圧や殺戮《さつりく》と較べると、はるかに大らかなのである。だからこそ、オスマン・トルコの支配地域には、キリスト教徒が多数住み続けた。それが、今になって、紛争の原因になってしまったわけだが。

ボスニア・ヘルツェゴビナはハプスブルグ朝、オスマン朝両勢力の角逐の場であったせいもあって、このカトリック、東方正教、イスラム三つの文明が複雑に入り乱れている。しかも旧ユーゴにあって「南北」格差が極端に拡大するなかで、経済先進地域とカトリック圏、後進地域と正教圏がほぼ完全にオーバーラップしていた。つまり、旧「東」においてさらなる東西分裂が進んでいたのだ。それが最も熾烈《しれつ》な形で表れたのがユーゴ多民族戦争なのかもしれない。

この矛盾を背景に、容貌《ようぼう》上の特徴も言語も双子のように相似形の、宗教だけを異にするカトリックのクロアチア人勢力と正教のセルビア人勢力の対立を主軸とし、それにボスニア・ムスリム勢力が巻き込まれた形で今回の戦争は展開した。各勢力とも優劣つけがたい残虐非道を発揮した。ロシア語が理解できる私には、西側一般に流される情報とは異なる、ロシア経由の報道に接する機会がある。だから、「強制収容所」も「集団レイプ」も各勢力においてあったことを知っている。

にも拘《かかわ》らず、セルビア人勢力のそれだけが衝撃的なニュースとなって世界を駆けめぐり強固な「セルビア悪玉論」を作り上げてしまった。NATOの三千数百回以上もの空爆の対象とされたのもひとりセルビア人勢力のみであったし、EUと国連の制裁にはセルビアの後ろ盾として新ユーゴスラビア連邦まで対象とされてしまった。

この一方的な情報操作のプロセスは今後丹念に検証されるべきだろうが、気になるのは、ユーゴ戦争の両主役の敵味方の露骨なほど明確な宗教的色分けが見て取れるということだ。EUでセルビア制裁に反対したのが東方正教を国教とするギリシャだけであることひとつ見てもそうだ。正教国ロシアが心情的にセルビア派ながらそれを強く打ち出せなかったのは、西側の対ロ支援打ち切りを恐れたからだろう。そして現代世界の宗教地図を一目するならば、国際世論形成は圧倒的に正教よりもカトリック・プロテスタント連合に有利なことが瞭然《りょうぜん》とする。

そんなことを考えながら、車窓の向こうに広がる街の風景を見るともなく見つめていた。平和そのものだった。チャウシェスク・ショックからいまだ立ち上がれない殺伐たる瓦礫《がれき》のブカレストから直行したせいもあって、活気に満ちたベオグラードには心躍らせるものがある。

「ちょっと、街を自分の足で歩いてみていいかな」

「どうぞ、どうぞ」

ドラガンも一緒に付き合って歩いてくれる。行き交う人々は、それぞれ個性的な、それでいて趣味の良い身なりをしている。ショーウィンドウに並ぶ商品も多彩で豊かだ。ブカレストとは較べものにならないのは言うまでもないが、プラハやブダペストにいささかも見劣りしない。

「禁輸されてるなんて、信じられないわね」

そう言うと、ドラガンは、右手の指先で私の後方を指し示した。

「マリさん、あれを見なさい。あれはサヴァ河に架かる橋なんだけどね」

「すごい行列ですね。何のために？」

「ガソリンですよ。ほら、みんなプラスチックの容器抱えているでしょう」

「でも、人々の顔の表情はみな颯爽《さっそう》としていて、物不足で苦しんでるって感じは無いわ」

「懸命に普通の生活をおくろうとしているんですよ。健気《けなげ》でしょう」

「…………」

「まあ、困っているのは、石油ぐらいですからね。あとは、基本的に農業国ですから、喰うものには困らないんですよ」

「そうか、日本だったら、農業も石油に依存しているから、立ち行かなくなるのに」

「ハハハ、後れてる方が、いざとなると強いってことです」

「それにしても、やたらに画廊が多いですね。その上、画廊でない店まで、五軒に一軒の割で絵を売っている。絵の好きな国民なんだ。ヤースナも絵がものすごくうまかった。きっと絵描きになっていると思うんですよ」

「ホテルに荷物を置いたら、ひと休みして、あなたの思い出帳にヤースナが書いた住所を訪ねましょう」

「ひと休みなんかしなくていい。荷物置くだけでいいわ」

車に乗り込むと、三分ほどで総ガラス張りの大きなホテルに横付けされた。玄関入り口脇に、インターコンチネンタルと記された金色のプレートが張ってある。

「ヨーコソ、イラッシャイマセ」

フロントの男三人が笑みを湛《たた》えて日本語で唱和する。

「支払いは、カードでよろしいですか？」

とたんに男たちは悲しそうな顔になった。

「それが、例の禁輸処置のために、できないんです。現金でお願いします」

料金は、一泊四〇ドル。世界中に展開するインターコンチネンタル・チェーンの中で、一番安いホテルなのではないだろうか。荷物を預けて再び車に乗り込んだ。ドラガンの言ったとおり、五分もしない内に目的地に着いた。落ち着いた七階建てのアパート。思い出帳を開いて、一字一句照合しながら住所を確かめた。次に、アパート一階の入り口脇にある郵便受けに記されたフラット番号と居住者の名前を見ていく。ない。もう一度一巡する。

やはりない。念のため、もう一度ひとつひとつ丁寧に確認する。

「移住してますね」

「このアパートに長く住んでいるご婦人がいるんですよ。彼女が話をしてくれると言ってますから、待っていて下さい。呼んできます」

ドラガンは階段を駆け登っていくと、まもなく年輩の女性をともなって降りてきた。

「そうですねえ、ディズダレービッチさん一家は、ここの四階のフラットに住んでおられましたよ。ご夫妻と娘さんと息子さん。たしか、ご主人は外務省にお勤めでした」

「娘さんの名はヤースナで、息子さんはドラガン？」

「ええ、たしか、そんな名前でした。でも、二〇年ほども前のことですから自信はないけれど」

「それで、その後一家はどこへ？」

「たしか、サラエボに移住されたはずですよ」

「……サラエボって、それは確かですか？」

「ええ、もともとご夫婦の出身地だったそうですし」

嘘だ。嘘であって欲しい。ボスニアのサラエボなんて、今最大の激戦地ではないか。

気が付くと、思い出帳の頁を開いたまま突っ立っていた。

「ドラガン、ここになんて書いてあるか教えて」

ヤースナの文章をドラガンが訳し出してくれる。

「愛しいマリ、私と別れてから、マリにはいろいろな友達ができると思う。私より大切な友達ができたら、私のことは忘れてもいいのよ。でも、そうでなかったら、時には私のことを思い出してね……。いい手紙ですね。ヤースナはきっとあなたに思い出して欲しかったのね」

「思い出した。だからここまで来たのに……」

そこまで言うと喉《のど》が詰まって声にならない。目の前が霞《かす》んだ。思い出帳のヤースナの絵からヤースナの一家と過ごした団らんの風景が立ち上がって来る。一家は無事なのか。どうか無事でいて。

*　　*　　*

「ヤースナがボスニア・ムスリムだって⁉　ムスリムってイスラム教徒っていう意味ですよねえ。彼女がイスラム教を信じていたようにはとうてい見えなかったけれど。そうよ。そうだわよ。『自分の神はホクサイだ』と言ってたもの。アラーの神とは言っていなかった。あり得ないわよ、ヤースナがムスリムなんてこと」

車の中で、私はドラガンに向かってぼやき続けた。ヤースナが激戦地のサラエボにいる可能性を、なんとか否定したかった。ドラガンは、つとめて冷静に答えてくれる。

「米原さん、ご存じでしょう。ボスニア・ムスリムというのは、民族名ってこと。もちろん、イスラム教を信じている人が多いんだけどね。毎日、決まった時間にメッカの方に向かって拝んでるもの。でも、必ずしも、全員が信者とは限らない。日本人が全員神道を奉じているわけではないし、仏教徒ってわけでもない。だけど、生活習慣や儀式に染み込んでるでしょう。精神的なバックボーンになってる。そんなところかな……どうしたの、米原さん？　そんなに落ち込んじゃダメよ。お友達がボスニア・ヘルツェゴビナに行ってしまったからって、無事でないとは限らないでしょう」

「ここからボスニアのサラエボには行けるの？」

「もう四年になるよ、断絶してから」

「断絶って、国交断絶のことね」

　ドラガンは首を縦に振った。

「でも、地続きでしょう。行こうと思えば、行けるんでしょう」

「ちょっと待ってよ、米原さん、何言い出すの!?　国境は完全に閉鎖されてんのよ。今の冗談でしょう!?　そりゃあ、行こうと思えば行けるけど、命がいくつあっても足りないよ。こないだ、ボスニアからクロアチア人勢力のテロを逃れて国境を越えようとしたセルビア人難民グループが国境の手前でクロアチア勢に襲撃されている。成人男子の一〇〇名近くが全員虐殺された。女は陵辱され、五歳未満の少年たちは、全員オチンチンをカットされたのよ」

「………」

「嘘じゃないよ。ここベオグラードから、車でわずか一時間ぐらいの所でだよ」

「でも、ここから、サラエボに電話ぐらいかけられるでしょう。国際電話になるのかな？」

「何言ってるの⁉　電話線も切断されてるし。郵便物の交換だって一切ストップしてるんだ」

「………」

「そうだ。ベオグラードにイスラム寺院があるから行ってみる？」

突然、何を言い出すのだろう、ドラガンは。

「ヤースナは、絶対にイスラム教徒ではなかったし、私と別れてから入信した可能性もないと思うのよ」

「でもね、米原さん、ベオグラード在住のボスニア・ムスリム人がよく集まるところだから、お友達の手がかりが摑《つか》めるかもしれないでしょう」

「そうか。分かった。そこへ連れてって」

ドラガンは運転手の耳元に何か囁《ささや》き、車はただちにUターンして、坂道を上り始めた。

まもなく道幅は狭くなり、車は旧市街を走っていた。

「この辺りは、いろんな教会が集まってんのよ。ほら、それはカトリック教会でしょう。あそこにあるのが、シナゴーグ。それは、プロテスタント系の教会。こちらは、セルビア正教会。一応、ベオグラードでは、多民族、多文化、多宗教の伝統がからくも保たれているんだ。ああ、ここだ、ここ、ここ」

小さなモスクは申し訳なさそうにひっそりと佇《たたず》んでいた。入り口の傍に守衛ボックスのようなものがあり、そこの扉を叩《たた》くと、白い丸いフェルトの帽子をかぶった一四、五歳の少年が顔を出した。用件を告げると、ボックスの中から飛び出てきて、案内してくれた。

中庭のベンチには、黒いショールで頭を覆った黒衣の女たちが肩を寄せ合って座っていた。彼女たちの姿は、大切なことを思い起こさせてくれた。

「頭髪を出したまま、モスクに入ってはまずいわね。何かかぶり物で覆わなくては」

「いいよ、そんなことしなくたって」

少年はニコッと歯を見せて微笑んだ。

「アラーの神を信じているなら、別だけど」

「寛容なのね」

「異教徒に対して寛容にならなくちゃいけないんだ。それが一番大切なことなんだ」

一語一語嚙《か》みしめるように言う少年の目に宿る悲しみに胸を突かれた。

モスクの中の床は絨毯《じゅうたん》が敷き詰められていたので、靴を脱いで中に入った。日本人の私が珍しいのか、少年は、私から目を離さない。

「ボスニア・ムスリムの女友達がいるの。ヤスミンカ・ディズダレービッチ。会ったことない?」

「僕も、中庭にいたおばさんたちもボスニアから避難してきたんだ。そういう名前の人は、僕のまわりにはいないけど、ちょっと待って」

少年が急いで出ていった入り口の所に、痩《や》せぎすの威厳のある老人が立っていて、目が合った。穏やかな風貌《ふうぼう》、それでいてただ者ならぬ目つき。仙人のような、魔法使いのような、哲人のような。まるで、おとぎ話の世界から飛び出してきたみたいだ。いつのまにか、私は引き寄せられるように老人の傍へ歩み寄っていた。

「お嬢さん、どちらから来なすった」

「日本からです」

「そうか。そんなに遠くから来なすったのかい。それはご苦労さまなことだ。ところで、なぜ、この惨《むご》くて果てしない殺し合いが始まったのか、分かるかな」

「さあ……おじいさんは、分かるんですか?」

「ああ」

そう言ったまま老人は口をつぐんだ。それから、おもむろに私の方を見やると、尋ねた。

「知りたいかい」

「教えてください」

「むかし、むかし、あるところに、それはそれは仲の良い兄弟がおった。苦労も喜びも分かち合って支え合いながら暮らしておった。ところが、あるとき、余所《よそ》からやって来た男が、兄を訪れ、その耳元に何事かヒソヒソ囁いた。次に弟のところへやって来て、その耳元にヒソヒソ囁いた。仲睦《なかむつ》まじかった兄と弟の間がこじれていったのは、それからさ」

「その余所からやって来た男ってのは、外国のことですよねえ。どこの国のことです？」

「それは、自分の頭で考えておくれ」

老人は、意味ありげに微笑むと押し黙ってしまった。

「ディズダレービッチと言いましたよねえ」

先ほどの少年が戻ってきて、モスクの入り口の所で私に話しかける。

「ええ、ヤスミンカ・ディズダレービッチ。分かったの!?　ヤスミンカのことが何か分かったの!?」

少年の肩を摑《つか》んで揺すっていた。

「いや、そこのおばさんたちが……」

少年は中庭の方を指さした。

「そこのおばさんたちが、言うんだ」

私は急いでブーツに足を突っ込み、モスクを飛び出して黒衣の婦人たちのところへ向かおうとしてすっ転びそうになった。ブーツのチャックをきちんと締めていなかったために、左右のブーツが絡まってしまったのだ。あわてて座り込み、絡まったチャック部分を引きはがしていると、少年が駆け寄ってきた。

「おばさんたちによると、ディズダレービッチって、ボスニア選出の最後の大統領の名前のはずだって」

「そうだ、そうだ。そういう名前の大統領がいたよ」

ずっと黙っていたドラガンが、ようやく口をきいた。

一九八〇年にチトー大統領が死去してから、ユーゴスラビア連邦は集団指導体制に移行し、各共和国と自治州より選出された任期五年の大統領八名に、共産主義者同盟議長の一名を加えた計九名で合議して、連邦全体の政策や方針を決定するようになった。ユーゴスラビア連邦の元首役は、党議長を除く八名の輪番制で務めた。このときに、ボスニア・ヘルツェゴビナ共和国から選出された大統領が、たしかディズダレービッチという名前だった、と言うのだ。

「もし、ヤスミンカの父親が、単なる同姓同名ではなく、ボスニア・ヘルツェゴビナ最後の大統領その人だったってことになると、彼は今サラエボにいるはずだ」

「そんな!!」

「お友達の父親のファースト・ネームは忘れていない？」

「忘れるには、覚えなくてはならないし、覚えるには、最低一度は知らなくてはならないけれど、私、一度も聞いたことがないのよ、ヤースナの父親の名前」

「そりゃあそうだよなあ。いちいち同級生の父親のファースト・ネームなんて知っている方がおかしい……参ったなあ」

ドラガンは腕組みをしてしばらく空を見つめていたが、突然身を翻して、

「そうだ！　なんで早く気が付かなかったのか。行こう、米原さん」

と叫ぶと、庭を突っ切って待たせてある車に向かって駆けていった。私は、少年の手を握って礼を言い、急いでドラガンの後に続こうとしたが、ハッとして、モスクへとって返した。しかし、モスクの入り口の所にも、さほど広くはないモスクの中にも、老人の姿は見当たらなかった。

「どうしたの？」

モスクの中を見回す私を少年が怪訝《けげん》な顔をして見つめる。

「おじいさん、どうしたのかしら」

「おじいさん？」

私は先ほどの老人の人相風体を話して聞かせた。

「ああ、風来坊のじいさんのことだね。一族郎党皆殺しになって、あのじいさんだけが生き残ったって話だ。それで、ちょっと頭がおかしくなっている」

「そんな……」

「どうしたの、米原さん、急ごうよ」

しびれを切らしたドラガンが迎えに来た。

「旧ユーゴスラビア連邦の紳士録を調べてみようと思うんだ。たしか、同僚の家にあった。ほんとうは、職場にもあるんだけど、今のこのアルバイト、会社には内緒だからね。僕は今休暇中ってことになってる。さっき電話をしたら、あいつ、今日は夜勤だって言うんだ。だから、出かける前に見せてもらわなくちゃいけない」

車に乗り込むと、ドラガンは運転手に行き先を告げ、なるべく急ぐようにと付け加えた。

窓の外はすでに黄昏《たそが》れてきていた。

「あーあ、何でこのオレともあろうものが、気付かなかったのか。ジャーナリスト失格だなあ」

ドラガンはさかんにぼやいている。

「ボスニア・ヘルツェゴビナのディズダレービッチ兄弟ってのは、有名なんだ。たしか、一番末の弟だよ、大統領やってたのは。連邦が崩壊してからわずか六年だというのに、はるか遠い昔のことのようだ。あれから、あまりにもいろんなことがあったものだから。それで、すっかり失念してしまっていた。ボスニアも今では、別な国だしね」

ドラガンの同僚のアパートは、樹木に埋もれる巨大な団地の一角にあった。すでに、多くの窓に明かりが灯《とも》っている。三階のフラットだった。ドラガンと同年輩の眼鏡をかけた中肉中背の男が愛想よく招き入れてくれて、本棚から分厚い紳士録を取り出し、目の前に拡げてくれた。といっても、記述はセルビア語で、私にはおおよその意味しか摑《つか》めないのだが、見出しの太文字で、ディズダレービッチという苗字《みょうじ》が四つも並んでいるのだけは、すぐに分かった。

「そこにも記されているように、全員兄弟なんですよ。対ファシストのパルチザン戦で、ディズダレービッチ兄弟の勇猛果敢は有名だったらしい。戦後は、それぞれ、ユーゴスラビア連邦の国家と党の要職を歴任しているでしょう。あなたのお友達のお父さんは、おそらく末弟のライフだと思うんですよ。ほら、外交官歴があるの、彼だけでしょう」

「ディズダレービッチ・ライフ」という見出しの下には、次のように記されてあった。

「……戦後は、自主管理労組作りに尽力し、ナショナルセンターの書記を務める。その後、外交畑に転じ、非同盟諸国運動に少なからぬ貢献をする。駐チェコスロバキア公使、駐エジプト大使、駐キューバ大使を歴任。帰国後は、党務に就く」

ボスニア・ヘルツェゴビナ共和国選出大統領に就任した件は、一切記されていない。紳士録をめくって奥付けに記された発行年を見ると、一九八〇年とあった。これは、チトーが亡くなる前に刊行されたものだ。四人のディズダレービッチのうちの、誰がボスニア・ヘルツェゴビナの元首になったのか。ドラガンが、私の意を察して口を開いた。

「大統領に就任したのは、ライフだ。それは、間違いない。僕が日本に赴任する直前のことだから、よく覚えているんだ」

「でも……」

私が疑問を投げかけようとするのを遮って、紳士録の主が言った。

「申し訳ないが、僕は、これから出勤しなくてはならないので、フラットをお引き取り願いたいんだ。ただし、その本はお貸ししますよ。ドラガンが必ず返してくれると約束してくれるならね。どうぞ、持って行って下さい」

紳士録の主に導かれるように、フラットを引き払い、階段室へ出た。私は、先ほど発する前に遮られた疑問を口にした。

「ねえ、ドラガン、でも、ライフが間違いなくヤースナの父親だってことは、どうやって突き止めたらいいのかしら」

「何だって⁉」

階段室全体に響き渡るような大声だった。階段を駆け下りていくはずだった紳士録の主が興奮して引き返してくる。

「ヤースナだって⁉ ヤスミンカ・ディズダレービッチを知っているのかい？」

「えっ、ヤースナをご存じなんですか？」

紳士録の持ち主は口をパクパクさせている。ようやく呼吸を整えてから話し出した。

「外務省の通訳・翻訳官をやっている女性ですよ。記者会見などで何度も会っています。ディズダレービッチという苗字だから、四人兄弟の縁者だとは思っていたけれど、もしかしたら、あなたの探しているヤスミンカ・ディズダレービッチさんと同一人物かもしれませんね」

今度は私の方が息苦しくなってきた。声が出なくて、せわしなく首を縦に振るのがやっとだった。

「てことは、ベオグラードに今も住んでいるんだな。外務省に連絡してみよう」

そう言って、ドラガンが同意を求めるように私の顔をのぞき込む。私は、首を縦に振り続ける。

「じゃ、僕は急ぐんで。成功を祈ります」

紳士録の持ち主は、階段を転げ落ちるように駆け下りていった。

「チェッ、あいつ、電話を貸せと言われるのを恐れて遁走《とんそう》したな。この辺りで公衆電話を探し出すのは、かえって時間がかかるから、ホテルに戻りましょう。車で二、三分の距離ですから」

ドラガンの勧めに従うしかない。

「ええ」

と言ったつもりが、カラカラに喉《のど》が渇いていて声になっていない。車に乗り込んでホテルに到着するまでの時間はおそろしく長く感じられた。

「ねえ、外務省の電話番号はすぐ分かるんでしょうね」

かすれていたけれど、声がやっと出た。ドラガンは、胸ポケットから手帳を取り出して見せてニッコリ笑った。

「でもドラガン、もうお役所は閉まっている時間じゃ……」

ドラガンは得意げにウインクした。

「蛇の道は蛇よ、米原さん。僕が何年記者やってると思うの？　外務省は世界各地の出先と連絡を維持していなくちゃならないでしょ。ちゃんと当直はいるの！」

ホテルに到着すると、フロントのカウンターに置いてある電話に飛びついて抱え込み、ドラガンに受話器を突きつけた。一つ目の電話番号は何度かけても話し中で、二つ目の電話番号にかけて、ようやく先方が受話器を取った。ドラガンがヤースナのことを尋ね、先方が何か答えたのが分かった。ドラガンの顔が明らかに曇った。

「どうしたの、ヤースナの居所は分かったの？」

話し中にも拘《かかわ》らず、私は割って入る。不安で不安でたまらない。

「ヤースナは外務省を辞めてました。つい三ヵ月前のことだそうです」

身体中の血液が一気に引いていく。

「それで、それで、まさか、サラエボに行ってしまったなんて言うんじゃないでしょうね」

ドラガンは答えなかった。というよりも、電話の相手と何やら言い合っていた。それから、カウンターに置いてあったメモ用紙を引き寄せて何か書き付けた。

「ねえ、ドラガン、ヤースナは生きているんでしょうねえ」

ドラガンは受話器を置き、私の顔を真っ直ぐ見つめて言った。

「米原さん、落ち着いて」

怖くなった。身体が震えていた。震えはどんどん激しくなっていく。

「言わないで、ドラガン」

「米原さん、ヤースナは」

「ちょっと、言うの待って」

「生きてますよ、ヤースナは」

「えーっ」

身体中の力が抜けていく。

「生きて、このベオグラードに暮らしている。しかも、このホテルから歩いて一五分ほどの距離のところに」

「な、なーんで、それを早く言ってくれないのよ」

「だって、米原さんが言わせてくれないんだもの。ほら、これが住所と電話番号」

ドラガンは、先ほど書き付けていたメモ用紙を私の目の前に突き出した。

「ヤスミンカ・ディズダレービッチ・クローニヤという名前になってますね。きっと、クローニヤというのは、結婚相手の苗字でしょう」

「ありがとう、ドラガン。あなたがいなかったら、こんなに早く見つかるなんてあり得なかった」

「ぬか喜びはいけませんよ、米原さん。この女性が、米原さんの探しているヤースナと同一人物かどうかは、米原さん自身で確かめて下さい。別人だったら、明日、また最初からスタートしなくてはなりません。じゃあ、僕は、今日はこれで失礼します」

ドラガンが回転ドアを押してホテルのロビーから姿を消したのを見届けてから、キーを受け取り、部屋に向かった。電話は、ここからではなく、部屋からかけた方がいい。

エレベータが動き出したところで、不安になってきた。

あれほど絵描きになりたがっていたヤースナが、外務省のお役人になっていたなんて考えられない。やはり、別人かもしれない。部屋に入り、受話器に向かったときは、その思いがほぼ確信になっていた。だから、とても落ち着いて電話ができた。呼び出し音が鳴る。一つ、二つ、三つ……なーんだ、留守だ。受話器を置こうとしたところで、相手が受話器を取った。若い女の声だ。

「ヤスミンカ・ディズダレービッチさんをお願いします」

英語で言った。

「失礼ですが、どなたですか？」

相手も英語で尋ね返してくる。

「日本人のマリです」

「ちょっとお待ち下さい」

間をおいて、別な声が聞こえてきた。

「マーリー。ほんとにマリなの⁉　ほんとに、ほんとにマリなのね」

ロシア語だった。そうだ、これはヤースナの声だ。ロシア語の訛《なま》り具合も昔のままだ。

ようやく声が出た。

「ヤースナ、プラハのソビエト学校で私と同級生だったヤースナに間違いないのね」

「マリの声だ。昔のままだ。どうして、私の電話番号が分かったの？　いま、どこからかけているの？」

「あなたの家のすぐ近くに来ているのよ。あなたが、無事かどうか心配で心配で」

変だ。声が詰まって出てこない。

「ありがとう。ねえ、どこにいるの？　今すぐそちらに向かうから、マリの居場所を教えて」

インターコンチネンタルホテルの部屋番号を言った。

「ヤースナ、すぐ来てね。すぐ来てくれないと、発狂しちゃいそう。待ちきれないから、ロビーのソファーに座って待つことにする」

受話器を置いてから自分がどうしたのか、よく覚えていない。でも、二〇分後には、ヤースナとロビーで抱き合っていた。ヤースナの母親がタップリとふくよかだったのを思い出して、膨張したヤースナを予測していたが、昔とちっとも変わらずスラリとしていた。

「ヤースナは、パパ似だったのね。やせ形で……パパやママはどうしたの、ご無事なの?」

「生きている、怪我はしていない、ということが無事という意味ならばね。二人とも、サラエボにいるの。しじゅう空爆に晒《さら》されている地域。だから、地下室に暮らしている。ガスも水道も止まった地下室にね。もう、年金受給者なんだから、こちらに越してくればいいのにと、何度も説得したのだけれど、ダメ。パパはボスニア最後の大統領だった自分が、ここを離れるわけにはいかないとか言って、耳を貸してくれなかった。そのうちに、どんどん戦況は泥沼化して、脱出など不可能になってしまった。もう、四年間も逢っていないし、電話でも直接話してないの。弟がアメリカに住んでいるものだから、弟経由で連絡を取り合っているのよ。手紙もアメリカ経由でやりとりしているの。だから、パパやママが今現在もほんとうに無事なのかは、今晩遅く弟に電話で確認するまで分からないの。昨日は、一緒に住んでいた叔母《おば》が、買い物に出かけたときに空爆にあって死んだわ」

そこまで一気にしゃべると、ヤースナは黙り込んでしまった。私も、かける言葉が見つからなくて、しばらく口をつぐんでいた。それから、鞄《かばん》の中から包みを取り出して、ヤースナに押し付けた。

「これをあなたに手渡したくて、ユーゴスラビアまでやって来たの」

ヤースナは包みを開いた。そして、抱きついて来た。

「ああ……ありがとう、マリ……でも、きまり悪いなあ。私、絵描きになれなかったから」

ホクサイの浮世絵『赤富士』だった。仕事が順調になって収入に余裕ができたとき、真っ先に買った。いつか、ヤースナに逢って渡そうと思っていた。それから一五年近くも経ってしまっている。

「芸大には入ったのよ。でも、芸術家養成部門は、全部落っこちて、辛うじて美学科に引っかかったの。つくづく、自分の才能の無さを思い知ったわよ。でも、他人の才能を見分ける嗅覚《きゅうかく》だけは、けっこう自信あるの」

昔のようなクールな物言いが、たまらなく嬉《うれ》しかった。

「それで、私の同業者になったってわけね」

「そんなところ。でも、絶対にパパのコネで外務省に入ったわけではないのよ」

こちらにそんな疑惑が湧くのを先取りするかのように必死だ。むきになっている。

「学生時代のタワーリシチがね、一緒に仕事したいって引っ張ってくれたの」

「タワーリシチ!?」

タワーリシチって「同志」という意味ではないか。これは、アーニャが好んだ言い方だけど、ヤースナが口にするとは驚きだ。

「プラハの春を鎮圧するために、ワルシャワ条約機構軍がチェコスロバキアに侵入したでしょう。あのとき、私は芸大の学生になっていてね、ソ連の横暴にみんな憤慨してすごく学生運動が盛り上がったのよ。チェコの大学生たちの抵抗運動組織と連帯しよう、支援しようという決議が全学集会で満場一致で可決され、プラハに滞在したことのある私が連絡係に選ばれたんだ。私、実は、ソビエト学校、校長と喧嘩《けんか》して止めちゃってたのよ」

「うん、その話は、リッツァから聞いた。それで、チェコの学校に編入したんだってね」

「そうなの。だから、チェコ人の友人がずいぶんいて、そのうちの何人かが抵抗運動に参加していたのよ。それで、学生たちのカンパ募って、それを抱えてプラハまで行ったの。すでに地下に潜っていた抵抗組織にカンパを届けるのは、スリル満点だった。私が捕まったら、パパがすでに要職についていたから、わが国とワルシャワ条約諸国とのあいだがまずくなる、なんて心配する人がいたけれど、そんなこと知ったことか！　てな心意気だったわよ、あの頃は……」

陽気に話していたヤースナの声に勢いがなくなった。

「あの頃は？」

先を促すようにヤースナの顔をのぞき込む。ヤースナの目のまわりに細かい皺《しわ》が刻まれていることにそのとき気付いたのだが、そんなことよりも茶褐色の瞳《ひとみ》に見慣れた悪戯《いたずら》っぽい光が消えているのがやるせなかった。それでも、ヤースナは気を取り直して、声だけは陽気に話し始めた。

「チェコの友人たちは、その後、軒並み退学処分を喰らって、まともな就職もできなかったみたいだけど……ああ、そうそう、タワーリシチというのは、そのとき一緒にプラハに潜入した学生運動仲間ってこと。彼女は、それ以来すっかり政治づいてしまって、バイオリニストになる予定が、外務省に就職したのよ。それで、外務省のプレスセンターの担当になったとき、喰えない美術評論家やってた私を記者会見の通訳者と、プレス・リリースの翻訳者としてアルバイトで雇ってくれた。そしたら、英語とロシア語とチェコ語ができるというので、すっかり重宝がられて正採用になったの……」

ヤースナがまた突然口ごもった。顔が歪《ゆが》んでいる。

「ヤースナ」

思わず、肩を抱きしめた。ヤースナは、私の右肩に顔を乗せたまま黙っていた。でも、ヤースナが全身で泣いていることが分かった。涙も流さず、声にも出さずに泣いている。カラカラに乾いた声でポツリと言った。

「マリ、私、空気になりたい」

「…………」

「誰にも気付かれない、見えない存在になりたい」

何か言ってあげなくてはいけないと思うのだが、胸を突かれた私は失語症に陥ってみっともなく黙っているだけである。クラス一番の優等生で、美人で、いつも冷静沈着なヤースナが、ここまで追い詰められているとは思わなかった。涙が溢《あふ》れてきて仕方なかった。せっかく涙を堪《こら》えているヤースナに気付かれてはならない。幸い、ヤースナは、私の肩に顔を乗せたまま、話し続けた。

「その学生時代からの仲間で親友でタワーリシチだった友人までが、私と口をきかなくなったのよ」

「それは、戦争になってから？」

「ええ」

「なぜ、口をきかなくなったの？」

「彼女はセルビア人で、私はムスリム人だから」

「ねえ、ヤースナはほんとうにムスリム人なの？」

私は、身体を引き離して、ヤースナの顔をのぞき込んだ。

「一度も、ヤースナからそんなこと聞かされた覚えないよ」

「私だって、イスラム教を信じているわけではないし、自分がムスリム人だなんて戦争になるまで一度も意識したことなかった。でも、ムスリム人の両親から生まれているのだから、ムスリム人であることを否定するのも馬鹿げているし。自分はユーゴスラビア人だって、ずっとずっと思っていた。それが、今度の戦争が始まって、否応なく誰もが意識せざるを得なくなった。人間関係が、たちまちギクシャクして壊れていった」

「それで、外務省は解雇されたの？」

ヤースナは軽く首を横に振った。それから息をのみ込むように言った。

「自分から退職願を出したんだ」

それほどに耐えがたく居づらかったのかと思ったが、もちろん口には出さなかった。

「ねえ、家に来てご飯食べない」

「えっ、いいの」

「ご飯、まだでしょう。近くだから、いらっしゃいよ。私の家族も紹介したいし」

ヤースナにつられて立ち上がり、そのままホテルの玄関を出た。ホテルの前は、大きな空き地になっていて、その先は、サヴァ河が流れている。各国からの禁輸処置のため、街灯の照明は最小限に抑えられていたが、それでも建造物の輪郭はよく分かった。

「あの橋を渡ると、新市街なの」

「ノーヴィ・ベオグラードね、一九六〇年代から七〇年代にかけて開発された地区」

「あら、マリ、事前予習でもしてきたの？　よく知っているわねえ」

「三二年前の、地理の授業を思い出したんだ。ヤースナの話、面白かったもの」

「あの頃は、私もユーゴスラビアも幸せだった」

「ねえ、ヤースナ、女二人が夜、町中を歩いても大丈夫なの？」

「うん、それはまったく心配ご無用。不思議なことに、戦争になってからの方が、安全になった気がする。心が張りつめているんだろうね」

橋を渡り切ったところから、ヤースナの住む巨大団地が始まっていた。東京で言えば、高島平団地のようなものか。でも、建物間の間隔がはるかに大きく、緑地比率が数十倍は高いような気がする。一二－一五階の高層アパートの一階は、スーパーマーケットやクリーニング屋やバイクの修理屋などの店舗になっている。

「ここで、日常生活に必要なモノは、全部そろいそうね」

「うん。夕食に使うトウモロコシの粉と卵を買わなくちゃ、そこに寄ろう」

入った食料品店は、スマートでゆったりとしていて、いかにも居心地良さそうにできていた。品物も豊富だ。社会主義国に付き物の、不便、不親切、不格好とは無縁な感じである。ヤースナは、帰り際、店のおかみさんと何やら親しげに言葉を交わしていた。人間関係がギクシャクしているのは、外務省でのことだけなのだろうか。

「娘のセルマはこの小学校を卒業したんだ。今息子のオグニが通っている」

建物と建物の間の広大な空間には、樹木が植えられていて、小学校や保育園やテニスコートになっていた。落葉樹はすでに丸裸になっていたが、針葉樹は青々と茂っている。

「民族差別とか、イジメはないの？」

「今のところ、まだ、そういう話は聞いていないわね、幸いにも」それから言い添えた。

「みんなね、昔よりもずっと用心深くなったのよ。それがどんな帰結になるか、思い知らされているから」

「ねえ、ヤースナ、これ、特別な人たちのための団地ではないよねえ」

「エッ、どういう意味？」

「特権階級用の？」

「なに言ってるの、マリ。この団地は果てしなく続くのよ。ここだけで、五万人は住んでいる。こんなタイプの団地はユーゴスラビア中、はいて捨てるほどあるわ」

「そうだよねえ」

「なによ、急に変なこと言い出して」

「だって、ここへ来る前にルーマニアのアーニャの両親のところへ立ち寄ったら貴族みたいな生活しているんだもの。圧倒的多数の普通の人たちは、まるで貧民だっていうのに」

「うん、私も仕事でソビエトへ行くたびに思った。閣僚とか共産党幹部が、自分たちだけでなく子どもにまで特権を享受させているでしょう。マンションから別荘まで、庶民とは別世界だった」

「ヤースナは、この団地にいつから住み始めたの？」

「一五年前に結婚したから、その頃からよ。なぜ？」

「ヤースナのパパは、ユーゴスラビア連邦の大統領のひとりにまでなった人なのに、ヤースナは、こういう普通の団地に住んでいるのね」

「あら、それは当たり前なことなのよ。私だけでなく、他の要人の子弟も、特別扱いはされなかった」

「そうか」

「どうしたの、マリ、なんで立ち止まっちゃったの？　ほら、ここよ」

ヤースナがエレベータに乗るよう促す。エレベータも中型が二基と、ベッドが運べるような大型が二基。徹底して住む人の立場になって設計されている。一五階まであるボタンの、ヤースナは一二階のボタンを押した。上昇するエレベータの中で、呟《つぶや》いてしまった。

「ユーゴスラビアは、スターリン型ではない、もう少しマシな社会主義国を目指していたんだね」

「エッ？」

「とても住みやすそうなアパートだね」

「そうね、大きな不満はないけれど……」

エレベータを下りた一二階のホールに面して、四世帯のフラットがあった。いずれも、玄関の扉の三メートルほど手前に金属製の門扉がある。その玄関前の六畳間ほどのスペースに、自転車や乳母車が置かれていた。

ヤースナが玄関ベルを押すと、ほどなくして扉が開き、大きな黒い塊が飛びかかってきた。

「ダメよ、ブルータス、ダメダメ」

ほっそりした美しい少女が豹《ひょう》のようにしなやかな黒犬の首輪を捕まえて座らせた。

「ごめんなさい。歓迎のつもりなんです、ブルータスったら。私、セルマです。ようこそ」

母音を大げさなぐらいハッキリ発音する英語だった。その背後から、少年が恥ずかしそうに顔を覗《のぞ》かせる。

「オグニ、ちゃんとご挨拶《あいさつ》なさい」

ヤースナに促されて、少年は、

「こんばんは」

と消え入るような声を発して、クルリと回転すると、一目散にフラットの奥の方へ走っていった。

二人とも、ヤースナにはあまり似ていない。でも、髪の毛と瞳《ひとみ》の色だけは、同じ茶褐色をしている。

玄関を真っ直ぐ突き進むと、大きな居間だった。ソファーの背後の壁面には、いくつものリトグラフ作品が所狭しと飾られている。造形は異なるのだが、どの作品も白地に黒の配色で、全体としてひとつのまとまりを成していた。

「油絵はいいものは高いでしょう。リトグラフなら、本物でも、手が出るものだから」

「もう、描かないの？」

「うん。芸大なんかに行ったものだから、自分よりすごい才能がウョウョいて、自信喪失しちゃった。創作は、自分しかいないと思わないと、できないのよ」

「私は、ここに飾ってあるリトグラフより、ヤースナがプラハ時代に描いた絵の方が好き」

「いいわよ、今更」

「ううん。ヤースナには才能があるよ。他人と較べられないような才能が」

「………」

「どうも、初めまして、ゴランです」

いきなり上の方から声がしたので、見上げた。すごく背が高い。以前、スウェーデンのバレーボール選手たちとエレベータで乗り合わせ、林の中にいるような気分になったのを思い出した。

「二メートルはありますか？」

「いや、そんなには。せいぜい一メートル九八センチ」

そう言うヤースナの夫は、頭髪は後退しかかっているものの、知的な風貌《ふうぼう》のなかなかのハンサムである。セルマもオグニも父親似だ。

「マリ、ゴランはモンテネグロ人なのよ。ユーゴの中で、一番背の高い民族」

「そうなんです、僕、家の男どもの中で一番小柄だったんですよ」

「エッ、まさか、それで!?」

「だって、僕以外はみな二メートル以上でしたから」

「ハハハハハ」

「このあいだ、学会がタイであったものですから、出かけていったら、会議の後、観光がありましてね。山岳地帯の村を訪ねました。その村一番の大男というのに、逢ったんですが、そいつの身長がなんと僕の半分しかなかった」

「ハハハハハ」

私の笑い声と重なるように電話のベルらしい音が響き渡った。受話器を取ったセルマが、悲しそうな顔をして、それを父親に手渡す。

「せっかくママのお友達がいらしたのに、パパはまた一緒に夕ご飯が食べられないのね」

セルマはおそらくセルビア語で話しているのだが、ロシア語やチェコ語と同根の言葉が多いのと、状況から類推するのとで、言っていることはほとんど分かる。セルマの言っていたとおり、電話の相手と言葉を交わしたゴランは、すぐに出かけると言い出した。妻や子供たちと頬ずりをしたあと、私の手を握って、

「どうぞ、ごゆっくり」

と言った上で、突然真顔になって言い添えた。

「あなたが来てくれて良かった。妻は、参ってます。よろしくお願いします」

それからそそくさと出ていった。

「マリ、ごめんね。彼は国立病院の外科部長をしているものだから、こうやって家庭生活がかき乱されるのは、しょっちゅうなの」

「とても感じのいい人だね。ヤースナは幸せな家庭を築いた、私と違って。羨《うらや》ましいよ、あんな風に気遣ってくれる人がいて」

台所でヤースナと肩を並べてジャガイモの皮を剝《む》きながら率直な感想を述べた。

「マリみたいなインテリは、結婚しにくいんだよ」

「なに言ってるのよ、クラス一の優等生が⁉」

「えっ、ママってそんなに勉強できたんですか？」

セルマが興味津々な面もちで尋ねてくる。ロシア語学校で習っているらしい。

「もうパーフェクトな優等生。体育以外はケチの付け所がなかった」

「分かった？　ママをもっと尊敬することね」

「うわっ、そう来たか。やばいなあ」

「セルマ、夕食前に宿題を済ませちゃいなさい」

退散するセルマの背に向かって母親らしい言葉を投げかけると、ヤースナは小声になった。

「マリ、ありがとう。おかげで、子どもたちの私を見る目が少しは変わるかも。でもね、私がプラハの学校で勉強ができたのには、裏があったの」

「裏？」

「そう、裏。プラハの前の父の赴任先はモスクワだったのよ。だから、本場でロシア語の学校にすでに通っていたの」

「ああ、それで、来たとたんにロシア語ができたんだ。でも、他の学科も完璧《かんぺき》だったじゃないの」

「だって、モスクワの後、プラハへ行く前に三カ月間ベオグラードで過ごしたものだからブランクができてしまって、念のためにということで、プラハでは、もう一度同じ学年に入り直したのよ。だから、どの科目も一度は履修したものばかりだったの。できて当然よ。マリは、私のこと、ずば抜けて頭脳明晰《めいせき》でクールだと思い込んでいたでしょう」

「今でもそう思ってる」

「それは、二回も同じところを勉強していることから来る余裕と、それがちょっと恥ずかしかったことから来る照れ隠しだったのよ……ガッカリした？」

「ぜんぜん。よけい、ヤースナのことが好きになった」

ジャガイモとニンジンとタマネギと丸焼き用の鶏をトレーに並べオーブンに突っ込んだところで、ヤースナがフラットを案内してくれた。

5LDK。夫婦の寝室に、それぞれの書斎。ヤースナの書斎は、パソコンのまわりに書類が拡げられていた。外務省を辞めた後は、フリーの翻訳者になったという。子どもたちそれぞれの個室。東京の住宅事情を考えると、贅沢《ぜいたく》な空間だが、家具も調度も、どちらかというと質素な、でも趣味の良いものばかりだった。それが、日常生活をつましく丁寧に生きる幸せな家庭を物語っていて、胸が締め付けられた。

「あーあ、溜息《ためいき》がでるほど羨ましいよう」

「でもね、マリ、このすべてが、いつ破壊し尽くされてもおかしくないような状況に、私たちは置かれているのよ。翻訳している最中も、本を読んでいるときも、台所に立っているときも、ふとそのことで頭がいっぱいになるの。すると、振り払っても振り払っても、恐ろしいイメージが次から次へ浮かんできて気が狂いそうになる」

「………」

「この戦争が始まって以来、そう、もう五年間、私は、家具をひとつも買っていないの。

食器も。コップひとつさえ買っていない。店で素敵なのを見つけて、買おうかなと一瞬だけ思う。でも、次の瞬間は、こんなもの買っても壊されたときに失う悲しみが増えるだけだ、っていう思いが被《かぶ》さってきて、買いたい気持ちは雲散霧消してしまうの。それよりも、明日にも一家皆殺しになってしまうかもしれないって」

「ヤースナ！」

「なにもかも虚《むな》しくなるのよ……この五年間、絵も一枚も買っていないの。だから、マリが買ってきてくれたホクサイの版画は嬉《うれ》しかった」

ヤースナは、先ほどの包みを開いて、絵を高く掲げた。

「もし、爆撃機が襲来したら、これだけは抱えて防空壕に逃げ込むからね」

「そんな！　絵なんかより命の方がどれだけ大切か。死んじゃったら、絵を楽しむこともできないでしょう。生きていれば、絵を失っても、絵を見たときの感動は思い起こせる」

「うんうん、マリはいいことを言う。明日、市の現代美術館に行こう」

＊　＊　＊

美術館はホテルから車で五分ほどの広大な公園の中にあった。二〇世紀以降のユーゴスラビア人の画家、彫刻家の作品ばかりを展示している。入るなり、そのオーラに圧倒された。ヨーロッパ的な絵画の技法が、トルコや、おそらくそれ以前にこの地域に生息した東洋系諸民族の造形伝統と融合している。いや、融合なんてものではない。衝突したり、絡み合ったりして、作品という枠に収まりきれないような生命力を漲《みなぎ》らせている。私が惹《ひ》かれてやまないプラハ時代のヤースナの絵を特徴づけていた大胆な、破天荒ともいえる構成力と瑞々《みずみず》しい色彩感覚は、この地域の民族特有のものだったのだ。才能とは、本来そういうものなのだろう。同じ傾向の才能がひしめく中で、ヤースナが頭角をあらわすのがいかに困難であったかに思いが及んだときだった。

「どう、分かったでしょう、私が挫折《ざせつ》したわけ」

ヤースナは敏感に私の表情を読みとっていた。

「あら、あれは、素朴派《ナイーブ》の絵ね」

ひと目でそれと分かる様式化された技法の絵がまとまって展示されたコーナーが目に留まった。この美術館の他の作品に囲まれていると、芸術作品というよりも、民芸品としての趣の方が際だって見える。

「素朴派の画家たちは、ここから北東に一時間ほど車で行った先のボイボディナの村にまとまって暮らしていたのよ」

「いたって……今は、いないの？」

「連邦が崩壊する過程で人々の感情や思考の中で民族主義がやたら幅をきかせるようになってしまったでしょう。素朴派は、もともと一八世紀から一九世紀にかけてスロバキアから移民してきた人たちの末裔《まつえい》なのよ」

「旧チェコスロバキア連邦のスロバキア？」

「そう。本家のスロバキア独立の気運も、彼らの精神の奥のまた奥にあった帰巣本能というか、望郷の念を刺激したんでしょうね。素朴派の画家でめぼしい人たちはほとんど、自分たちの祖先の国へ帰ってしまった」

「自分たちが何世代にもわたってボイボディナの平原に根を下ろし、築きあげてきた生活よりも、民族的帰属性の方を優先したわけ？　信じられない」

「そういうものなんだ、民族感情というのは。合理的に割り切れないから厄介なんだ……でもね、彼らが出ていった最大の原因は、彼らを取り巻いていた排外主義的雰囲気だと思う。追い詰められていたんだよ。きっととても怖かったからよ」

「ヤースナも亡命を考えることがあるの？」

ヤースナは頷《うなず》いた。

「でも、私にはボスニア・ムスリムという自覚はまったく欠如しているの。じぶんは、ユーゴスラビア人だと思うことはあってもね。ユーゴスラビアを愛しているというよりも愛着がある。国家としてではなくて、たくさんの友人、知人、隣人がいるでしょう。その人たちと一緒に築いている日常があるでしょう。国を捨てようと思うたびに、それを捨てられないと思うの」

「ねえ、ヤースナ、カレメグダンの公園て、ここから近いんだよねえ」

「うん、行こう」

美術館を出てバスに乗った。バスはカレメグダンのある方向とは逆に向かう。ヤースナの顔をのぞき込むと、茶褐色の瞳《ひとみ》を悪戯《いたずら》っぽく輝かせた。それが嬉しかった。

バスはどんどん急斜面を登っていく。登り切ったところで、ヤースナに促されてバスを降りる。ヤースナが指し示す方向に目をやって、息を呑《の》んだ。絶景とは、こういう風景を指し示す言葉だったのだ。サヴァ河とドナウ河が交わってできる鋭角的な陸地部分が崩れかかった城壁に囲まれていた。城壁の向こうに旧市街の建物群が並び、その背後に起伏に富む街並みが息づいていた。さらに、その向こうには、のどかな農村地帯が広がっている。

「トルコ軍が街のあまりの美しさに戦意を喪失して引き上げていった気持ちが分かってきた。きっと、あの対岸から濃霧に包まれた城壁を見て、『白い都!』と叫んだんだね」

ヤースナは風景に視線を注いだまま黙って頷いた。とても誇らしげだった。三二年前の地理の時間、黒板の前に立つヤースナがそこにいた。

＊　　＊　　＊

それから三年半後の一九九九年三月。アメリカとNATOの爆撃機は、ついにベオグラード市に襲いかかった。二人の職員を爆撃で殺された中国大使館は、ヤースナの住む団地のすぐ近くにある。爆撃機の操縦士たちは、トルコ軍の兵士のように、「白い都」の美しさに魅了されて戦意を喪失することはなかった。

ヤスミンカの父親が語り聞かせてくれた物語は、当時ヤスミンカが、「ねえ、マリ、これ、パパの体験にソックリなのよ」と言って私のためにセルビア語からロシア語に訳してくれたテキストをもとにしている。三八年前の彼女の手書きのテキストをコピーして送り、問い合わせたところ、ヤスミンカは、「すっかり忘れていた。そういえば、そんなことしたわねえ」と言ったが、手記なのか、エッセイなのか、小説なのか、作品名も作者名も今では分からないと答えてきた。それでも、懸命に調べ回ってくれて、インターネットで知らせてくれた。「作者名は、ミルコ・ペトロビッチ、作品名は『皇帝』。ただし、マリのために翻訳するときに、パパの体験にソックリな部分だけ抽出したから、原文からかなり逸脱している」とのことだ。

解説

斎藤美奈子

米原万里が当代きっての名エッセイストであることに異論のある人はいないでしょう。豊富な話題と軽妙な文章、きわどい話やシモネタもいとわない自由な精神。米原万里の名前を一躍世に知らしめた『不実な美女か貞淑な醜女か』以来、それはいつも私たちを爆笑の渦にまきこみ、クサクサした日常に活力を与えてくれるものでした。忙しいさなかに彼女の本を開いてしまったばっかりに、何度私は仕事を中断されたか知れません。

しかし、彼女の代表作を一冊だけあげるとしたら、おそらく本書『嘘つきアーニャの真っ赤な真実』になるのではないかと思います。米原万里にしか書けない題材と方法論という点では、いつだってまあそうなのですけれど、本書はおおげさにいえば彼女自身の人生と大きくかかわっているからです。

もっとも、あの米原万里が唯我独尊の自分史なんか書くはずはないわけで、お読みになればわかる通り、本書は二〇世紀後半の激動の東ヨーロッパ史を個人の視点であざやかに切りとった歴史の証言の書でもあります。個人史の本も、現代史の本も、個別に存在してはいるものの、両者をみごとに融合させたという点で、『嘘つきアーニャの真っ赤な真実』はまれに見るすぐれたドキュメンタリー作品に仕上がったのでした。

それが可能になった背景には、著者自身の子ども時代の体験があります。

一九六〇年から一九六四年まで、米原さんは当時のチェコスロバキア、その首都にあった「在プラハ・ソビエト学校」に通っていました。九歳から一四歳まで（日本式にいえば小学三年生から中学二年生まで？）ですから、まさに多感な時期といえます。しかもこの八年制の小中学校には、五〇ヶ国以上もの子どもたちが集まっていた。

「リッツァの夢見た青空」「嘘つきアーニャの真っ赤な真実」「白い都のヤスミンカ」。三編のノンフィクションの主人公は、いずれも当時の彼女の同級生です。

ギリシャを故国に持つリッツァは勉強は苦手だけれども、たいへんなおませさんで、おとな顔負けの性教育をマリ（とはもちろん著者自身のことです）に対してやってのける（「リッツァの夢見た青空」）。ルーマニアの要人の娘であったアーニャは、〈ママは、パパを助けて日夜、労働者階級のために、ブルジョア階級と闘っているのよ〉なんて共産主義思想の教科書みたいな台詞《せりふ》を年中口にするくせに、本人はブルジョアどころか貴族並みの贅《ぜい》沢《たく》な暮らしを満喫しており、しかも本人はそのことに何の矛盾も感じていないように見える（「嘘つきアーニャの真っ赤な真実」）。ユーゴスラビアから来た転入生のヤスミンカは、絵の才能にも恵まれたクラス一の秀才で、たちまちマリの親友になる（「白い都のヤスミンカ」）。国や育ちはちがってもそれぞれに個性的な三人は、日本の小中学校で子ども時代をノホホンとすごした私たちにも「そうそう、こういう子、いたいた」と思わせるところがあります。

私たちと多少異なる点があるとしたら、彼女らが子どもながらに故国（と両親）の歴史を背負ってプラハに来ていることであり、その後の人生も歴史の変動と無縁ではいられなかったことでしょう。「激動の東欧史」といわれて、とっさに思い出すのは一九八〇年代後半からの民主化闘争と社会主義体制崩壊劇かもしれません。が、それ以前も以後も、この地域は「激動の歴史」にもまれっぱなしだった。この本のもうひとつの主役は、そうです、歴史なのです。

たとえば、本書に何度となく出てくる「プラハの春」。

一九五三年に強硬派のノヴォトニーが政権をとって以来、チェコスロバキアでは独裁的な強権政治が続いていました。が、六〇年代に入ると、共産党の内部からもこれに対する批判の声が上がりはじめます。マリたちが在プラハ・ソビエト学校に学んでいたのは、この時期ということになりましょうか。そしてマリが帰国した後の一九六八年一月、ついに改革派のドプチェクが共産党の第一書記に就任、社会主義国としては異例の民主化・自由化政策を打ち出します。これがいわゆる「プラハの春」です。

がしかし、「春」は長くは続きませんでした。六八年八月二〇日、民主化の波が周辺国に及ぶのをおそれたソ連と東側各国は、ワルシャワ条約機構軍をプラハに侵攻させたのです。春の雪解けムードから、一気に厳冬へと逆戻り。

後に「チェコ事件」とも呼ばれるこの日のことを、私はよく覚えています。小学生でしたから政治的な経緯はわかりませんでしたけど、新聞の見出しの大きさに驚き、チェコスロバキアで何かよくないことが起こっている、ということだけは察知しました（当時の日本の子どもたちにとってチェコは東京オリンピックで世界的なスターになった体操選手チャスラフスカの国でした）。ただの田舎のガキでさえそうなのですから、数年前までそこにいた高校生の著者の心情はいかばかりだったか。〈プラハの学友たちのことを思って眠れれぬ日が何日も続くようになった〉のも当然でしょう。

三人の中でチェコ事件の影響をもろにかぶったのはリッツァです。改革派の主張を曲げなかったリッツァの父は、これでチェコを追われることになります。この当時すでにプラハを出ていたアーニャやヤスミンカにしても、その後の人生はけっして平坦《へいたん》ではなかった。詳しくは本文に譲りますが、ルーマニアに帰国したアーニャは、チャウシェスク政権の下であいかわらず特権的な生活を享受するも、マリも知らなかった意外な出自の秘密を抱えていた。一方、ユーゴスラビアに戻ったヤスミンカは、一九九一年にはじまった民族紛争に思いもよらなかった形で巻きこまれていきます。そんなかつての同級生の消息を、おとなになったマリが訪ね歩く各章の後半部分は驚きの連続。ミステリを読むようなドキドキ感さえあります。

ベルリンの壁の崩壊で冷戦が終わったとき、これで世界は平和になるかもしれないと私たちは期待した。しかし、ポスト冷戦時代にやってきたのは、ほかならぬ民族紛争の時代でした。とりわけ旧ユーゴにおける内戦を思い出すと、暗澹《あんたん》たる気持ちにならざるを得ません。本書の最後にコソヴォ紛争におけるNATO軍の介入の話が出てくるのは象徴的。こういうことが続く限り、無数のリッツァが、アーニャが、ヤスミンカが、いやもっと悲惨な子どもたちが出てくるのを食い止めることはできないでしょう。

とはいえ、本書を読んで「あーよかった。日本は平和で」と単純に胸をなでおろすのは、あまりにノーテンキというものです。中東欧とは事情こそちがえ、日本もまた複雑な東アジアの歴史と民族の問題を背負っていることに変わりはないからです。

本書がもうひとつすぐれているのは、著者と同世代の女友達のみならず、彼女らの家族、とりわけ父母の世代の歴史にまで視野が及んでいることです。娘の世代が六〇年代の各国共産党事情にふりまわされたのだとしたら、父の世代にはそれぞれの国で非合法時代の反政府運動を戦った歴史がある。マルクス・レーニン主義はいまでこそ「時代遅れ」と蔑《さげす》まれていますけど、もとはといえば貧困を救済し、平等を実現するための理想主義からはじまったことを忘れるべきではありません。プラハで会った友人たちを通じて、マリがときに悩み、ときに憤慨する理想と現実のギャップ。三編の中で「嘘つきアーニャの真っ赤な真実」が本の表題に選ばれているのは、だれでもないアーニャこそが、この矛盾を体現した存在だからではないでしょうか。

本書には印象的な箇所が多々ありますが、私がとりわけ胸をつかれ、考えさせられたのは、故国から離れて暮らす子どもたちの「愛国心」についてふれた箇所でした。

〈このときのナショナリズム体験は、私に教えてくれた。異国、異文化、異邦人に接したとき、人は自己を自己たらしめ、他者と隔てるすべてのものを確認しようと躍起になる。自分に連なる祖先、文化を育んだ自然条件、その他諸々のものに突然親近感を抱く。これは、食欲や性欲に並ぶような、一種の自己保全本能、自己肯定本能のようなものではないだろうか〉

これは非常に重要な指摘です。ナショナリズムなんか大っ嫌いという人でも、異国で異邦人と接したとき、とりわけトンチンカンな日本批判などをされたとき、思わずムッとして反論したくなったというような体験がきっとあるはず。しかしながら、困ったことに、このような民族感情こそが、排外主義を招き、あるいは民族紛争、国際紛争の火種となってきたのです。この不幸な回路から、私たちが抜け出す道はあるのでしょうか。

かつてバリバリの民族主義者だったアーニャは、長じてきっぱりいいきります。

〈民族とか言葉なんて、下らないこと。人間の本質にとっては、大したものじゃないの〉

〈そういう狭い民族主義が、世界を不幸にするもとなのよ〉

一方、おとなになったヤスミンカは、民族紛争のただ中でマリにこういいます。

〈私にはボスニア・ムスリムという自覚はまったく欠如しているの。じぶんは、ユーゴスラビア人だと思うことはあってもね。ユーゴスラビアを愛しているというよりも愛着がある。国としてではなくて、たくさんの友人、知人、隣人がいるでしょう。その人たちと一緒に築いている日常があるでしょう。国を捨てようと思うたびに、それを捨てられないと思うの〉

ひとつの解答が、ここには示されている気がします。

そこで改めて本書の構成を考えてみると、ヤスミンカのいう〈国としてではなくて、たくさんの友人、知人、隣人がいる〉という思想で、この本も書かれているのです。

一九六〇年代のプラハと、一九九〇年代の中・東欧。二つの時代を描くに当たって著者がとった方法は、時代で区切るのでもなく、各国の複雑な事情を個別に説明するのでもなく、あくまでも三人の友達を主役に、彼女たちとその家族の人生を一つ一つ丹念にたどることでした。もちろん、かけがえのない友人の消息を探すマリ自身の姿も含めてです。

〈抽象的な人類の一員なんて、この世に一人も存在しないのよ。誰もが、地球上の具体的な場所で、具体的な時間に、何らかの民族に属する親たちから生まれ、具体的な文化や気候条件のもとで、何らかの言語を母語として育つ。（略）それから完全に自由になることは不可能よ。そんな人、紙っぺらみたいにペラペラで面白くもない〉

アーニャに向かってマリが投げるこの台詞《せりふ》は、通訳という仕事を通じて異文化間、異言語間のコミュニケーションに心を砕いてきた米原万里ならではの実感であると同時に、私たち読者に対する強烈なメッセージでもあるように思います。民族紛争の後に再び帝国主義戦争の時代がやってきそうな二一世紀。私たちに求められているのもまた「具体的に生きるだれか」に対する想像力です。もちろんそれがナショナリズムにたてこもる方向ではなく、互いの多様な文化を認め合う方向でなければならないことは、いうまでもありません。

本書は二〇〇一年六月、小社より刊行された
単行本を文庫化したものです。

嘘《うそ》つきアーニャの真《ま》っ赤《か》な真実《しんじつ》

米原《よねはら》万里《まり》

平成16年 6月25日　初版発行
平成30年 5月25日　29版発行

発行者●郡司 聡

発行●株式会社KADOKAWA
〒102-8177　東京都千代田区富士見2-13-3
電話 03-3238-8521（カスタマーサポート）
http://www.kadokawa.co.jp/

角川文庫 1 3395

印刷所●大日本印刷株式会社　製本所●大日本印刷株式会社

表紙画●和田三造

ISBN978-4-04-375601-8　C0195

角川文庫発刊に際して

角川源義

第二次世界大戦の敗北は、軍事力の敗北であった以上に、私たちの若い文化力の敗退であった。私たちの文化が戦争に対して如何に無力であり、単なるあだ花に過ぎなかったかを、私たちは身を以て体験し痛感した。西洋近代文化の摂取にとって、明治以後八十年の歳月は決して短かすぎたとは言えない。にもかかわらず、近代文化の伝統を確立し、自由な批判と柔軟な良識に富む文化層として自らを形成することに私たちは失敗して来た。そしてこれは、各層への文化の普及滲透を任務とする出版人の責任でもあった。

一九四五年以来、私たちは再び振出しに戻り、第一歩から踏み出すことを余儀なくされた。これは大きな不幸ではあるが、反面、これまでの混沌・未熟・歪曲の中にあった我が国の文化に秩序と確たる基礎を齎らすためには絶好の機会でもある。角川書店は、このような祖国の文化的危機にあたり、微力をも顧みず再建の礎石たるべき抱負と決意とをもって出発したが、ここに創立以来の念願を果すべく角川文庫を発刊する。これまで刊行されたあらゆる全集叢書文庫類の長所と短所とを検討し、古今東西の不朽の典籍を、良心的編集のもとに、廉価に、そして書架にふさわしい美本として、多くのひとびとに提供しようとする。しかし私たちは徒らに百科全書的な知識のジレッタントを作ることを目的とせず、あくまで祖国の文化に秩序と再建への道を示し、この文庫を角川書店の栄ある事業として、今後永久に継続発展せしめ、学芸と教養との殿堂として大成せんことを期したい。多くの読書子の愛情ある忠言と支持とによって、この希望と抱負とを完遂せしめられんことを願う。

一九四九年五月三日